KB009693

목
요
일
에

만
나
면

목요일에 만나면

1판 2쇄 찍음 2022년 03월 08일
1판 2쇄 펴냄 2022년 03월 16일

지은이 | 김지운
펴낸이 | 고운숙
펴낸곳 | 봄 미디어

기획·편집 | 박나영, 정지은
표지 디자인 | 우물

출판등록 | 2014년 08월 25일 (제387-2014-000040호)
주소 | 경기도 부천시 소향로13번길 14-11, 203호
영업부 | 070-5015-0818 **편집부** | 070-5015-0817 **팩스** | 032-712-2815
E-mail | bommedia@naver.com
소식창 | http://blog.naver.com/bommedia

값 9,000원

ISBN 979-11-5810-800-7 03810

When we meet on Thursday...

목요일에
만나면

김 지 운 장 편 소 설

contents

세 안서

 오후로 접어들며 비가 세차게 쏟아졌다. 바깥은 순식간에 어두워져 저녁 같았다.

 드엇 있던 대학생들마저 나가고 나니 아담한 커피숍엔 세연 혼자 남았다. 이렇게 궂은 날엔 손님도 일찍 끊긴다. 인적이 꽤 있는 대학가 근처임에도 큰 도로를 벗어나 골목 안으로 제법 들어와 앉은 위치 탓이다.

 커피 잔을 씻어 두고 보던 책을 집어 드는데 출입문이 열렸다. 거친 빗소리와 함께 슈트를 입은 남자가 들어섰다. 남자의 우산에서 빗물이 뚝뚝 떨어졌다. 세연이 재바르게 가져다 놓은 우산꽂이에 남자가 우산을 꽂았다. 카운터 안쪽으로 들어가려던 세연의 등으로 남자의 목소리가 날아들었다.

"진세연 씨."

정확히 이름 세 글자. 세연은 남자 쪽으로 되돌아섰다.

"잠깐 앉으시죠."

남자가 말했다. 정중하고도 사무적인 태도였다.

건물주가 보낸 사람인가. 세연은 잠시 생각했다. 남자는 세연을 기다리지 않고 먼저 자리 잡고 앉았다. 세연도 남자 맞은편에 앉았다.

"어떻게 제 이름을?"

"이름을 어떻게 알아냈는지가 가장 궁금하신 건 아니겠지요."

그건 그랬다. 무엇보다도 남자의 용건이 궁금했다. 세연은 남자를 쳐다보았다. 30대 초중반쯤 되었을까. 도시의 거리 어디에서나 흔히 볼 법한, 별 특징 없는 회사원의 얼굴이 세연을 마주 보고 있었다.

남자가 가방에서 꺼낸 서류 봉투를 탁자 위에 놓고는 세연에게로 밀었다.

"이게 뭐예요?"

"제안서입니다."

"제안서요?"

"네."

역시, 건물주인 박 사장이 보낸 사람인가 보다. 얼마 전에는 건달 분위기를 풀풀 풍기는 치들을 보내 가게에서 손 떼고 나가라 위협하더니, 이젠 방법을 바꾸기라도 한 걸까.

"다소 특이한 제안이라 생각되시겠지만, 조건이 나쁘지 않으니 되도록이면 수락하시는 쪽을 권하고 싶습니다."

조건을 들먹이는 거로 봐서는 알지 못할 어떤 이유로 이 가게를 탐내는 사람일지도 모르겠다.

"저는 가게를 넘길 생각이 없습니다. 계약 기간도 아직 1년이나 남았고요."

"이곳과는 상관없는 내용입니다."

"박 사장이 보낸 분 아닌가요?"

"박 사장이 누군지는 모르지만, 아닙니다."

거짓말 같지는 않았다. 건물주 측과 이야기가 된 사람이라면 이 시점에서 그걸 숨길 이유도 없었다.

"저한테 무슨 제안을 하시려는 건데요?"

"제안서부터 먼저 보시죠. 궁금하신 부분은 설명해 드리겠습니다."

세연은 서류 봉투를 집어 들고 안에 든 것을 꺼냈다.

목요일, 오후 4시

총 10회

계약금 일천만 원

회당 삼천만 원

하얀 종이에 깔끔하게 정리된 문구가 마치 암호문과도 같이 다가왔다.

"도대체…… 이게 뭐죠?"

"진세연 씨의 시간을 사겠다는 뜻입니다."

어처구니없어서 비식, 웃음이 났다.

"그쪽이 말인가요?"

"아니요. 저는 대리인의 자격으로 온 것뿐입니다."

"대리인이요? 그럼 대신해서 오셨다는 얘긴데. 대체 누가 이 엄청난 돈을 지불하면서 제 시간을 사겠다는 건데요?"

"그 제안을 수락하신다면 조만간 만나게 될 겁니다."

"하아……."

세연의 입에서 낮은 한숨이 새어 나왔다. 도무지 현실감이 들지 않았다. 세연은 통유리 저편을 바라보았다. 시야를 가릴 만큼 쏟아지는 비로 흠뻑 젖은 세상이 꼭 판타지 속 공간처럼 느껴졌다.

다시 시선을 제안서로 돌렸다. 그리고 대리인이라 자처하는 남자에게 확인하듯 물었다.

"그러니까, 목요일 오후 4시에 제가 정확히 무얼 해야 되는 거죠?"

"진세연 씨가 해야 될 일 같은 건 없습니다. 그 시각 이후로 모든 것은 그분이 다 알아서 하실 겁니다."

"그분? 그분이 누군데요?"

"진세연 씨의 시간을 사고 싶어 하는, 남자."

"남자."

세연은 비로소 이 제안의 맥락을 이해했다. 시간을 사겠다는 말로 그럴듯하게 포장을 했을 뿐, 실체는 다른 데에 있었던 것임을. 너무도 비현실적이어서 구체적인 모욕감도 느껴지지 않았다.

세연은 조소를 섞어 말했다.

"돈이 썩어 나는 분인가 봐요. 이 정도 돈을 뿌리지 않고도 여자는 얼마든지 구할 수 있을 텐데 말예요."

"아마도 취향이겠죠."

"취향."

되짚고 나니 헛웃음이 흘렀다. 어이가 없었다. 어떤 허접한 인간의 취향을 현실화하기 위해 대리인으로 나선 이 남자도 한심했다. 세연은 두 남자의 미친 짓에 같은 수준으로 대응해 주자 생각했다.

"좀 전에 나쁘지 않은 조건이라 하셨는데."

"조건이 마음에 차지 않는다면 조율도 가능합니다."

"네. 조건이 아주, 썩, 마음에 안 차네요, 저는."

세연은 제안서를 봉투에 도로 넣어 남자 쪽으로 밀며 말을 이었다.

"그래서 이따위 제안에는 도저히 응하지 못하겠어요."

"원하시는 조건을 말씀해 주시……."

말을 끊으며 몸을 일으킨 세연은 남자를 내려다보며 인사했다.

"안녕히 가세요."

오후부터 시작된 비는 저녁 내내 쏟아졌다.

예상대로 손님은 손에 꼽을 만큼 드물었다. 세연은 다른 날보다 일찍 커피숍 문을 닫았다. 골목을 거슬러 집으로 걸어오며 온몸이 흠뻑 젖어 버렸다. 우산을 받고 있어도 퍼붓는 비 앞에선 소용없었다.

세연은 젖은 옷을 벗고 따뜻한 물로 샤워를 했다.

조그만 방, 벽 쪽에 붙여 놓은 앉은뱅이책상 앞에 앉아 오늘 하루의 수입을 정산했다. 형편없었다. 며칠 후에 나가야 할 대출금과 이자를 살피려 휴대폰을 연 세연은 소스라쳤다.

'목요일'이란 이름으로 입금되어 있는 어마어마한 돈. 떨리는 손길로 0의 개수를 세며 오후에 느꼈던 비현실감이 새록새록 되살아났다.

마치 세연이 계좌를 들여다보기를 기다렸다는 듯이 문자 알림음이 울렸다. 세연은 문자를 확인했다.

〈계약금입니다.
나머지 금액도 당연히 상향 조정될 수 있습니다.〉

문자에 찍힌 번호로 당장 연락을 해야 했다. 전화 걸어 화를 내야 했다. 이게 무슨 짓이냐고 따져야 했다. 그러나 세연은 그러지 못했다.

입금된 돈은 1억. 제안서에 적혀 있던 금액의 10배였다. 상향 조정될 나머지 금액에 대해서는 상상조차 되지 않았다.

웃음이 흐를 만큼 허무맹랑한 제안이 눈앞의 현실로 나타나 버린 이 순간. 세연의 마음은 강렬히 흔들렸다.

스물일곱 해를 살아오는 동안 상식을 벗어난 적이 없다고 자부해 왔다. 제 앞가림에 급급해 남에게 큰 도움이야 주지 못했을지언정 적어도 해를 입힌 일은 없었다.

그런데 어째서 이런 덫에 발목을 치이고 만 걸까. 휴대폰 번호야 카운터에 놓인 가게 명함에서 봤다 쳐도 계좌 번호까지 어떻게 알아냈을까.

어찌 됐건 고리를 풀어내고 덫에서 빠져나올 시간은 아직 충분하다고 생각했다. 입금된 돈은 되돌려 주면 그만이다. 그런 해괴한 제안은 애초에 없었던 일로 여기면 된다. 그러면 이런 흔들림이나 갈등도 끝.

그때 세연을 조롱하듯 문자가 하나 더 날아들었다.

〈새로운 제안서로 내일 다시 찾아뵙겠습니다.〉

세연은 휴대폰을 내동댕이쳤다.

돌연 몸이 으슬으슬 떨려왔다. 이불을 덮어쓰고 둥글게 엎드렸다. 의문이 편두통처럼 머리를 찔러 왔다.

누구야?

나한테 이런 짓을 벌이는 당신.

도대체 누구야?

1화

첫 번째 목요일

한참이나 달려온 밴이 마침내 멈췄다.

세연은 차창을 가리며 검게 드리워져 있는 커튼을 살짝 들 췄다. 짙게 선팅이 된 차창 너머로 나무들이 울창했다. 도심 을 벗어나 숲의 한가운데로 들어와 버린 걸까. 문득 두려움 이 밀려왔다.

뒷좌석과 운전석 사이를 차단하고 있던 칸막이 너머에서 한의 목소리가 건너왔다.

"도착했습니다."

비가 퍼붓던 날 늦은 오후, 대리인이라며 제안서를 들고 가게로 찾아왔던 사람. 다음 날 새로운 제안서를 들고 다시 찾아온 그는 제안을 수락하는 세연에게 자신을 '한'이라고만 밝혔다. 그게 성인지 이름인지는 모른다.

그날로부터 열흘이 지난 오늘은 마침내 첫 번째 목요일.

"3시 45분입니다."

한이 말했다. 어서 내리라는 말일 테다.

세연은 숨을 깊이 들이마셨다. 새로운 제안서 말미에 적혀 있던 특약 사항이 머릿속에 떠올랐다.

10회를 채우지 못할 시, 전액 환불한다.

그리고 그 바로 아랫줄에 이어지던 조항도.

10회를 모두 채우면 1억을 추가 지급한다.

열흘 전 한이 새로 가져온 제안서에서 회당 금액은 5천만 원으로 상향 조정돼 있었다. 계약금은 회당 금액과는 별개라고 했다. 혹 마음에 차지 않는다면 원하는 조건을 제시해 보라고도 했다.

그날 세연은 고개를 저었다. 더는 원하지 않는다고 한에게 말했다.

도합 7억. 꿈조차 꿔 본 적 없는 액수의 돈.

한계를 두지 않겠다는 듯 마음껏 배팅하는 남자의 의지가 세연은 조금 두려웠다.

한편으론 몹시 궁금하기도 했다. 미지의 그 남자가 과연 어떤 존재인지, 그리고 그만큼의 비용을 지불하면서까지 집요하게 제안을 관철하려는 이유가 무엇인지.

"진세연 씨."

공손한 재촉이었다.

세연은 차에서 내렸다. 코끝에 나무 냄새가 진하게 흘러들었다.

높다랗게 솟아오른 침엽수림 사이에 새하얀 집 한 채가 보였다. 집까지는 소담스런 오솔길이 이어져 있었다.

저 집 안에 그 남자가 기다리고 있는 걸까. 불안과 더불어 미묘한 기대가 돋았다.

집을 향해 세연은 천천히 걸음을 옮겼다.

오솔길을 지나 현관문 앞에 이르렀을 때, 세연은 문득 뒤를 돌아보았다. 까만 밴은 흔적도 없이 사라졌고 한의 모습도 보이지 않았다. 누구의 안내도 없이 혼자서 순간 이동이라도 해 온 것처럼 사위가 고요했다. 5월의 무성한 나뭇잎들 틈으로 오후의 빛들이 반짝였다.

현관에 초인종 같은 건 없었다. 세연은 문을 두어 번 두드렸다. 안에서는 대답도 기척도 없었다. 현관문 손잡이에 떨리는 손을 갖다 대자 저항 없이 문이 열렸다.

집은 비어 있었다. 거실과 주방, 그리고 다이닝룸, 두 개의 침실과 욕실, 서재와 실내 정원. 크고 작은 각각의 공간들이 미로처럼 서로 얽혀 있었다.

한 공간에서 다른 공간으로 가려면 매번 좁은 복도를 통과해야만 했다. 어디서도 보지 못한 비효율적인 구조인데 조심스럽게 하나씩 살펴보며 새로운 공간과 만나질 때마다 세연은 반짝 놀랐다.

작은 탄성을 질렀을지도 몰랐다. 이런 제안에 발을 묶인 상황이 아니었다면. 이 집을 소유한 누군가에게 정식으로 초대받아 왔다면. 세상의 잡다한 일들을 모두 잊고서 편안히 쉬러 왔다면.

창이란 창에는 모두 커튼이 길게 내려져 있어 숲의 풍경은 전혀 비치지 않았다. 실내 곳곳에 밝혀 둔 조명 덕분에 아늑한 기운이 감돌았다.

조용하던 집 안에서 갑자기 요란한 전화벨 소리가 울리기 시작했다. 벽시계가 정확히 4시를 가리키고 있었다. 세연은 책들이 빼곡한 서재에서 복도로 나섰다. 전화의 위치를 찾아 미로 같은 공간 여기저기를 헤매야 했다. 세연이 받을 때까지 전화벨은 끊기지 않고 계속 울렸다.

거실 입구의 콘솔에서 까만 유선 전화기를 발견했다. 옛날

영화에서나 보던 클래식한 디자인이었다. 세연은 조심스레 송수화기를 집어 들었다.

"여보세요."

어쩌면 한일지도 모른다고 생각했다. 지금까지의 과정이 전부 다 짓궂은 농담이었노라고, 돈 많은 한량의 시시한 장난이었다고 말하려 전화를 걸었을지도 모른다고. 아니면 몰래 카메라였다고 털어놓으며 방송사 카메라를 어깨에 멘 스태프들이 깜짝 등장할지도 모른다고 생각했다.

정말 그렇다면 얼굴이 화끈거려 어쩔까. 못 견디게 창피하지만 아닌 척 활짝 웃으며 재미있었다고 말할까. 사실은 얼마쯤 눈치채고 있었다고, 방송의 재미를 위해 속아 넘어가 준 거라고 둘러대 볼까.

—생각보다 담담한데.

한이 아니었다. 전화상이었지만 세연은 금세 알았다. 처음 듣는 목소리. 깊고 서늘한 음색을 가진 남자였다.

"어쨌든 선택은 내가 했으니까요."

제안을 해 온 건 당신. 그러므로 조바심을 내는 쪽도 내가 아니라 당신. 그러니 담담하지 못할 까닭도 없죠.

남자에게 하고 싶은 말을 마음에만 새겼다.

—전화기 옆에 스카프가 있어.

남자의 말대로 전화기 곁에 가지런히 접어 둔 스카프가 한

장 놓여 있었다. 블랙에 가깝도록 진한 보랏빛이었다.

　—내가 전화를 끊고 나면, 그 스카프로 두 눈을 가려.

　뜻밖의 명령에 세연은 당황했다.

　"뭐, 뭐라고요?"

　뚝. 전화가 끊겼다.

　세연은 진보랏빛 스카프를 내려다보았다. 기가 막혔다. 한이 했던 말이 새삼 머리를 스쳤다.

　"진세연 씨가 해야 될 일 같은 건 없습니다. 그 시각 이후로 모든 것은 그분이 다 알아서 하실 겁니다."

　이 시간 이후로 그 남자가 통제할 모든 것들 중 첫 번째가 스카프로 눈을 묶는 일인가. 두 눈을 가려 묶으라는 것은 자신의 실체를 결코 드러내지 않겠다는 의미인가.

　세연의 가슴속으로 묘한 감정이 고여 들어왔다. 이를테면 기대가 깨어졌을 때의 실망감 같은 것.

　제풀에 흠칫 놀란 세연은 고개를 양옆으로 휘저었다. 차라리 잘된 일인지도 모른다고 생각했다. 두 눈을 꽁꽁 묶어 가리면 그 남자와 눈빛이 마주칠 일도 없으니까. 이러한 제안에 수긍하고 만 자신의 수치심을 남자에게 엿보이지 않을 수 있으니까. 그리하여 끝내 담담해질 수 있을 테니까.

세연은 스카프를 집었다. 손에 닿는 감촉이 더할 수 없이 부드러웠다. 적당한 두께로 여러 번 겹쳤다. 두 눈을 두르며 휘돌아가 뒤통수에서 힘껏 묶었다. 시야가 일시에 캄캄해졌다. 눈가에다 두터운 암막 커튼을 드리운 듯 아무것도 보이지 않았다.

상대가 절대로 나를 볼 수 없다는 것. 그것이야말로 무절제한 자유의 시작점일지도.

남자의 시점에서 생각하자, 두려움이 왈칵 솟구쳤다. 이대로 괜찮을까. 이제부터 이곳에서 무슨 일이 벌어질까. 지금이라도 스카프를 풀어내고 이 집을 뛰쳐나가면. 아무 일도 없었던 일상으로 돌아갈 수 있지 않을까.

그러나 옛 일상은 남루하다.

재건축을 앞둔 골목 안, 손바닥만 한 커피숍. 호시탐탐 계약 파기를 주장하며 협박하는 건물주. 더디게도 줄어드는 대출금. 나날이 줄어 가는 통장 잔고. 몸 누일 곳이라고는 반지하의 비좁은 방 한 칸.

후회하지 않을 자신 있어?

세연은 스스로에게 물었다.

하지만 후회의 방향이 어느 쪽으로 뻗어 있는지, 무엇에 대해서 후회하지 않을 것인지 지금으로선 스스로도 알 수 없었다.

달칵. 귓가로 나지막한 소리가 파고들었다.

오늘 처음 들어와 본 집인데도, 현관문이 열리며 나는 소리라는 걸 세연은 단박에 알아챘다. 가려진 두 눈 대신에 두 귀가 말할 수 없이 예민해져서임을 깨달았다.

찰칵. 현관문이 닫혔다.

전실을 통과하는 구둣발 소리. 곧이어 실내화로 갈아 신는 기척. 이 공간을 샅샅이 꿰고 있는 듯 서두르지 않고 침착하게 걸어오는 발걸음.

남자가 차차 가까워지고 있었다.

세연은 콘솔에 한 손을 짚었다. 조금 어지러운 것도 같았다. 귀만이 아니라 온몸이 남자의 움직임에 집중하고 있었다. 이윽고 발자국 소리가 멎었다. 남자가 지척에 와 있다는 걸 알았다. 남자의 시선이 자신에게 꽂히고 있다는 것도.

세연은 보이지 않는 남자를 마주 응시했다. 남자 앞에서 비굴하고 싶지 않았다. 담담을 넘어 당당하고 싶었다.

남자가 훅 가까워졌다. 숨소리가 손에 잡힐 듯했다. 다행이었다. 눈을 가린 상태라 놀란 눈을 들키지 않을 수 있어서. 그리고 남자의 체취가 불쾌하지 않아서.

"내가 보고 싶겠지."

남자가 말했다.

감정의 진폭이 느껴지지 않는 고즈넉한 어조 때문일까. 남

자의 그 말은 이상하게도 암시처럼 들렸다. 그런 느낌이 못마땅해서 세연은 반박하듯 대답했다.

"아니요."

정밀하던 공기의 흐름이 일순 흐트러졌다. 남자의 움직임 때문이었다. 곧 머리 뒤편 스카프가 묶인 부분에서 남자의 손길이 느껴졌다. 세연은 꼿꼿이 선 채 움직이지 않았다.

"매듭이 이렇게 허술해서야."

남자가 지극히 일상적인 톤으로 말하고선 늘어뜨린 스카프 자락을 움켜쥐었다. 남자의 두 손에 의해 더 튼튼한 겹매듭이 지어졌다.

"두려운가 봐요. 내가 얼굴을 볼까 봐."

"그럴까."

느긋한 대꾸. 부정은 분명 아닌데 그렇다고 해서 긍정으로 들리지도 않았다.

"너는 어때?"

남자가 단도직입적으로 물었다.

"나는, 두렵지 않아요."

세연은 가까스로 대답했다.

남자에게서 희미한 숨결이 흩어졌다. 혹여 미소라도 띠고 있는 건가 싶었는데, 남자가 건조하게 물었다.

"담배를 피워도 될까?"

세연은 하, 낮게 탄식했다.

"왜?"

"여기선 뭐든 그쪽 맘대로 하는 거 아니었나요?"

"나는 야만이 싫거든."

"야만."

세연의 입술에서 실소가 흘렀다. 여기까지 오게 만든 그 제안서는 야만이 아니냐고, 남자에게 따져 묻고 싶었다.

하지만 세연은 그러지 않았다. 그럴 수가 없었다. 그것이 야만이든 무엇이든 결국은 자신이 수락했고 그 결과로 지금 여기에 와 있으니까.

"좀 앉지."

남자가 말했다. 친근한 권유는 아니었다. 지시였다. 누군 가에게 지시나 명령을 내리는 데에 익숙한 사람인 모양이었 다. 지금 남자가 입고 있는 옷은 매끈한 슈트일 것 같다. 그 래야만 저 말투에 잘 어울릴 것 같다.

세연은 머릿속으로 좀 전에 둘러보았던 거실의 구조를 더 듬었다. 중앙은 거칠 것 없이 트여 있었고, 카우치 형 가죽 소파가 놓인 자리는 입구 오른쪽이었다.

현재 서 있는 콘솔에서부터 소파까지의 거리를 가늠해 보 았다. 아마도 열다섯 걸음쯤. 그보다 멀지는 않을 것이다.

막 걸음을 떼려는 세연에게 남자의 말이 건너왔다.

"손, 잡아 줄까?"

담백한 언어에서 일말의 끈적끈적함도 찾아볼 수 없었다.

하지만 세연은 약간 짜증스러웠다. 병 주고 약 주는 것도 아니고. 애당초 두 눈 가리지나 말던가.

"아니요."

끊어 내듯 대꾸한 세연은 천천히 걸어 소파까지 이르렀다. 손으로 소파를 더듬어 끄트머리에 앉았다.

뒤이어 남자가 걸어오는 소리가 들렸다. 옆으로 와 앉으려는 줄 알고 세연은 몸을 한껏 굳히며 긴장했다. 이 집에서 남자가 하려는 모든 행위의 시작이 소파에서일 거란 예상. 각오를 했음에도 신경이 곤두서는 건 어쩔 수 없었다.

그러나 남자는 세연을 스쳐 지나갔다. 남자가 스쳐 갈 때 남자의 냄새가 세연 주위에 머물렀다. 스킨인지 향수인지, 그윽하고 묵직했다. 거슬리는 향이 아니어서 다행이라고, 세연은 다시금 생각했다.

드르륵. 짐작건대 창이 열리는 소리였다. 이어 라이터 켜는 소리가 났다. 흐릿하게 번지는 담배 연기.

세연은 창가에 선 남자를 상상했다. 남자가 피워 올리고 있을 담배 연기를 상상했다. 창밖의 숲에서 스며든 나무 냄새가 담배 냄새를 희석시켜 주었다.

담배를 피워도 되겠느냐고 묻는 것.

손을 잡아 주겠다는 말.

담배 연기를 내보내려 창을 여는 것.

그 소소한 부분들이 어쩌면 정말 배려일지도 모르겠다는 생각이 들자 팽팽하던 마음이 살짝 느슨해졌다. 불현듯 남자의 생김새가 궁금해졌다.

"혹시……."

"혹시?"

남자가 되물었다.

"눈을 가리게 한 이유가, 야수를 연상하게 하는 외모여서는 아니겠죠?"

즉답은 없었다. 지금 남자가 침묵하는 것은 조용히 웃고 있어서가 아닐까. 보이지 않는데도 세연은 그렇게 느꼈다.

"대답 안 하시네요."

"걱정 마. 나는 콰지모도가 아니니까."

콰지모도. 노트르담의 꼽추.

어떻게 생겼건 상관이야 없겠지만, 얼굴을 볼 수 없으니 더더욱 그러하겠지만, 멀쩡하게 생긴 남자라는 점이 세연의 본능적인 거부감을 덜어 주었다.

한편 의아하기도 했다. 목소리의 질감으로 추측하건대 30대 중반의 남자. 돈이 넘쳐나는 평균적 외모의 젊은 남자가 어째서 이런 제안으로 여자를 구하는 것인지에 대해서.

"상상해 봐."

"⋯⋯네?"

"내가 어떤 얼굴, 어떤 모습인지."

"상상에도 근거가 필요한 법인데 아무것도 모르잖아요."

남자의 발자국 소리가 들렸다. 점점 세연에게로 가까워졌다. 세연은 남자의 움직임에 귀를 기울였다. 등 뒤의 기척과 함께 귓가에서 남자의 목소리가 울렸다.

"알게 해 줄게."

다정하지 않았으므로 명령어처럼 들렸다. 세연이 원하건 원하지 않건, 남자가 자신의 존재를 속속들이 각인시키고 말거라는 일종의 예언처럼.

세연은 벌써부터 버거웠다. 집에 들어서자마자 게걸스럽게 몸을 덤하리 들 거라 예상했었다. 그러기 위해 그 엄청난 비용을 치르려는 거라고.

그런데 지금의 흐름은 세연의 예상과는 조금 다르다. 남자는 지금 지켜만 보고 있다. 그 시선이 어떤 빛깔인지 알 수 없어 세연에게는 긴장감이 더했다.

멀어지는 발자국 소리에 이어 창이 닫히는 소리가 났다. 그리고 남자의 목소리도.

"커피, 아니면 와인?"

자기 집으로 초대한 손님에게 말하듯 태연한 어조였다.

"와인이 좋겠어요."

"술을 고르다니. 용감한데."

마시면 마실수록 이성을 똑똑히 각성시키는 커피보다야 술이 나을 터였다. 쌓여 가는 긴장을 조금이나마 해제할 수 있을 테니까. 느긋해질 수 있을 테니까.

남자가 움직이며 내는 소리들이 고스란히 세연의 귀에 담겼다. 그는 소란하지 않았다. 짐작건대 걸음걸이는 우아할 것 같았고 손놀림은 섬세할 게 분명했다.

다시금 다가온 남자가 말했다.

"손."

세연은 일어나 허공으로 손을 건넸다. 와인 잔이 세연의 손에 쥐였다. 잔과 함께 잠시 스친 남자의 손이 매끄러웠다. 와인 잔을 감싼 채 세연은 소파에 앉았다. 향긋한 와인 향기가 코를 간질였다.

곁에 머무르던 남자 냄새가 저만치로 멀어졌다. 남자도 지금 소파에 앉았다. 남자의 무게를 감당하며 소파 가죽이 내는 소리로 미루어 알 수 있었다. 세연은 남자의 모습을 그려 보았다.

저 남자는 지금 소파 깊숙이 몸을 기대었을까, 걸터앉아 있을까. 시선은 어디로 향해 있을까. 입에 와인을 머금은 채 나를 지켜보고 있을까. 왜 내내 지켜만 보는 걸까.

"두려워 말고 마셔. 순수한 와인이니까."

"두렵지 않다고 이미 말했을 텐데요."

"허세 그만 부려."

"허세는 그쪽 특기 아닌가요?"

후, 낮게 퍼지는 소리는 웃음이다. 조소일지도 모르지만 어쨌든.

세연은 와인을 한 모금 머금었다. 아늑한 맛이었다. 한 모금 더 마셨다. 입안이 은근히 달콤해졌다.

"편하게 앉아. 누워도 좋고."

"명령인가요? 누우라는."

"곡해할 필요 없어. 옹송그리고 앉은 모습이 불편해서 그러는 거니까."

당당하려고 애썼건만 어느 결엔가 옹송그린 자세로 되었던가. 세연은 어깨를 반듯이 펴고 심호흡을 했다.

"한결 낫군. 와인 맛은 어때?"

"괜찮아요."

"마음에 든다는 뜻이야?"

세연은 난감했다. 와인 맛이야 물론 더없이 좋았다. 그렇다고는 해도 순순히 대답할 수는 없는 일. 마음에 든다는 말은 이런 상황에 놓인 여자가 선뜻 입에 올릴 수 있는 말이 아니었다.

"그냥, 나쁘지 않다는 뜻이에요."

"그럼 다음엔 다른 걸로 가져오지. 특별히 선호하는 와인이 있으면 말해."

"없어요, 그런 건."

있다 한들 남자에게 늘어놓을까. 머리에 꽃이라도 꽂지 않고서야.

"왜 목요일이죠?"

"내가 궁금해진 건가?"

"궁금하지 않다면 거짓말이겠지만, 알고 싶지는 않아요."

"궁금한데, 알고 싶지 않다. 심각한 이율배반이군."

아는 것이 최소한이어야 지울 수 있을 테니까. 열 번의 목요일이 지나간 뒤엔 오후 4시의 시간들을 말끔히 잊고 살아야 할 테니까.

그렇지만…… 지울 수 있을까. 잊을 수 있을까. 없었던 시간처럼 삭제해 버릴 수 있을까. 그럴 수 있을까.

"난 그저, 왜 목요일인지 지극히 사소한 의문이 들었을 뿐이에요."

"그럼 그 사소한 것들에 대해서 이야기를 나눠 볼까."

이야기를 나눈다고?

세연은 혼란스러웠다. 설마 이야기 나눌 상대가 필요해서 거금 들여 시간을 사겠다고 제안한 거야? 미치지 않고서야 그럴 리가.

도무지 종잡을 수 없는 남자의 의중이 세연을 더 불안하게 만들었다.

남자의 표정을 볼 수 있다면. 눈빛을 읽을 수 있으면. 그러면 이토록 헤매지 않아도 될 텐데. 불안과 함께 갑갑증이 일었다.

"가령, 첫 번째 기억 같은 건 어떨까."

첫 번째 기억이라면, 오늘?

"기억하고 싶지 않아요."

세연은 차갑게 내쏘았다.

"진세연."

남자가 불쑥 부른 이름이 마음 어딘가에 실금을 냈다.

내 것인데도 내 것이 아닌 것만 같은 이름. 지금의 세연에게는 그렇게 느껴졌다. 이름마저도 남자에게 속해 버린 듯이, 그렇게.

"좀, 자고 싶은데."

시작인가. 시간을, 아니 몸을 사겠다는 예고인가. 그러기엔 실내에 번지는 남자의 목소리가 너무도 차분했다.

"그래도 될까."

이번에도 역시 물음이라기보다는 혼잣말 같았다. 세연은 아무 말도 하지 않았다.

세연의 대답을 바란 건 아니었던 듯 남자가 소파에 몸을 기댔다. 가죽이 내는 기척으로 봐서 카우치 쪽으로 다리를 펴고 누운 것도 같았다.

"내가 잠든 사이에 멀리로 도망쳐 버리는 건 아니겠지."

"그럴 거면 오지도 않았겠죠."

"스카프를 풀고 내 얼굴을 몰래 들여다보는 짓은?"

"그럴 생각 못 했는데, 가르쳐 주시니 그래 볼까요."

"나는 잠귀가 아주 밝아."

"경고 안 해도 돼요. 그쪽으론 절대로 다가가지 않을 거니까."

"……그렇군."

남자의 말 끝자락에 엷은 숨결이 묻어났다. 그것이 냉소인지 다른 무엇인지는 알 수 없었다.

"진세연."

울림이 유독 깊어 대답하기가 어려웠다. 세연은 가만있었다.

"일기를 쓰나?"

"가끔. 특별한 일이 있을 때만요."

"오늘도 쓰겠군."

"아니요. 쓰지 않을 거예요. 기억하고 싶지 않다고 했잖아요."

"써."

"명령인가요?"

잠시 침묵하던 남자가 잠결인 듯 나른하게 중얼거렸다.

"써 줬으면 좋겠어."

막막한 시간이 흘러갔다. 대략 한 시간쯤. 그보다 더 많거
나 적을지도 모르지만 세연이 체감하기로는 그랬다.

남자는 내내 고요했다. 정말 잠에라도 들었는지 말을 걸어
확인하고 싶기도 했지만, 세연은 소파 한쪽 끝에 앉은 채 그
냥 기다렸다.

이따금 남자의 휴대폰이 진동하는 소리가 들리곤 했다. 세
연의 휴대폰은 한이 갖고 있었다. 이곳으로 출발하기 전, 한
의 요청으로 넘겨주었기 때문이다.

바깥의 숲에는 저녁이 스며들고 있을 터였다. 어두워지고
있을 것이었다.

남자의 휴대폰이 또 한 번 진동했다. 남자가 몸을 일으키
는 듯했다. 휴대폰을 꺼내 보는 기척도 났다. 통화는 하지 않
았다. 길게 숨을 내쉬는 소리가 들려왔다. 깨어났음을 알리
듯이. 혹은 자신의 존재를 새삼 일러 주듯이.

시간은 어김없이 흘러가는 중이었다. 오늘 몫의 5천만 원
이 흐르는 시간 속으로 사라져 가는 중이었다. 세연은 남자

를 이해할 수 없었고 결국 묻고 말았다.

"왜…… 아무것도 안 하죠?"

"기대했던 게 뭐지?"

"기대라니. 그런 건 안 했어요."

"거짓말을 들키면 가시를 세우는 버릇이 있군."

"기대 같은 걸 할 리가 없잖아요."

"조바심 내지 마. 오늘이 마지막도 아니잖아?"

"조바심에 관해서라면 그쪽한테나 해당되는 말이겠죠."

나지막이 퍼지는 저 숨소리는 미소일까. 대화를 나누고 웃음 짓고. 상식의 범주 안에 사는 사람일까.

"잠귀 밝다면서요."

"그런데?"

"전화가 여러 차례 와도 모르던데요."

"널 거기 앉혀 두고 내가 정말 잠들었다고 생각해?"

"그럼 날 시험해 본 거였어요? 도망치나 안 치나. 스카프를 풀어내나 견디……."

"박 사장이 누구지?"

말을 자르며 갑작스레 덤벼든 질문에 세연은 남자 쪽으로 고개를 돌렸다. 무의식적인 반응이었으나 남자가 보일 리 없었다.

"건물주예요."

"건물주가 귀찮게 굴어?"

"뭐, 그런 셈이죠."

"죽여 버려야겠군."

새파랗게 날이 선 단도가 머릿속에 그려졌다. 저 남자, 제 손을 직접 더럽히지 않고도 그런 일쯤 눈 하나 깜짝하지 않고 해치울 수 있을지도.

어쩌면 이곳에서 자신도 그런 끔찍한 꼴에 처할 수 있을 거란 생각이 들자, 세연은 와락 두려워졌다.

"농담이야."

"농담을 나눌 만한 사이는 아니라고 생각하는데요."

"시간을 사들인 건 나야. 네가 아니라."

맞다. 이 시간은 오롯이 저 남자의 것이다. 그가 무슨 말을 하건 감당해야 한다. 더한 일들을 각오하고 왔는데 기껏 말쯤이야 감당하지 못할 까닭도 없다.

"아쉽지만 오늘은 여기까지. 이제 갈 시간이야."

세연은 놀랐다. 아직 아무 일도 일어나지 않았다. 그런데 남자는 갈 시간이라고 말한다. 그것도 이렇게나 빨리. 밤이 오지도 않았는데. 믿기지가 않았다. 누구도 5천만 원을 이런 식으로 허비하지는 않을 것이다.

"가기 전에 딱 세 가지만 받겠어."

"무, 무엇을요?"

잔뜩 긴장해서 묻는 세연에게 남자가 짧게 답했다.

"질문."

세연은 안도의 숨을 내쉬었다. 알고 싶지 않다고 뻗대며 시간을 버리느니 일분일초라도 빨리 이 집을 나가고 싶었다. 남자의 마음이 바뀌기라도 하면 곤란하니까. 세연은 아까 듣지 못한 것을 다시 물었다.

"어째서 목요일이죠?"

"목요일만 시간을 낼 수 있으니까."

"무척이나 바쁘신 모양이군요."

"시간을 사는 대가로 7억을 줄 수 있으려면 바빠야겠지."

남자의 입에서 처음 나온 돈의 액수. 비현실적이기로는 마찬가지였다. 한이 말하기로는, 오늘분의 입금은 오늘 밤이라고 했다.

"한이라는 사람하고는 어떤 관계예요?"

"공적으로는 비서, 사적으로는 친구."

"비서로서든 친구로서든 철저하게 믿나 봐요."

이런 일에 개입시키는 걸 보면 말이에요, 라는 의미가 내포된 말이었다.

"한이 나를 믿는 거지."

"돈을 믿는 거겠죠."

"너처럼?"

자긍심을 건드리는 도발에도 까딱 않고 유연하게 되돌려주는 저 남자. 도대체 누굴까. 어떤 사람일까.

"왜 나예요?"

"글쎄. 왜 널까."

여운 같은 말을 남기고 남자가 일어섰다. 남자의 몸에 눌려 있던 소파가 기지개를 켜는 듯했다. 세연도 일어섰다. 귀를 한껏 곤두세워 남자의 움직임을 좇았다.

남자는 들어오던 때와 같은 걸음걸이로 거실을 가로질러 걸어가고 있었다. 세연은 등을 보이며 걸어가고 있을 남자를 향해 재빨리 질문을 던졌다.

"이름이 뭐예요?"

남자의 걸음이 멈췄다.

"세 가지를 다 받은 것 같은데."

"정답을 듣지 못한 건 카운트에서 빼야죠."

후……. 남자의 숨결이 흩어졌다. 그리고 전화 속에서의 첫 느낌을 되살리는 깊고도 서늘한 목소리가 들려왔다.

"도흔."

2화
전화

꿈이라고 생각했다. 잠의 틈바구니로 끼어드는 저 전화벨 소리. 어제 오후부터 시작되어 오늘 아침까지도 이어지는 악몽의 한 조각이라고.

어쩌면 악몽은 아닐지도 몰랐다. 꿈의 어느 부분에서도 공포에 시달리거나 한없이 쫓기지는 않았으니까. 적절히 편집된 꿈일지도 몰랐다. 기억이 곧잘 왜곡되곤 하듯이.

꿈이 아니었다. 세연을 부르는 휴대폰 벨 소리였다. 세연은 잠결에 휴대폰을 받았다.

"여보세요."

―언니, 자요?

아르바이트생 순주였다.

"응. 몇 시야?"

―10시예요.

"아, 미안."

세연은 잠을 떨치며 일어나 앉았다.

어제 오후 순주한테 가게를 맡기면서, 오늘도 그래야 할지 어떨지 아침에 전화를 주기로 했었다. 목요일의 그 '제안'을 치르고 나면 다음 날까지 뻗어 버릴 것 같아서였다.

하지만 당연했던 예상과는 달리 몸이 엉망진창으로 망가질 일은 전혀 일어나지 않았다. 거짓말처럼 말끔한 채로 돌아왔다. 그런데도 세연은 밤새 뒤척이다 새벽녘에야 간신히 잠들어야 했다. 끝 모르게 꼬리를 무는 생각들 때문이었다.

도흔.

그 남자의 막연한 이미지들 위에서 구체적으로 군림하는 단 하나의 이름.

그러나 어디서부터 시작했든 생각의 끝은 똑같았다. 누구인지 알 수 없다는 점. 기억의 어느 갈피에서도 찾아내지 못한 이름.

얼굴을 보지 못하게 눈까지 가리도록 명령한 남자는 그래서 선뜻 자신의 이름을 던져두고 가 버렸는지도 모르겠다. 아무리 기억을 더듬어 봐야 모르는 사람이라는 결론밖에는 얻지 못할 것을 알고서.

하긴 세연이 알고 있는 사람 가운데 그토록 많은 돈을 아무렇지도 않게 써 버릴 수 있는 사람은 없었다. 다 고만고만한 처지들뿐이었다.

각오했던 일 없이 돌아왔음에도 몸이 물에 담가 놓은 솜이불 같았다. 온종일 힘에 부친 일이라도 하고 온 것처럼 양쪽 어깨가 뻐근했다. 눈을 가려 버린 스카프 때문이라고, 세연은 생각했다.

—언니. 저 오늘 어떡해요? 가요?

어제까지와는 다른 오늘. 여느 날과 똑같은 하루를 살아낼 수 있을 것 같지 않았다.

첫 목요일이었던 어제, 미지의 남자에게 시간을 팔아 거액의 돈을 얻었다. 명목상으로는 분명 그랬다.

그렇지만 어제는 그저 프롤로그에 불과할지도 모른다. 앞으로 일어날 사건들을 암시하려는 시초일 뿐인지도. 두 번째부터는 '시간'의 자리에 '몸'이 놓일 것이다.

—언니?

"오늘도 좀 부탁하자. 지금 나올 수 있겠어?"

—그럼요. 바로 나갈게요, 언니.

"고마워. 어제 다른 일은 없었지?"

다른 일이란 건물주 측 사람이 다녀가지 않았느냐는 얘기

다. 순주 혼자 있을 때 불량스러운 남자들이 와서 시비를 걸
며 위기감을 조성할까 봐 걱정스러웠다.

세연의 물음을 헤아린 순주가 서글서글하게 대답했다.

—어젠 아무도 안 왔어요.

"혹시 또 와서 지난번처럼 나쁘게 굴거든 나한테 바로 연
락해."

—그럴게요.

"수고. 대신 어제랑 오늘 치 알바 비는 두 배로 줄게."

—두 배로요? 신난다!

기쁨을 있는 그대로 드러내는 스물한 살 순주의 풋풋함이
세연을 서글프게 만들었다. 순주 나이였다면 엄청난 그 돈
앞에서 자신도 그랬을까.

잠깐 든 생각에 세연은 이내 고개 저었다. 스물한 살에 그
러한 제안과 부딪쳤다면 두려워서 질겁하며 뒷걸음질부터
쳤을 것이다.

—언니. 그럼 어제 거 먼저 주실 수 있어요?

"그래. 오늘 것까지 지금 보내 줄게."

—진짜요? 고마워요, 언니!

어젯밤 집으로 돌아와서도 세연은 계좌를 열어 보지 못했
다. 돈이 안 들어왔을지도 모른다는 의심은 들지 않았다. 계
약금의 위력 탓인지, 그 남자와 보낸 시간 때문인지 스스로

도 판단할 순 없었다.

계약금을 비롯한 모두가 다 꿈일 것만 같고, 자고 일어나면 전부 허상일 것만 같았다. 쉬이 잠들지 못했던 이유는 어쩌면 그래서일지도.

마음의 내밀한 속내를 들여다보며 세연은 쓴웃음을 지었다. 쓴웃음 끝에는 조금 슬펐다.

애써 마음을 다독이곤 순주에게 송금하려 계좌로 들어가니 한이 말한 대로 어젯밤에 이미 입금이 완료되어 있었다. 어제는, 그리고 그 남자는 결코 꿈이 아니었다.

세연은 휴대폰 화면 속의 숫자를 손끝으로 쓸었다. 만져지지 않는 숫자들이어서 그럴까. 여전히 실감은 나지 않았다.

돈은 들어온 방식대로 다시 나가 버릴 수도 있었다. 제안서에 제시된 열 번을 채우지 못하면.

다음 번 목요일은 어제와 같지만은 않을 것이다. 이런 액수의 돈을 받아 놓고 아무 일도 일어나지 않기를 바라는 건 염치없는 일일 것이다.

그런데……

어제는 정말 아무 일도 일어나지 않았던 거라고 단정해 말할 수 있을까?

막막한 의문이 안개처럼 세연을 휘감았다. 문득 앉은뱅이 책상 위에 놓인 진보랏빛 스카프가 세연의 두 눈을 채웠다.

어쩌자고 저걸 가져와 버렸을까. 하아, 자책의 한숨이 흘렀다.

세연은 순주에게 송금한 뒤 문자를 보냈다. 베개에 얼굴을 파묻고 엎드려 있는데 휴대폰이 울렸다. 눈 감은 채 손만 뻗어 베개 곁의 휴대폰을 끌어당겼다.

"응."

고맙다는 인사를 하려는 순주인 줄 알았는데 침묵이 다가들었다.

"여보세요?"

―스카프를 가져갔더군.

귓가로 훅 파고드는 목소리. 가슴이 달캉 내려앉았다.

도흔. 목요일, 오후 4시의 그 남자였다. 세연은 일렁이는 마음을 가다듬고 담담히 대꾸했다.

"실수였어요."

―마음에 든다면, 가져.

"실수였다고 했잖아요. 필요 없어요. 다음 주에 제자리에다 돌려놓을게요."

―나는 다음 주라고 말한 적 없는데.

말문이 막혔다. 한에게서 언급은 없었지만 당연히 다음 주 목요일일 거라 생각하고 있었던 거다.

―원한다면 다음 주에 만나지.

"원한다고 말한 적 없어요, 나도. 그리고 오늘은 목요일이 아니에요. 여기는 내 집이고 지금은 내 시간이에요. 통화는 제안서에 없지 않았나요? 그러니까 아무 때나 전화하는 일은 삼가해 주셨으……."

—진세연.

강인한 손아귀로 발목을 확 휘어잡는 것 같은 부름.

가상의 세계 같던 숲속의 그 집에서가 아니라 혼자인 방에서 듣는 이름 석 자가 자신이 처한 현실을 더욱 일깨우는 듯했다. 제안이 끝나는 날까지 도흔이라는 이름의 남자에게 속해 있어야 한다는 사실을.

등허리에 한기가 돌았다. 몸살이 오기 직전과도 비슷한 느낌.

—건물주에 대해서는 더 이상 신경 안 써도 될 거야.

"무슨……?"

—한이 잘 처리할 테니까.

세연은 소스라쳤다.

"처리라고요? 대체 무슨 짓을 하려는 거예요?"

—쓸데없는 걱정은 하지 마.

"그런 소릴 듣고 어떻게 걱정을 안 해요?"

—나는 야만이 싫다고 말했을 텐데.

"야만이 싫다는 사람이 나한테는 왜……."

세연은 말을 채 맺지 않고 삼켰다. 항의뿐만 아니라 자칫 울음이 섞이게 될까 봐.

투정이라도 부리는 것처럼 들리면 안 되었다. 지금껏 살아오는 동안 누구에게 마음 놓고 투정을 부려 본 적도 없지만, 특히 이 남자는 더더욱 그럴 상대가 아니었다.

—그래서 기다렸잖아.

기다렸다고?

남자의 말이 무슨 의미인지 세연은 이해하지 못했고, 때문에 적당한 대꾸를 찾지 못했다.

—어제 너한테 손가락 하나 대지 않았잖아.

세연은 어리둥절했다. 기다렸다는 말과 손가락 하나 대지 않은 것 사이에 어떤 연결점이 있다는 건지 모르겠다. 그렇지만 가만 듣고만 있으면 그게 무엇이건 남자의 의견에 동조하는 결과가 될 터였다. 남자에게 그렇게 비치는 건 싫었다. 세연은 시니컬하게 받아쳤다.

"그래서 뭐, 자랑이라도 하고 싶은 거예요?"

—그럴 리가. 알려 주는 것뿐이야. 네가…… 울지 않게.

세연은 다시금 소스라쳤다. 맺지 않고 삼킨 말 끝자락에서 울음의 기미를 잡아챈 남자의 예리함 때문이었다.

"나를…… 알아요?"

이름과 전화번호와 은행 계좌 등등 비서를 시켜 알아낼 수 있는 정보에 관해서가 아니었다. 진세연이라는 사람을 언제 부터, 그리고 어디까지 알고 있는지를 묻는 거였다.

─회의 들어가야 해.

"대답을 피하는 핑계가 너무 궁색하네요."

─다시 전화할게.

"아니, 하지 마세요. 아무 때나 전화하는 거 하지 말아 달 라고 아까 말했……."

─그럼 네가 할래?

지극히 담백한 물음이었다. 아주 오래되어 서로 편안한 사 이라는 착각이 들 정도였으므로 세연은 조금 당황했다.

"무, 무슨……. 그쪽한테 전화 같은 거 안 해요, 난. 내가 왜 그쪽한테 전……."

─도흔.

세연의 말을 끊으며 파고든 남자의 목소리는 스카프의 매 듭을 묶던 손길을 닮았다.

─그쪽 아니고, 도흔.

그토록 단호하게 자신의 이름을 두 번이나 되새기고는 남 자가 전화 저편에서 사라졌다.

멍하니 앉아 있던 세연은 불현듯 떠오른 생각에 서둘러 휴 대폰 화면을 열었다. 열한 개의 숫자들이 존재를 증명하듯 생생히 남아 있었다. 방금 전의 통화로 하여 남겨진 남자의 휴대폰 번호였다.

두근거렸다. 이름에다 전화번호가 더해졌으니 정보는 두 배로 늘어난 셈이었다.

세연은 튕겨 오르듯 일어났다. 책상 서랍을 열고 안에 든 것들을 모조리 방바닥에 쏟아 냈다.

언제 쓴 것인지 모를 메모를 비롯해 학창 시절에 쓰던 다이어리들이며 습작 노트들까지 전부 밖으로 나왔다. 먼지 쌓인 졸업 앨범들도 꺼냈다.

단서가 될 만한 무언가가 나올 것만 같았다. 그 남자, 도흔과의 연결 고리가 생의 어딘가에 지뢰처럼 위험스레 숨어 있을 것만 같았다.

이곳저곳에서 끄집어낸 옛 물건들로 방 안은 난장판이 되었다. 세연은 그 모든 것들을 하나하나 살피기 시작했다.

3화
두 번째 목요일

목요일이 올 때까지 그 남자는 잠잠했다.

남자의 침묵이 편안해야 옳을 텐데. 마땅히 그래야 할 텐데. 사실을 말하자면 전혀 그렇지 못했다.

때때로 세연은 초조하기까지 했다. 다시 전화한다던 그의 말이 일종의 족쇄가 되어 버린 것인지도 몰랐다. 어쩌면 그 족쇄는 기다림의 다른 얼굴일지도.

그런 생각이 뇌리를 스칠 때마다 세연은 소스라치곤 했다. 무심코 스카프에 눈길이 갈 때처럼 자신을 책망하기도 했다.

단서를 찾아내는 일은 실패했다.

제일 먼저 세연은 그의 휴대폰 번호 뒷자리와 앞자리, 각각 네 개의 숫자를 주소록의 모든 전화번호와 일일이 대조해 보았다. 비슷한 것조차 없었다.

다음으로는 다이어리들을 꼼꼼히 읽었다. 다이어리에서 중학교 때 잠시 좋아했던 남학생의 이름을 발견하고 세연은 깜짝 놀랐다.

까맣게 잊고 지냈던 지난 시간의 편린들. 그땐 나름 소중했지만 지금은 이름마저 새삼스럽다는 게 아이러니했다.

행여나……. 내가 몰랐던 어느 순간에, 누군가가 나를 마음에 소중히 담아 둔 채로 살아왔던 것은 아닐까.

그런 아련한 환상이 잠깐 세연을 사로잡기도 했다.

세연은 초등학교와 중학교, 고등학교까지 졸업 앨범도 샅샅이 뒤졌다. 학생이고 선생이고 간에 도흔이란 이름을 가진 사람은 없었다.

남은 것은 비싸서 사지 않았던 대학 졸업 앨범. 하지만 대학 때라면 비교적 최근. 기억의 창고에서 캐내지 못할 리가 없다.

결론적으로, 세연이 갖고 있는 것들 중에서는 과거와 현재를 다 털어 봐도 혐의를 둘 만한 사람은 나타나지 않았다.

이름도 생소하고 목소리도 처음인 그 남자 도흔은 여전히 오리무중. 손에 또렷이 잡히지 않는 미지의 존재였다.

"언니!"

순주가 밝은 얼굴로 가게 문을 밀며 들어섰다. 세연은 마주 웃어 주었다.

"날씨가 예술이에요."

순주의 말에 세연은 깨끗하게 닦인 통유리 너머를 바라다보았다. 5월 초순, 한낮의 제법 따가운 햇볕이 골목 깊숙이 번져 있었다.

"덥지 않아?"

"좀 덥긴 한데, 공기가 맑아서 무지 상쾌해요."

첫 번째 목요일과 두 번째로 찾아온 목요일 사이, 비가 여러 번 내렸다. 덕분에 내내 습기로 눅눅하더니만 오늘은 모처럼 화창했다.

"놀러 가고 싶다!"

창밖을 내다보며 감탄조로 말하는 순주가 사춘기 소녀 같았다.

세연은 손목시계를 들여다보았다. 첫 목요일엔 이맘때쯤 한으로부터 연락이 왔었다. 오늘도 그러리라 생각하고 순주를 미리 불러 놓았다.

순주는 특별한 경우에만 부른다. 이를테면 큰엄마한테 가는 날 같은.

평소엔 세연 혼자 꾸려 왔다. 인건비를 아껴야 하기도 했지만 가게가 워낙 작아 혼자서도 충분했다.

근처에 대학교가 두 곳이나 있는지라 대부분의 손님들은 대학생들이었다. 순주도 그들 중 하나였는데 지금은 휴학 중이어서 세연이 급히 필요로 할 때마다 기꺼이 달려와 주었다.

"언니. 근데 목요일마다 어디 가는 거예요?"

난데없는 물음에 세연은 난감했다. 웃으며 대충 얼버무리려는데 순주가 눈을 반짝이며 말했다.

"알겠다."

가슴이 내려앉았다. 죄라도 지은 것 같은 기분이었다.

"'나도 여행 작가!' 나라 문화원 강의 지난주에 시작했잖아요."

영 뜬금없는 추측은 아닌 것이, 언젠가 세연은 순주 앞에서 말했던 적이 있었다. 나도 이런 책 한 권 쓰고 싶다고. 문장이 좋은 여행 에세이를 읽고 나서였다.

책은 둘째고 여행 다닐 여유부터 생겨야죠, 그랬던 순주였다. 그때 순주가 말한 여유란 시간보다는 돈이었다. 세연도 씁쓸하게 동의했었다.

"그거 딱 10주 과정이던데. 언니 요즘 그 강의 들으러 다니는 거 맞죠?"

순주의 확신에서 세연을 구해 준 것은 문자 알림음이었다. 세연은 얼른 휴대폰을 확인했다. 한이었다. 도착했음을 알리는 짧은 문자. 일주일 전에도 그랬듯이, 가게에서 멀찌감치 떨어진 곳에 밴을 세워 놓고 기다리고 있을 터였다.

"순주야. 나 나가야겠다."

"넵. 다녀오세요!"

환히 웃는 순주를 뒤로하고 세연은 가게를 나섰다. 머리 위로 맑은 빛살이 쏟아져 내렸다.

숲에 이르렀다.

오늘도 4시를 15분 남겨 둔 시각. 밴에서 내리기 전, 세연은 한에게 물었다.

"뭐 하는 사람이에요? 그 사람."

선선한 대답을 기대한 것은 아니었다. 한은 입이 무거웠다. 세연에게 꼭 해야 할 말 외에는 건네는 법이 없었다.

"며칠 전 통화에선 회의에 들어가야 된다고 하던데요."

한의 어깨가 약간 틀렸으나 뒤돌아보진 않았다.

"전화를 하셨습니까?"

조금 놀란 눈치의 한에게 세연은 변명하듯 대답했다.

"스카프를 가져갔다는 추궁을 하려고 걸었던 것 같아요."

"추궁은 아닐 겁니다."

"어째서요?"

한이 다시 침묵했다.

대화를 이어 가기엔 시간이 촉박했으므로 세연은 휴대폰을 건네고는 차에서 내렸다. 울창한 나무들 사이로 기다랗게 뻗은 오솔길을 따라 새하얀 그 집까지 걸어갔다.

현관문을 열자 까만 남자 구두 한 켤레가 보였다. 먼저 와서 세연을 기다리고 있나 보았다. 오늘은 망할 스카프로 두 눈을 가리지 않아도 되는 걸까. 남자의 얼굴을 볼 수 있는 걸까.

잠깐 희망처럼 스치는 생각을 깨부수듯 어두운 복도 저편에서 남자의 목소리가 날아들었다.

"스카프는 가져왔겠지?"

네, 네, 아무렴요.

세연은 속으로만 빈정거리며 백에서 스카프를 꺼냈다. 지난번처럼 앞에서부터 뒤로 돌려 묶어 두 눈을 가렸다. 완벽한 어둠이 다시금 찾아왔다.

눈을 가리자 새삼 긴장된 세연은 숨을 깊게 들이마셨다 내쉬었다. 앞으로 두어 걸음 채 내딛기도 전에 코앞에서 남자의 기척이 느껴졌다.

"손."

남자가 말했다. 길잡이가 되어 주려 팔을 세연 쪽으로 뻗고 서 있을 남자의 모습이 그려졌다.

"친절하시네요."

"핀잔같이 들리는군."

"둔하지도 않으시고."

"쓸데없는 데서 고집부리는 짓은 그만했으면 좋겠는데."

"쓸데없는 데서 고집부리는 짓을 하는 건 그쪽인 것 같은데요. 망할 스카프 따위를 애용하는 건 낯가림 때문인가요?"

"망할."

나직한 되새김에 어떤 감정이 담겨 있는지 짐작하기 어려웠다. 독특하게 깊은 목소리도 목소리지만 표정이 보이지 않으니 더욱 그랬다.

"머리가 나쁜 편인가?"

뜬금없는 질문에 세연은 남자 쪽으로 고개를 돌렸다. 그래봐야 보이지 않는데도 자동적으로 움직였다. 상대가 어떤 표정을 하고 있는지 모르니 답답하기 짝이 없었다.

"무슨 뜻이죠?"

"진세연."

돌연 닥쳐온 부름에 온몸이 포박당하는 것만 같았다. 지금 남자는 포악한 짐승의 눈빛을 짓고 있는지도 모르겠다.

지난주 목요일처럼 아무 일도 일어나지 않는 시간을 오늘도 기대해서는 안 되는 거겠지.

세연은 각오하듯 물었다.

"시작인가요?"

"뭘?"

"그쪽이 원하는 일."

"도흔."

세연의 이름을 부를 때와 같은 음색이었다. 세연은 비로소 남자가 했던 말의 뜻을 알아챘다.

"그쪽 아니고, 도흔. 알았어요. 잘 알겠는데요. '도흔 씨'라고 다정하고 친밀하게 부르기를 바라는 건 아니겠죠?"

"손."

도흔은 집요했다. 세연이 손을 올린 곳에 도흔의 팔이 기다리고 있었다. 손끝에 닿는 질감이 셔츠인 듯했다. 아마도 얼룩 한 점 찾아볼 수 없게 하얀.

조심스럽게 팔을 잡자 도흔의 단단한 팔 근육이 손바닥에 고스란히 느껴졌다. 마르지도, 뚱뚱하지도 않은 남자의 체격을 유추하게 만들었다.

도흔이 걸음을 옮겼다. 이끌리듯 세연도 천천히 걸음을 뗐다. 그의 걸음은 진중했고 세연이 각오한 '시작'의 기미조차 느껴지지 않았다. 세연을 거실 소파에 앉히고는 도흔이 멀어져 갔다. 창이 열리는 소리가 귀에 익었다. 그가 피워 올릴 담배 연기도 눈에 보이는 것 같았다.

하지만 도흔의 얼굴과 표정은 상상할 수 없었다. 그의 시선이 어느 쪽을 향하고 있는지 또한 알 수 없었다. 답답했다. 아무것도 볼 수 없었던 첫 목요일의 지배적인 심정이 두려움이었다면, 두 번째 목요일인 오늘은 답답함이다.

세연은 창가의 도흔을 향해 말을 건넸다.

"이름이 외자예요?"

"오늘의 질문 세 가지를 시작하는 건가?"

"그렇다고 해 두죠."

"아니야."

혹여 외자 이름인가 싶었는데 역시 이름 두 글자만 밝혔을 뿐 성은 뒤에다 숨겨 두었던 거였다.

"물어봐도 성은 말해 주지 않겠죠?"

"물론."

"나이는요?"

"맞춰 봐."

"서른……여섯?"

"많이 갔어."

"그럼 서른넷?"

"셋."

서른셋. 세연보다 여섯 살 위였다.

"세 번째 질문은 오늘의 마지막 순간을 위해 미뤄 두고,

와인부터 한 잔 마실까?"

"그럴까요?"

도흔의 말이 끊긴 공간에 희미한 숨결이 흘렀다. 담배 연기를 내뿜는 소리일까, 그저 숨소리일까. 어쩌면 미소일지도 모른다는 생각이 들었다.

"방금, 웃은 거예요?"

"왜 내가 웃었다고 생각하지?"

"아니면 됐어요."

"웃었어."

"왜요?"

"그럴까요? 그거, 허세가 아니라 여유 같아서."

"이상해. 허세여야 웃음 나는 거 아닌가?"

"내가 궁금해?"

훅 치고 들어오는 물음이 목에 닿을 만큼 들이댄 칼날 같아서, 절대 아니라고 거짓말하기 힘들었다. 세연은 답을 피해 둘러댔다.

"그런 말은 안 했어요."

희미하게 흐르는 숨소리에 이어 발자국 소리가 들렸다. 도흔의 걸음은 세연으로부터 차츰 멀어졌다가 이내 가까워졌다. 그가 지금 지척이라는 걸 세연은 공기 중에 번져 오는 은은한 향으로 알았다.

도흔이 말했다.

"손."

세연은 손을 뻗었다. 손안에 와인 잔이 안겼다. 잔은 알맞게 차가웠고 와인의 향기는 오늘도 더할 나위 없이 감미로웠다.

도흔의 움직임이 감지되었다. 옆에 앉을 줄 알았는데 아닌가 보다. 소파에선 미동조차 느껴지지 않으니 말이다.

"어디 있어요?"

"너를 보고 있어."

"움직였잖아요."

"테이블에 앉았어."

와인 잔을 들고 테이블에 걸터앉아 앞에 있는 여자를 마음껏 음미하고 있을 남자의 모습이 어렵지 않게 그려졌다. 다만 비어 있는 부분은 얼굴.

"소파 두고 왜 거기 앉아 있는 거예요?"

"널 보려고."

군더더기 없이 담백한 대답인데도 도흔의 손아귀가 몸 어딘가를 거칠게 움켜쥐는 것만 같았고, 불현듯 목이 탔다. 세연은 와인을 한 모금 마셨다.

"어때?"

"나쁘지 않네요."

"하, 하."

짧게 끊어 웃음소리 내는 시늉을 했을 뿐 그가 진짜로 웃은 것은 아니었다.

"왜요?"

"이 와인에 감탄하지 않는 사람은 처음이라."

"아."

한 모금 더 마셔 봤지만 지난주에 마셨던 와인과 미묘하게 다른 맛이라는 것 외에 특별한 느낌은 들지 않았다.

"이 와인 무척 비싼 건가 봐요."

"그렇게 생각하는 이유는?"

"어마어마하게 비싼 와인을 맛보며 감탄을 드러내지 않는다는 건 와인 제공자에 대한 결례라고 여길 테니까요."

"그러니까 맛 때문이 아니라 다들 가격 때문에 감탄하는 거다?"

"열에 아홉은요. 하긴 와인 병을 눈으로 봤어도 저야 가격 따위는 몰랐겠지만."

"진세연한테는 이깟 와인 따위 말고 다른 걸 준비해야겠군. 취향을 말해 봐."

"선택해야 한다면 소주로 할게요. 이토록 에로틱한 스카프랑은 어울리지 않는 조합이겠지만 말예요."

도흔에게서 숨결이 흩어졌다. 이번엔 희미하지 않았다. 소리는 나지 않았지만 숨결의 파장이 아까보다 길었다.

"웃고 있네요."

"웃고 있어."

대답하는 목소리에도 나른한 기운이 실려 있었다.

세연은 궁금했다. 웃음 띠고 있는 도흔의 얼굴을 두 눈으로 확인하고 싶었다. 볼 수 없는 얼굴을 더듬어 보듯 물었다.

"어떤 부분이 웃음의 포인트였을까?"

"이토록 에로틱한."

"취향인가 봐요?"

"이토록 에로틱한 스카프를 집으로 가져가는 여자가 취향이라면?"

"실수였다고 했잖아요."

"기다렸지?"

"뭘요?"

"내 전화."

칼날처럼 위태롭게 파고드는 말이 거짓말을 막았다. 다행히도 도흔은 세연의 대답을 강요하진 않았다.

"난 기다렸어."

─그럼 네가 할래?

전화 속 도흔의 목소리가 생생히 되살아왔다.

"앞으론 그런 쓸데없는 짓은 안 하셔도 되겠어요. 그쪽한테 전화 같은 거 하는 일, 절대로 없을 테니까."

"그런가."

낮은 읊조림과 더불어 와인을 삼키는 소리가 들렸다. 꿈틀거릴 목울대가 눈에 보이는 듯했다.

"레드예요, 화이트예요?"

"레드."

"그렇구나."

세연은 상상했다. 핏빛의 와인을 한 모금 한 모금 들이키며 자신을 보고 있는 남자를. 상상은 늘 도흔의 얼굴에서 막혔다.

"안 보이니까 답답해요."

"그렇겠지."

"혹시, 연예인이에요? 얼굴만 보면 온 국민이 다 아는?"

"온 국민이 다 아는 스타의 목소리를 구별하지 못할 만큼 둔한 여자는 아닐 텐데."

"그렇겠군요. 답답해서 그냥 해 본 말이었어요."

세연도 잔을 입에 댔다. 그윽한 와인 향이 코끝을 기분 좋게 간질였다. 좋은 향기는 영혼을 느슨히 풀어놓는 경향이 있는 것 같다. 영혼에도 밀도라는 게 있다면 말이다.

"지금까지 살아오면서 가장 답답했던 순간이 언제였지?"

"설마, 지금 이 순간이라는 대답을 듣고 싶은 건 아니겠죠?"

"그 정도로 멍청한 놈은 아냐."

"그럼 왜 그런 사적인 질문을 하는 건데요?"

"알고 싶어, 너를."

진심 같아서 세연은 마음이 잠깐 휘청거렸다. 어조 때문이다. 빛나는 칼날을 앞세우고도 무릎을 꿇고 있는 듯한 저 어조 때문에.

"그런 질문들로 한 사람을 알아 가기에는 주어진 시간이 충분하지 않은 것 같은데요. 오늘을 포함해도 겨우 아홉 번. 아홉 번의 목요일을 그런 사소한 질문들로 채울 거였으면 이런 방식으로 거액을 투자하지도 않았겠죠."

"널 안고 싶어."

'알고 싶어'가 잠깐 사이에 '안고 싶어'로 도약했다. 단도직입적인 욕망의 말에 세연은 숨이 막혔다.

"다만 견디고 있을 뿐이야."

"왜요?"

당신은 거액을 들여서 내 시간을 산 사람이잖아요. 그런데 왜 견디고 있는 거죠? 왜 이렇게 무의미해 보이는 대화들로 시간을 허비하고 있는 거죠?

의문에 찬 물음들이 세연의 입안에 고였다.

"너는 창녀가 아니고, 나는 너를 온전히 내 것으로 갖고 싶으니까."

세연은 혼란스러웠다. 창녀라는 말이 모욕감으로 정수리를 때리는 것과는 별개로 '온전히'라는 표현을 사용한 남자의 저의를 도무지 이해할 수 없었다.

어차피 불가능하다. 돈을 매개로 한 관계에서 한 존재를 '온전히' 갖는다는 것.

도흔은 지금 엄연히 불가능한 일을 욕망하고 있는 것이다. 온전한 관계를 원했던 거라면 애초에 이런 식의 제안은 건네지 말았어야 했다. 평범한 방법으로도 얼마든지 사람을 알아갈 수 있고, 가까워질 수 있다. 서로를 온전히 가질 수 있다.

물론 그러기까지 시간이야 훨씬 더 오래 걸리겠지만.

시간.

이 남자에게 있어 키포인트는 결국 시간인 걸까.

"낭비는 딱 질색인가 봐요? 시간을 들여야 가능한 일이라는 걸 모를 만큼 멍청한 사람은 아닌 것 같은데."

"낭비해도 될 만큼의 시간이 없는 거라면."

"돈 버느라 어마어마하게 바빠서?"

"돈을 경멸하는 척, 열심히 노력하는 버릇이 있군."

세연은 그만 말문이 막혀 버렸다. 나름 정곡을 찌른 판단

이어서 대응할 말이 떠오르지 않았다.

"들켜 버렸네요. 나쁜 버릇."

"인정이 빠른데?"

세연은 어깨만 으쓱했다.

와인 잔이 탁자 위로 놓이는 소리가 들렸다. 도흔이 움직이고 있었다. 소파가 포근하게 출렁였다. 옆자리를 차지하고 앉은 그가 세연의 허벅지 위에 손을 올렸다.

"긴장하지 마."

"안 했어요."

"그건 허세."

세연은 낮은 숨을 내쉬었다. 도흔의 말이 맞다. 허세다. 그의 손이 닿자마자 긴장으로 온몸이 굳어 버렸으니까.

불결하게 끈적끈적하진 않았다. 악력이 느껴질 정도로 강렬하게 움키지도 않았다. 그저 손 하나를 펴 다리 위에다 내려놓았을 뿐이었다. 남자의 손과 세연의 살갗 사이는 그녀가 입고 있는 데님으로 가로막혀 있다. 그런데도 손바닥의 열기가 화인 같았다.

"생에서 가장 답답했던 순간."

도흔이 세연을 재촉했다.

불꽃처럼 허벅지를 점유하고 있는 남자의 손을 잊기 위해서라도 뭐든 말을 해야 했다.

없다면 선택을 하느냐 마느냐의 문제는 아닌 거잖아요. 결과가 어떻든 선택할 수밖에 없는 거 아닌가? 그래서 어떻게 했는데요?"

"미루어 두었어."

뜻밖이었다. 선택을 미루어 둔다는 건 이렇게나 비현실적인 제안을 거뜬히 실행하고 있는 이 남자의 성향과는 어울리지 않는다는 생각이 들어서였다.

"왜 미루어 두었는데요?"

"나를 이토록 궁금해할 줄은 몰랐는데?"

"이토록……은 아니에요."

"궁금해하는 건 사실이고?"

"안 보이니까 그렇잖아요. 보이면 눈에 보이는 대로 생각하면 그만인데, 안 보이니까. 볼 수 없어 답답하니까. 아. 스카프의 목적이 이거였나 봐요. 답답하다 못해 궁금해지도록 만드는 거. 그거라면 성공했으니까 이제 그만 풀어 주죠?"

"다른 이유도 있지만, 궁극적으로는 너를 위해서야."

"나를 위해서? 어째서요?"

"내 얼굴을 보면 기억하게 될 테니까. 잊지 못하게 될 테니까, 나를."

끝내 얼굴을 못 보았다고 하여 기억이 말끔히 지워질까. 누구에게도 말할 수 없을 열 번의 목요일을 생의 모든 순간에서 완벽하게 삭제해 버릴 수 있을까.

모르겠다. 도흔의 의도가 과연 배려인지는. 설혹 그렇다 해도 배려로 받아들이고 수긍하기가 싫었다.

"자신감이 대단하시네요. 얼굴을 보면 오히려 쉽게 잊어버릴 수도 있을 거란 생각은 안 해 봤나 봐요."

"나는 야수가 아니라고 말했어."

"누구나 한 번 보면 반해 버려서 간직하지 않고는 못 배기는 얼굴이다? 자신감이 아니라 오만이라고 정정해야겠네요."

도흔이 곧장 맞받아치지 않는 까닭은 아마도 미소를 짓고 있어서일 거라고, 세연은 추측했다. 미소 지을 때 어떤 얼굴일지 다시금 궁금해졌다.

세연은 잔에 남은 와인을 마저 마셨다. 도흔이 세연의 손에서 빈 잔을 가져가 탁자에다 놓았다. 그러느라 허벅지 위를 점령하고 있던 손이 사라졌다.

열기가 물러난 자리로 한기가 스쳐 갈 틈도 없이 다리 위로 무언가가 놓였다. 온기를 지닌 묵직한 그것은 짐작건대 도흔의 머리였다. 도흔이 몸을 눕히는지 소파가 잠시 부드럽게 출렁였다.

"지금, 내 다리를 베고 누운 거예요?"

"싫다고 밀어낼 권리 따위 없다는 건 알고 있겠지?"

당연히 알고 있다. 도흔이 그 어떤 짓을 해도 밀어낼 수 없다는 것을. 오롯이 감당해야 한다는 것을. 다만 세연은 당황스러웠다. 지금 도흔이 만들어 내는 포즈는 연애하는 남녀 사이에서나 다정하게 연출할 법한 그림이니 말이다.

"혹시 불면증 있어요?"

"없어."

"그럼 여자 다리 베고 누워 잠드는 게 로망이었다는, 뭐 그런 거?"

후⋯⋯.

찰나였지만 들었다. 도흔의 입에서 새어 나온 웃음소리 한 조각을.

"웃었네요."

도흔에게서 대답은 없었다.

어쩌면 지금 그는 두 눈을 편안히 감고 있을지도 모르겠다는 생각이 들었고, 세연은 그에게 더 말을 걸지 않았다.

잠이 든다면 그대로 두어도 좋으리라. 시간은 어김없이 흘러갈 테니 가만히 버티고 앉아 도흔의 잠을 지켜도 괜찮으리라.

세연의 생각대로 시간이 제 할 일을 하듯 차곡차곡 흘러갔다. 세상과 단절된 숲속의 집은 내부도 바깥도 고요했다. 도흔의 고른 숨소리만이 정적을 흩뜨리고 있었다.

스카프를 풀어내고 도흔의 얼굴을 들여다보고 싶다는 충동이 일기도 했다. 그러나 세연은 꾸역꾸역 눌렀다. 그가 했던 말들이 떠올라 제동을 걸었기 때문이었다.

도흔의 말이 맞을지도 모른다. 얼굴을 보게 되면 기억은 구체적인 모습으로 살아나서 평생의 족쇄가 되어 버릴지도. 잊으려 애써도 잊히지 않는 얼굴로 각인되어 버릴지도.

그렇지만 손끝 정도는 괜찮지 않을까. 눈이 아니라 손끝으로 보는 정도라면 실체일지라도 여전히 막연할 테니.

세연은 엉덩이 옆에 어색하게 붙여 두었던 오른손을 조심스레 들어 올렸다. 도흔의 머리칼이 손끝에 닿는 순간, 그가 몸을 뒤챘다. 세연은 황급히 손을 떼어 냈다.

"만지고 싶었어?"

도흔이 물었다. 잠기운에 물든 듯 나른하게 깔린 음색이었다.

"천만에요."

세연은 강하게 부정했다.

"만져도 돼."

"아니라고 했잖아요."

"냄새가 좋아, 너."

어떤 뉘앙스로 받아들여야 할지 몰라 세연은 그저 침묵했다. 섣불리 말을 보태면 도흔이 다음 단계로 진입해 버릴 것만 같았다. 일반적인 남자들이 여자에게 원하는 몸의 과정 말이다.

도흔이 몸을 일으켰다. 그의 머리에 짓눌려 있던 다리가 무게감을 잃고 허전해졌다. 비어 버린 허벅지를 손으로 쓸던 세연은 도흔의 머리칼을 쓸어내리는 기분이 들어 얼른 손을 옹크렸다.

"오늘은 휴대폰이 조용하네요."

"너한테 집중하려고 꺼 두었거든."

"연인도 아닌데 뭘 그렇게까지."

"연인이고 싶어?"

"그럴 리가요."

"연인이라고 생각해도 좋아."

"허락이라도 해 주는 것 같은 어투네요. 알아요? 연인이라는 말은 한시적인 계약 관계에선 절대로 쓸 수 없는 단어라는 거."

"한시적. 계약. 둘 중 어느 쪽이 더 불만인 거지?"

함정이 내포된 물음이라 생각했다. 그래서 세연은 천연스럽게 대답했다.

"불만 같은 거 없어요."

"거짓말."

"거짓말이건 아니건 어차피 상관없잖아요?"

짧은 여백 후에 도흔이 말했다.

"오늘은 여기까지."

유유히 흘러오던 시간의 한 뭉텅이를 뚝 잘라 내는 것만 같은 어투였다.

오늘이 무사히 끝났다는 안도감과 근원 모를 허망함이 동시에 세연을 찾아들었다. 소파에서 일어나며 내는 도흔의 기척을 붙잡듯 세연은 오늘의 세 번째 질문을 던졌다.

"나를 처음 본 날이 언제였어요?"

4화

다이어리

금요일 오후, 한이 가게에 왔다.

한으로부터 세연에게 전해진 것은 진홍빛 리본으로 묶인 상자였다.

"뭐예요?"

"선물인가 봅니다."

도흔의 지시로 배달만 할 뿐 내용물에 대해서는 한도 모르는 눈치였다.

세연은 한이 가고 난 뒤에야 상자를 열었다. 상자 안에 든 것은 다이어리였다. 윤기가 흐르는 보랏빛 가죽 표지에다 모서리에는 앙증맞은 자물쇠가 매달려 있었다.

첫 번째 목요일, 일기를 써 줬으면 좋겠다던 도흔의 목소리가 떠올랐다. 지시도, 명령도 아니던 그 음색이.

세연은 다이어리를 집어 들었다. 자물쇠만큼이나 조그만 금빛 열쇠 두 개가 상자를 채운 솜털 위에 반쯤 겹쳐진 채로 누워 있었다. 난감한 기분으로 열쇠를 만지작거리고 있을 때 휴대폰이 울렸다. 하도 여러 번 노려봐 외워 버린 여덟 개의 숫자들. 도흔이었다.

"네."

—선물은 받았겠지?

"어이없어. 누구 맘대로 선물이래요?"

—첫 번째 목요일부터 열 번째 목요일까지 그 다이어리에다 모두 기록하면, 3억을 더 주겠어.

기억하지 않아도 되도록 얼굴을 못 보게 하는 거라더니, 그와는 반대로 열 번의 목요일을 꼼꼼히 기록하라는 명령은 또 무엇인지.

도흔의 악취미에 휘둘리고 있다는 생각에 무력감이 치밀었다. 세연은 될 대로 되라는 심정으로 지껄였다.

"그러니까 지금, 10억을 꽉 채워 주고 싶다는 거죠? 좋아요. 내키진 않지만 나쁘지 않은 조건이니까 수락하겠어요."

—수락해 줘서 기쁘네.

"3억씩이나 뿌린다는데 수락 못 할 이유도 없겠죠. 이깟 다이어리 덕분에 3억을 덤으로 받게 됐으니 저 또한 무척 기쁘네요. 내친김에 얘한테 '3억이'라는 별명이나 붙여 줄까 봐요."

─화를 재미있게 내는데?

화를 내고 있다는 것을 도흔이 알아챘다는 사실이 묘하게도 마음을 살짝 누그러뜨렸다. 그럼에도 세연은 말투에 박힌 가시는 뽑아내지 않았다.

"재미있다니 그것참 다행이네요. 용건 끝났으면 그만 끊죠."

─진세연.

깊은 울림이 밴 부름에 세연은 입을 잉다물고 말았다. '네?'라든가 '왜요?'라고 너무도 자연스럽게 대답해 버릴 것만 같아서였다.

─선물을 받아들여 주었으니, 세 번째 질문에 대한 답을 주겠어.

돌연 가슴이 뛰었다. 도흔에게서 답을 듣게 되리라고는 예상하지 못했다. 도흔의 실체를 파악할 수 있는 결정적인 단서가 답 속에 들었으리라 여긴 까닭이다.

어제 도흔은 세연의 질문을 무시한 채 그 집을 나갔었다. 그가 의도적으로 대답을 피하는 거라고, 그에게서 대답을 얻을 수 없을 거라고 생각하며 거의 포기했던 참이었다.

세연은 다시금 어제의 질문을 반복했다.

"언제였어요? 나를 처음 본 날."

―졸업식 날.

대학 졸업식 날을 말하는 거라면 3년 전으로 거슬러 올라간다. 도흔이 한을 통해 제안서를 보내기까지 3년이라는 세월이 존재했다는 의미였다.

세연은 마구 두근거리는 가슴에다 손을 얹어 지그시 누르며 물었다.

"내가 졸업하던 그날, 나를 만났다는 거예요?"

―너를 봤어.

봤다고 못 박는 것은 쌍방향이 아니라 일방이란 얘기다. 그러므로 만난 적 있는 사람을 세연이 기억하지 못하는 게 아니라는 의미였다.

"어디서요?"

그날 세연은 졸업식이 열리던 아트홀에는 들어가지 않았다. 아트홀 뒤편의 연못가에 혼자 서 있었다.

―너는 혼자였고, 품에 꽃다발 같은 건 없었지.

그리고 그때 세연이 서 있던 연못 주변에는 아무도 없었다. 그렇다면 도흔은 세연이 인지하지 못할 만큼의 거리를 두고 있었을 터.

"시력이 아주 좋은가 봐요?"

―시력의 문제는 아닐 거야.

"멀리서 본 나한테 한눈에 반했더라는 말을 하고 있는 거 아니었어요?"

담백한 웃음소리가 건너왔다. 숲속의 집에서가 아닌 현실 세계에서의 도흔이 어떤 모습일지 세연은 궁금해졌다.

―기대를 저버려서 미안한데, 너를 봤다고 했지, 첫눈에 반했다고 하진 않았어.

목덜미가 살짝 달아올랐다.

"기대가 아니라 추측이에요. 그래서 그날 이후로 날 스토킹이라도 했던 거예요?"

―내가 그런 짓을 한 만큼 한가한 사람이라고 생각해?

"하긴, 시간 낭비는 싫어하는 사람이죠, 그쪽."

일순 어떤 생각 하나가 세연의 머릿속에서 번뜩였다.

"누구 졸업식이었어요?"

그날 도흔이 누구의 졸업식에 왔던 것인지를 알아내기만 하면 모든 의문들이 너무도 쉽게 해결될 것 같았다. 하지만 도흔에게선 세연이 원하는 해답이 건너오지 않았다.

―너를 처음 본 날이 언제였는지에 대한 대답은 충분히 해 준 것 같은데.

도흔의 태도로 봐선 세 가지 질문이 새로 허용되는 다음 주 목요일까지 꼼짝없이 기다려야 할 판이었다. 어쨌거나 핵

심적인 퍼즐 조각 하나는 손에 쥔 셈이었다.

—목요일이 기다려지지?

물음 끝에 나지막이 따라오는 숨소리는 아마도 미소.

캄캄한 어둠 저편에 존재하던 도흔의 얼굴이 이젠 얼룩진 유리 너머에서 어른거리는 느낌이었다. 뿌연 유리를 잘만 닦아 내면 얼굴이 보일지도 모른다. 그가 누구인지 실체를 알아내게 될지도 모른다. 열 번의 목요일이 다 가기 전에.

어쩌면 그는 게임을 하려는 것인지도 모른다. 게임을 즐기기 위해 헨젤과 그레텔의 빵 부스러기처럼 세연 앞에 힌트를 하나씩 떨어뜨리고 있는지도.

"생각보다 어렵지 않을 것 같은데요."

—뭐가?

"당신이 누구인지 알아내는 거."

—당신이라. 듣기 괜찮은데.

"의미 없어요. 인칭 대명사일 뿐이니까."

—건물주 쪽은 어때?

"조용해요."

—귀찮게 하면 말해. 그땐 제대로 숨통을 끊어 놓을 테니까.

제대로라니. 그간 조용했던 이유의 배후가 도흔?

"무슨 짓을 한 거예요?"

―아무 짓도 안 했어. 정중한 몇 마디 외에는.

"정중함을 가장한 협박은 아니고요?"

―작성된 다이어리는 마지막 목요일에 받겠어.

마지막이라는 수식어가 돌개바람처럼 세연의 가슴을 휩쓸었다. 난데없는 느낌에 세연은 혼란스러웠다.

―열쇠도.

때마침 가게 안으로 들어서는 손님 때문에 세연은 엉겁결에 전화를 끊어 버렸다.

"어서 오세요."

습관적으로 인사하며 일어서는 세연을 여자가 똑바로 응시했다. 세련된 외양에 낯설지 않은 얼굴이었다.

"진세연."

이름을 부르는 독특한 비음이 세연의 기억을 일깨웠다.

"독고은진?"

"내 이름 기억 못 하면 화내려고 했는데, 기억하네?"

"워낙 특이한 성이라."

"오랜만이야."

당당하게 내밀어진 은진의 손을 잡으며 세연은 엷은 미소만 지었다. 은진과는 고등학교 2학년 때 같은 반이었고, 전공은 다르지만 같은 대학을 다녔다. 그렇지만 친밀하게 말을 섞어 본 적이 없어서 오랜만의 만남이 뛸 듯이 반갑진 않았다.

은진은 대부분의 아이들과는 월등히 다른 부류였다. 소문에 의하면 재벌 3세라고도 했고, 어마어마한 부동산 부자의 막내딸이라고도 했다. 어느 쪽이거나 세연과는 상관없는 세계였다.

차도 들어오지 않는 골목의 조그만 커피숍에는 눈길조차 주지 않을 은진이었으므로 세연은 오늘의 방문이 의아했다.

"여긴 어쩐 일이야?"

"지나가다, 네가 보이기에."

"너야말로 날 잘도 기억하고 있네? 내 이름이랑."

"너도 그리 흔한 성은 아니니까."

내뱉듯이 말하고선 은진이 탁자 위의 다이어리로 눈길을 내렸다. 세연은 다이어리를 상자 속에 도로 집어넣었다.

"선물 받았나 봐?"

"아니, 그런 거 아냐."

"웃겨. 선물이라 그럼 내가 뺏기라도 할까 봐?"

치받는 말투야 익히 알고 있는 거였지만 상자에만 꽂혀 있는 은진의 시선이 불편했다.

"수제 노트라니. 너한테 딱 어울리는 선물이네."

가죽으로 된 표지 때문에 은진의 눈에는 수제 노트로 보였나 보았다. 세연은 다이어리라고 굳이 정정하지 않았다.

"진세연, 너 고등학교 때 학교 대표로 백일장 나가서 상도 받아 오고 그랬잖아."

"그런 걸 다 기억하고 있는 줄 몰랐네."

친하지도 않았잖아, 라는 생각을 줄인 말이었다.

"갑자기 기억이 났어. 그 노트 때문인가? 거기, 주문 제작만 받는 곳인데."

잠깐 사이에도 은진은 다이어리의 가죽 표지에 새겨진 브랜드 네임까지 봐 버렸나 보았다. 아는 만큼 보인다더니, 은진이 콕 집어 말해 주지 않았다면 몰랐을 일이었다.

이번에도 세연은 별다른 코멘트는 보태지 않았다. 다이어리 이야기가 이어지는 게 거북해서였다. 도흔과 관련된 것이라면 사소한 부분까지 전부 다 무덤까지 가져갈 비밀이어야 했다.

"커피 줄까?"

"응."

선뜻 대답하고서도 은진은 앉을 생각이 없는 듯 가게 안을 눈으로 훑으며 서 있었다. 뭔가 탐탁지 않은 듯 검사를 하는 것 같은 눈빛이었다.

은진의 방문이 탐탁지 않은 것은 세연 쪽이었다. 지나가다 들어왔다는 은진의 말이 액면 그대로 믿기지 않았다. 묵묵히 커피를 내리는 세연에게 은진이 말을 걸었다.

"네 거야?"

무슨 소린가 싶어 쳐다보니, 은진의 손에 가게 명함이 들려 있었다. 명함을 들여다보며 은진이 또 물었다.

"언제부터 시작한 건데?"

"2년쯤 됐나 봐."

"근데 너 출판사 다닌다고 하지 않았어?"

졸업 직후부터 커피숍을 인수하기 전까지 소규모의 출판사에 다니긴 했었다. 어떻게 알고 있는지 묻지는 않았다. 동창들 중 누군가에게서 지나가는 얘기를 흘려들었으려니 생각하며 세연은 그간의 사연들을 생략한 채 짧게 대답했다.

"그만뒀어."

"왜?"

취조라도 하는 듯한 은진의 태도 때문에 세연은 다시금 마음이 불편해졌다.

"그런 게 왜 궁금한지 모르겠네."

"궁금하다고는 안 했어."

'그럼 왜 그런 식으로 따져 묻는 건데?' 하고 뾰족하게 대구하려다 말았다.

"그래서, 여긴 잘 돼?"

"그럭저럭."

"투자는 누가 했어?"

"투자? 무슨 뜻이야?"

"너 돈 없잖아. 뒤에 누가 숨어 있나 궁금해져서."

심오한 악의 같은 것이 아님을 안다. 어법이 원래 이런 식이라는 것도 일찌감치 알고 있었다. 단지 은진과 직접 맞부딪친 적이 없었으므로 개인적인 반감을 가질 일도 없었던 것뿐.

유쾌하진 않았지만 딱히 마음 상하지도 않았다. 은진을 다시 볼 일도 없을 터. 세연은 되도록 심상하게 대응하고 싶었다.

"보다시피 손바닥만 한 가게에다 누가 투자를 해. 출판사 나와서 한동안 알바하던 곳인데 권리금 없이 좋은 조건으로 넘겨받게 됐어. 보증금은 그간 모아 둔 돈에 대출을 보태서 해결했고."

은진의 미간에 가느다란 선이 그려졌다. 세연의 설명을 듣고도 반신반의하는 듯 보였다.

"뭐, 또 궁금한 거 있어?"

"넌 옛날이나 지금이나 참 똑같구나."

"알아듣게 좀 말해 주면 좋겠는데."

"자기가 분위기 있게 예쁘다는 걸 모르는 척하잖아, 너."

세연은 조금 웃어 버렸다. 은진이야말로 어디에서나 도드라지는 미모였다. 거기 더해 세련미까지 갖춘 애가 은근한 질시를 고스란히 드러내며 외모 타령을 하고 있으니 어이가 없을 수밖에.

"예쁜 거로도 모자라서 분위기까지? 고맙네."

"예뻐, 너. 고등학교 때부터 분위기 끝판왕이었다고. 다른 사람들은 다 아는데 무심한 척, 남자들 시선 같은 거 전혀 개의치 않는 거. 아주 불쾌해."

"척이 아니고……."

웃음을 거둔 세연은 한숨을 내쉬고는 말을 정리했다.

"말자."

피곤해져서 얼른 보내려고 테이크아웃용 종이컵을 꺼내는데, 불쑥 은진이 물었다.

"우리 1학년 때, 지프 선배 기억나?"

외제 지프를 타고 다녀 지프 선배로만 불렸던 복학생 선배. 온갖 기행들 덕분에 캠퍼스 안팎에 괴짜로 소문이 파다했던지라 기억이야 나지만, 개인적인 친분도 전혀 없었던 사람이라 지금은 그저 어렴풋했다.

"그 선배는 왜?"

"지프 선배가 너 마음에 두고 있었잖아."

"설마."

"몰랐지?"

"재미있는 오해네."

말해 놓고 세연은 제풀에 놀랐다. 저도 모르게 도흔의 표현을 따라 해 버린 꼴이라니.

'화를 재미있게 내는데?' 하던 그의 목소리가 다시금 귓가에 재생되었다. 불현듯 의혹이 달려들었다.

"지프 선배 이름이, 차…… 뭐였더라?"

"성진. 차성진."

"아, 차성진."

듣고 나니 이름도 기억났다. 그 선배와 도흔이 혹 동일 인물인 건 아닐까 싶었던 것인데, 역시 그건 아닌가 보다. 은진의 주장이 사실이라면, 졸업식 날 처음 봤다던 도흔의 말과도 배치되니 말이다.

"진세연. 너는 매번 내 걸 탐내더라?"

발톱을 세운 표범 같은 은진 앞에서 세연은 당황스러웠다. 맥락 없는 공격에 뭐라 대꾸해야 좋을지 생각도 나지 않았다.

아마도 그 시절 은진이 지프 선배를 좋아했던 모양인데, 그땐 그렇다 치고 '매번'이라니.

종이컵에 커피를 담아 은진에게 건네며 세연은 차분히 물었다.

"내가 네 거 뭘 탐냈는데?"

"조금 전 여기 다녀간 남자."

가슴이 찰랑했다. 조금 전 여기 다녀간 남자라면 한밖에 없다. 은진이 한을 미행이라도 했던 걸까?

만약 은진이 한과 특별한 사이라면, 도흔의 제안과 열 번의 목요일에 대해서 알게 될지도 모른다. 덜컥 겁이 나 말이 떨려 나왔다.

"오해라는 것밖에는……. 달리 할 말이 없네."

"오해라고? 그럼 저 선물은 뭐지?"

"저건……."

도흔을 말할 수는 없다. 어떤 경우에도, 그 누구에게도.

은진의 이 엉뚱한 오해는 한이 은진에게 직접 풀어 줄 것이다. 아니, 그래야만 했다. 지금 은진과 허술하게 말을 주고받다가 도흔의 존재를 들키느니, 한에게 맡기는 편이 안전할 터였다. 세연은 최대한 침착하게 말했다.

"직접 물어봐. 나한테 말고 그 사람한테. 여기까지 찾아와서 자존심 구겨가며 따지는 건 독고은진답지 않으니까."

은진의 두 눈에 푸른 불꽃이 일었다.

5화

세 번째 목요일

한의 차가 흰색 밴으로 바뀌었다. 세연을 픽업하는 장소도 바꾸었다. 은진 때문이리라, 세연은 짐작했다.

무채색인 한과 화사한 은진을 짝지어 생각하자니 아무래도 어색했다. 둘이 함께인 그림이 잘 그려지지 않았다.

"여자 친구 말인데요. 저랑 동창이에요."

조심하라는 의미에서 미리 알려 두는 게 좋을 것 같아 말했더니, 한이 냉정하리만큼 차갑게 잘랐다.

"여자 친구 아닙니다."

"누군지 묻지도 않고 부정부터 하시네요."

"누구든, 아닙니다."

짝사랑이라면 더더욱 은진답지 않은 일이었다.

"가게에 왔었어요."

"그날은 제가 부주의했습니다. 앞으론 조심하겠습니다."

그날 일에 대해 한과 은진 사이에 이미 대화가 오갔던 모양이었다.

"오래된 친구예요?"

"아니라고 말씀드렸습……."

"아니, 은진이 말고요. 그 사람……. 도흔 씨 말이에요."

"이름을…… 말해 주셨습니까?"

전화를 걸어왔다는 얘길 듣던 때보다 훨씬 더 놀라는 기색이었다. 표정이야 보이지 않았지만 말과 말 사이에 더듬거리듯 공백을 두는 것에서 세연은 한의 놀라움을 충분히 느낄 수 있었다.

"그 사람 이름이 국가 기밀이라도 되나 봐요?"

농담 삼아 말했지만 한은 침묵을 지켰다. 입이 무거운 비서 본연의 자세로 돌아간 듯 보여 세연도 더는 말을 건네지 않았다.

묵묵히 달려간 차가 숲에 도착해서야 한이 입을 열었다.

"노파심에서 당부 하나 드려도 되겠습니까?"

"뭔데요?"

"기밀입니다."

"뭐가요?"

"이름, 말입니다. 동창분께는 특히."

한을 연결 고리로 도흔과 은진이 아는 사이일 수도 있을 거라 생각했는데, '특히'를 달아 당부하는 걸 보니 역시 그 짐작이 맞았나 보다.

"걱정 안 하셔도 돼요. 세상 누구한테든 제가 그 사람과 그 사람의 이름을 입에 올릴 리가 없잖아요."

"그래서 노파심에서라고 말씀드린 겁니다."

한이 우려하는 부분은 업무상의 완벽도와 충실도일 테지만, 세연에게는 은진으로 인한 불안감이 명치에 미미한 체증처럼 얹혔다.

"저야말로 혹시라도 은진이가 알아내거나 하는 일 없도록 더욱더 신경 써 달라는 당부를 드리고 싶네요."

"네, 알겠습니다."

세연은 오늘도 어김없이 휴대폰을 한에게 맡기고 차에서 내려섰다.

오늘은 현관에 도흔의 구두가 없었다. 첫날처럼 집은 고요히 비어 있었다. 복도를 따라 천천히 안으로 걸어 들어간 세연은 거실 입구의 콘솔 즈음에서 걸음을 멈추었다. 첫 목요일에 그러했듯이 도흔에게서 전화가 걸려 올 것 같아서였다.

세연의 짐작을 따르듯 얼마 지나지 않아 유선 전화가 울렸다.

"오늘은 또 어떤 황당한 명령을 내리실 건가요?"

―기대하는 목소린데?

"기대가 아니라 각오라고 해 두는 게 좋겠네요."

―각오는 내가 해야겠지.

"어째서요?"

―서재로 가.

"그다음은요?"

―서재에 내가 준비해 둔 옷으로 갈아입고 나와.

세연은 작게 숨을 내쉬었다. 지금 세연이 입은 옷은 청바지에 흰 셔츠였다. 지난 두 번의 목요일에도 디자인만 약간 다를 뿐 오늘과 같았다. 남자를 시각적으로 도발하지 않으려 여성스러운 분위기를 최대한 제거하려는 의도였다.

도흔에겐 그게 불만이었던 걸까. 그래서 그의 방식대로 용의주도하게 의상 콘셉트를 바꾸어 놓으려 하는 중인 걸까.

싫든 좋든 세연으로선 도흔의 요구를 받아들여야 했다. 이집에서의 모든 시간들은 도흔의 것이니까. 결국 그가 원하는 대로 흘러가게 되어 있으니까.

"거절은 당연히 거절하시겠죠?"

—물론이야.

세연은 전화를 끊고 곧장 서재로 향했다.

도흔이 준비해 둔 옷이 어떤 스타일일지 궁금했다. 침실이 아닌 서재에다 옷을 가져다 둔 것이 나름의 배려일지도 모른다는 생각이 들었는데, 그의 말과 행동들을 자꾸만 배려라 믿으려는 마음이 못마땅하기도 했다.

서재에서 세연을 기다리고 있는 옷은 아련하게 하늘거리는 연보랏빛 원피스였다. 그나마 소매가 길어 팔이야 온전히 가릴 테지만 무릎에서부터 다리까지는 도흔의 시선 앞에 빤히 드러날 터였다.

"이런 스타일이 취향이시다?"

나직이 중얼거리며 세연은 조금 의아해졌다. 우아한 원피스는 평소의 세연과는 거리가 멀어도 한참 멀었기 때문이다.

도흔의 취향에 대해서 의아해할 필요도, 이유도 없을 터였다. 도흔이 졸업식 날의 에피소드를 언급하지 않았더라면. 시간을 거슬러 올라간 첫 일별의 순간에 대해서 듣지 않았더라면.

듣고 난 뒤에는 달라진다. 알고 나서부터는 어쩔 수 없이 의식하게 된다. 하나씩 하나씩 감질나게 들려주고 알게 해 주어, 결국 마음이 쓰이도록 하려는 계획인 걸까. 그렇다면

서늘하진 않았다. 오히려 지나칠 만큼 건조해서 티끌만 한 불씨 한 톨로도 화염을 일으킬 수 있을 것만 같은 어조였다. 막 싹트려는 믿음의 씨앗을 흔적도 없이 불태워 버릴 정도로.

공연한 기대는 품지 말라는 경고일 수도 있었다. 목요일의 시간들은 어디까지나 돈을 매개로 한 계약에 불과하다는 사실을 새삼 되새겨 주려는 충고일 수도.

세연은 다그치듯 도흔에게 물었다.

"두 번째는 언제였어요?"

"두 번째?"

"나를 봤던 날. 처음이 있었으니 두 번째도 당연히 있었을 거잖아요. 시간 낭비는 질색인 사람이니까 스토커 짓은 안 했다는 말, 믿어 볼게요. 몇 번째까지 있어요? 세 번째? 네 번째? 다섯 번째? 3년 동안 딱 한 번일 리가 없어."

"3년이라는 계산은 어디서 나왔지?"

"졸업식 날이라면서요. 내가 졸업한 게 3년 전이……."

두 눈에 휘감겨 오는 스카프 때문에 세연은 말을 채 잇지 못했다. 도흔의 손길에 의해 시야를 차단한 스카프는 뒤통수에서 탄탄한 매듭이 지어졌다. 또다시 어둠이다.

"진작 뒤돌아볼 걸 그랬어."

"그랬다면 내 품에 안겨 버렸겠지."

미처 얼굴을 볼 틈도 없이 품에 안겨 도흔의 가슴팍에 머리가 파묻히고 말았을 거라 말하는 걸까. 찰나의 움직임들이 상상이 아닌 실제처럼 세연의 머릿속에 느린 그림으로 그려졌다.

만약, 정말 그랬다면…….

"심장이 뛰는 소리를 들을 수도 있었겠네요."

"심장이 뛰는 소리는 지금이라도 얼마든지 들을 수 있어."

"사양할게요."

"사양할 권리 따윈 없을 텐데?"

빙그르르, 세연의 몸이 제자리에서 반 바퀴 휘돌아 갔다. 역시 도흔의 손길이었다. 몸의 회전을 따라 나풀거리던 원피스 자락이 얌전해지며 허벅지를 부드럽게 감쌌다. 세연은 긴장했다.

"심장 뛰는 소리를 정말 듣고 싶었다는 뜻이 아니었어요. 난 그냥, 그쪽이 실재하는 사람인 건지 알……."

"도흔."

"……도흔."

한동안 팽팽한 침묵이 맴돌았다. 세연은 숨을 멈추었다. 이마에, 두 뺨에, 콧날에, 그리고 입술에, 도흔의 눈빛이 내리꽂히고 있다고 생각하자 현기증이 일었다.

"어지러워."

"나 때문에?"

"이 상황에 그럼 누구 때문이겠어요."

"좋은 징조로군."

"누구한테 좋다는 거예요?"

"너한테."

"어째서요?"

"돈을 위한 시간만은 아닌 게 될 테니까."

"돈에 의한 시간만은 아닌 게 될 테니까, 그쪽, 도흔 씨한테 더 좋은 징조일 것 같은데요."

후……. 다시금 희미한 숨소리가 번졌다.

도흔이 미소 지어 흐르는 숨결임을 깨닫고서 세연은 미묘한 위기감에 사로잡혔다. 먹잇감을 바라보는 맹수의 시선 앞에 무방비하게 노출된 어린 짐승이 되어 버린 것 같았다.

"좀, 앉고 싶어요."

세연의 손 하나가 또 하나의 손안에 포박됐다. 도흔의 손은 크고 악력은 강인했지만 거칠지 않았다.

뿌리칠 수 없었다. 뿌리칠 권리 따위 없어서만은 아니었다. 손으로부터 건네지는 느낌이, 실존하는 사람임을 알려 주는 온기가 싫지 않았다.

손을 가둔 그대로 도흔이 세연을 이끌었다. 길잡이가 되어 주는 도흔에게 의지해 세연은 걸음을 옮겼다.

사르륵.

조용히 문이 열리는 소리. 코끝에 감도는 공기가 미묘하게 달라졌다.

"어디예요?"

"중정."

정사각형이던 실내 정원의 정경을 떠올렸다. 싱그러운 초록 잎사귀들이 아기자기하게 자리 잡은 곳. 이름 모를 잔 꽃들이 흩뿌려져 있던 공간.

세연은 숨을 깊이 들이마셨다. 식물들이 뿜어내는 냄새가 폐부로 파고들었다. 방향을 모른 채 불안하게 떠돌던 마음이 한결 편안해졌다.

아늑하게 가두어져 있던 손이 풀려났다. 양쪽 어깨에서 부드러운 힘이 느껴졌다. 도흔의 목소리가 다가왔다.

"앉아."

세연은 조심스레 몸을 낮추었다. 앉은 자리가 폭신했다.

"뒤로 기대어 봐."

도흔의 권유대로 했다. 캐시미어 담요처럼 등과 어깨와 머리를, 온몸을 포근히 감싸 안는 의자였다.

"편안해?"

"네."

"어지러운 건 어때?"

"괜찮아요."

"특별히 주문한 의자가 제값을 하는 모양이군."

세연은 하아, 낮은 소리를 내며 웃음 짓고 말았다.

"어이없다는 웃음인데?"

"영특하시네요."

"어이없는 이유는?"

"제안서에 없는 추가 지출을 자꾸 하시는 이유가 뭘까, 저야말로 궁금하네요."

"진세연."

"……왜요?"

"자."

잘못 들은 줄 알고 되물었다.

"뭐라고요?"

"좀 자라고."

세연은 낮은 숨을 내쉬었다. 이번엔 웃음이 아니었다. 이해하기 어려운 도흔의 언행을 해독하기 위해 호흡을 가다듬기 위함이었다.

"나…… 혼자서요?"

"같이 자고 싶어?"

"아니요."

재빠른 대답이 어쩐지 민망했다. 마땅한 의무는 이행하지 않은 채 권리만 뻔뻔스레 주장하는 사람이 되어 버린 기분이랄까.

"숙면엔 침대 쪽이 낫겠지만, 침대는 한사코 거절할 테고. 널 위해 특별히 주문한 의자야. 그러니까 자. 단 10분 만이라도, 세상 모든 것들 다 지우고 편안히."

"믿지 말라면서요."

"자라고 했지, 믿으라고는 안 했어."

"나한테…… 왜 이래요?"

"그동안 힘겹게 견뎌 왔으니 이런 소박한 휴식쯤 누려도 되잖아?"

"힘겹게……."

세연은 말을 잇지 못했다. 문득 울컥해진 까닭이었다.

흔히들 일컫는 '금수저'를 물고 태어나진 못했지만, 대부분의 사람들과 비교했을 때 유난히 더 힘겨운 삶이라고는 생각하지 않았다. 다들 이만큼씩은 어렵게들 살아가고 있는 거라고, 누구에게나 무겁게 짊어진 자기만의 굴레가 있는 거라고 생각해 왔다.

평범하지 않은 가족사를 내세워 연민을 얻으려 했던 적 또한 없었다. 누구한테든 섣불리 위로받으려 했던 기억도 없었다. 다만 태어난 대로 주어진 몫 안에서 살아갈 뿐이었다. 인생이라는 강 위를 무심히 흘러갈 뿐이었다.

그런데 생각지도 못한 사람에게서, 예상하지 못한 순간에 위로받는 느낌이었다. 지금껏 잘 살아냈다고, 그만 하면 충분하다고 인정받는 것만 같았다. 행운의 복권에 당첨되었다 여기고서 이젠 마음껏 편안해지라고, 얼굴도 모르는 이 남자가 말해 주는 것 같았다.

너울너울 흘러가려는 마음을 다잡으며 세연은 입을 열었다.

"믿고 싶어지면, 어떡하죠?"

"돈에 대해서라면, 믿어도 돼."

"돈 얘기를 하는 게 아니라는 거 알잖아요."

"……"

"끝내 얼굴을 보여 주지 않을 생각인 거예요?"

"너를 위해서라고 이미 말했어."

"내가 간절히 원해도요?"

"간절히…… 원해?"

세연은 차마 대답할 수 없었다. 궁금증과 답답함을 넘어서는 그 무엇이 간절한 소망까지는 아니었으므로.

침묵을 지우며 도흔이 말했다.

"숙면에 방해된다면 스카프는 풀어도 좋아. 단, 집 안으로 들어올 땐 원래대로."

"내가 잠들어 있는 동안, 그쪽 도흔 씨는 뭘 하고 있을 건데요? 거기 서서 잠든 나를 내내 지켜보고 있을 건가요?"

"그러고 싶지만, 진세연의 숙면을 위해 이쪽 도흔 씨는 최대한 멀리 물러나 주지."

그쪽을 이쪽으로 받아 지칭한 말에 세연은 웃음 지었다. 입가에 소리 없이 물드는 웃음을 숨기지도, 서둘러 수습하려 들지도 않았다. 도흔이 마음껏 내려다보도록 내버려 두었다.

잠시 정밀한 고요가 머물렀다. 그런 다음엔 발자국 소리. 사르륵, 문이 닫히는 소리. 그리고 점점 멀어지는 도흔의 발걸음이 귓가에 차례로 스쳐 갔다.

세연은 눈을 감았다. 스카프는 묶인 그대로 두었다. 눈을 가린 스카프가 수면 안대 역할을 해 주었다.

공기는 쾌적하고 온도는 알맞았다. 아무것도 보이지 않았으므로 생각을 멈추기가 수월했다. 몸을 이완하자 먼 데서 달려오는 파도처럼 잠이 밀려들었다.

길고 긴 꿈에서 빠져나오듯 잠을 깼다. 눈을 떴으나 시야는 여전히 어두웠다.

스카프를 풀어내자 사각의 하늘이 보였다. 푸른 색깔이 옅어지기 시작한 하늘에 누군가 솜씨 좋게 그려 넣은 것처럼 하얀 조각달이 떠 있었다.

오후를 지나 어느새 저녁으로 접어드는 시간이 되어 버렸다니. 모처럼 달게 자 버린 자신이 신기했다.

세연은 거의 파묻혀 있다시피 했던 의자에서 몸을 일으켰다. 스트레칭하듯 기지개를 켜 잠을 완전히 떨치고 나니 의자가 눈에 들어왔다.

지금까지 세연의 몸을 폭 끌어안고서 단잠으로 이끌어 준 타원형의 의자는 마치 커다란 알 같았다. 의자를 이루는 패브릭은 부드러운 보랏빛. 세연이 입고 있는 원피스 색과는 채도가 달랐다.

스카프, 다이어리, 원피스, 그리고 의자까지. 아무래도 도흔에겐 보라에 심취하는 경향이 있나 보다.

세연은 식물들 사이를 휘둘러보았다. 정원 안엔 그녀 혼자였다. 정원과 복도를 구분하는 통유리 벽 너머에도 사람은 보이지 않았다. 복도 천정과 벽이 닿는 모서리에서 오렌지빛 간접 조명만이 아래로 은은히 내리고 있었다.

세연은 정원을 나섰다. 거실로 갈 셈이었지만 미로 같은 복도에서 여러 개의 문들하고만 마주쳤을 뿐이었다.

다시 정원까지 되돌아온 세연은 반대쪽 복도를 따라 걸어갔다. 아까 옷을 갈아입었던 서재가 나타났다. 절반쯤 열려 있는 서재 문 안쪽은 품질 좋은 암막 커튼이라도 드리웠는지 암흑에 가까웠다. 그 짙은 어둠 저편 소파에 제왕처럼 앉아 있는 사람이 보였다.

"거기, 있어요?"

"들어와."

세연은 서재 안으로 발을 들여놓았다. 서재를 채운 어둠 때문에 사람의 형체만 어슴푸레 그려질 뿐 구체적인 생김새를 판별하긴 힘들었다.

한 걸음 더 앞으로 다가서려는데, 도흔이 말했다.

"스카프를 버리고 왔군."

"아, 망할 스카프."

세연은 손을 뒤로 뻗어 문을 닫았다. 복도에서 스며들던 한 줌의 빛마저 차단되자 서재 안은 순도 높은 어둠으로 가득 찼다.

"이럼 되는 거죠? 서로 공평하게."

"대담한데?"

"손만 뻗으면 닿는 전등 스위치를 누르지 않았는데도요?"

"제안서를 수정해야겠어."

"허락 없이 얼굴을 보려 시도하면 제안은 무효로 돌아가고 지금까지 받은 돈도 전부 환불한다는, 뭐 그런 조항이라도 추가하고 싶은가 봐요."

어둠 속으로 낮은 숨결이 번졌다.

"웃고 있네요."

긍정도 부정도 아닌 짧은 여백 뒤에 도흔이 물어왔다.

"잘 잤어?"

"네, 간만에 푹 잤어요."

"다행이네."

"고마워요."

형식적인 인사말은 아니었다. 세연으로선 진심이었다. 잠들기 전 울컥했던 마음까지는 다 꺼내 보이지 못할지라도. 그럴 필요까지는 없을지라도.

그러나 도흔이 세연의 진심을 건조하게 끊어 냈다.

"그런 말은 하지 않는 편이 좋아."

"왜요? 혹독할 상처가 예정되어 있기 때문에?"

"상처라……."

"이 제안이 마무리되는 날, 그쪽 도흔 씨 때문에 내가 치명적인 상처라도 입게 될까 봐 우려하는 거 아니에요?"

도흔 쪽에서 긴 숨을 내쉬는 소리가 들려왔다. 세연은 지금 도흔의 표정과 눈빛을 보고 싶었다. 볼 수 없으므로 더 애타게.

이윽고 도흔이 말했다.

"그렇다 해도 나하고는 상관없는 일이겠지."

"과연 그럴까요?"

"100%."

일말의 빈틈도 없는 즉답. 더구나 완전성을 의미하는 숫자, 100.

세연의 입술에서도 긴 숨이 흘러나왔다.

믿지 말라는 말. 어떤 여지도, 희망도 허용하지 않겠다는 그 말을 엄포하는 데에는 그럴 수밖에 없는 이유가 있어서인 것일까.

"혹시, 유부남이에요?"

"결혼한 적 없어."

"그럼 정혼자가 있다던가."

"정혼자?"

"10억을 아무렇지도 않게 쓰는 사람이라면 재벌 3세쯤은 될 것 같아서 하는 말이에요. 재벌가에선 대체로 그러지 않나요? 엇비슷한 집안끼리 서로 혼맥을 맺는 정략결혼 같은 거."

"접근은 좋았지만, 이번에도 오답이야."

결혼한 남자도 아니고 약혼자가 있는 것도 아니라면 왜?

"알겠다. 그쪽 도흔 씨한테는 이런 제안이 그냥 놀이일 뿐인 거야. 싫증 나기 전에 딱 열 번으로 끝을 내는. 끝나고 나면 다음 제안서를 보낼 대상을 찾아서 호시탐탐 기회를 엿보는. 맞죠?"

"전제부터 틀렸어."

"그럼 도대체 뭐예요? 나한테 왜 이따위 제안을 하고, 이 집으로 불러들인 거예요? 졸업식 날 이야기는 또 뭐냐고요."

"진세연."

바로 앞에서 건너오는 부름에 세연은 소스라쳤다.

"뭐, 뭐예요, 갑자기."

세연은 뒷걸음질 치며 스위치로 손을 뻗어 터치했다. 졸지에 덤벼드는 환한 빛이 눈 부셔 두 눈을 찡그렸다 다시 뜬 순간, 세연은 이미 도흔의 품 안에 파묻혀 있었다.

훅, 덮쳐 오는 도흔의 냄새. 남자 냄새⋯⋯.

도흔의 심장이 뛰는 소리가 귀를 채웠다. 자신이 엄연히 존재하는 실체임을 확인 시켜 주기라도 하듯 심장의 박동은 또렷하고 힘찼다.

"심장이⋯⋯ 뛰고 있네요."

"살아 있으니까."

등허리를 가로지르며 빠듯하게 얽힌 도흔의 두 팔과 손에 힘이 들어갔고, 세연의 몸은 한 치의 틈도 없이 도흔에게 밀착되었다. 얇은 원피스 자락 너머로 여자를 원하는 남자의 몸이 고스란히 느껴졌다.

아득해진 세연은 숨을 멈추었다. 몸의 모든 세포들이 길고 긴 동면에서 깨어나 저마다 아우성을 지르는 것 같았다. 아득함을 숨기려 짐짓 투덜거렸다.

"날 아주 으깨어 버릴 셈이에요?"

"이럴 거라고 예고했을 텐데."

"끌게요, 불. 다시 끄면 되잖아요."

방 안이 캄캄해졌다. 스스로 불을 끄고도 도흔은 세연을 품에서 놓아주지 않았다.

세연은 두려웠다. 이 순간을 기점으로 남자가 이어 갈 일련의 행위들에 대해서가 아니라, 어둠에 감추어진 자신의 두근거림이. 이성을 배반하며 제멋대로 발랄해지고 있는 몸의 감각들이.

점점 팽창하는 밀도를 낮춰야 했다. 치솟는 온도를 내려야 했다. 그래서 세연은 아무렇지 않은 듯이 말을 건넸다.

"드디어 소원을 이루셨네요."

"소원?"

"널 안고 싶어. 그랬잖아요, 첫날에. 그러니까 오늘 드디어 그 소원을 이룬 거죠."

도흔에게서 낮은 숨소리가 흘렀다. 아마도 웃음.

"담담한 척하는 거야, 담담한 거야?"

"담담한 거예요."

물론 거짓말이다. 그리고 이건 허세.

"품에 안기자마자 기절이라도 해 버릴 줄 알았어요?"

"지금 당장 널 바닥에 쓰러뜨릴 수도 있어."

위협적으로는 들리지 않았다. 어조 때문이다. 지금 도흔의 목소리에선 절제된 열기가 느껴지고 있었다. 열기와 절제가 어째서 양립하고 있는지는 알 수 없지만, 열기가 이기지 않도록 다스려야 했다.

"맨바닥에 누우면 등이 아플 거예요."

"내가 그런 것까지 일일이 신경 쓸 것 같아?"

"네, 신경 쓸 것 같아요. 그것도 아주 많이."

"나를 잘 아는 것처럼 말하는군."

"그쪽 도흔 씨도 나를 잘 아는 것처럼 굴었잖아요."

"이쪽 도흔 씨는 네가 생각하는 것만큼 너를 잘 알지 못해. 다시 말하지만, 스토킹 따위엔 취미 없다는 뜻이야."

"그럼 더더욱 궁금해지네요. 나를 봤다던 졸업식 날로부터 오늘에 이르기까지 어떤 연결점들이 있는 건……."

"키스를 원하는 게 아니라면 입 좀 다물지?"

세연은 입을 다물었다. 도흔이 키스를 시도한다 해도 뿌리칠 권리가 없고, 그러므로 결국 이루어지고야 말겠지만. 그렇지만 이처럼 캄캄한 어둠 속에서가 아니었으면 좋겠다. 적어도 눈빛만큼은 볼 수 있을 때였으면.

시간은 초침처럼 똑딱이고 귓가에선 여전히 심장이 뛰는데, 도흔이 이룬 포옹은 내내 굳건하며 몸과 몸이 서로 맞닿은 부분들에선 쉴 새 없이 감각들이 들끓었다.

"그런데……."

조심스럽게 말문을 열자, 도흔이 속삭이듯 '응?' 하고 받았다. 친밀하기 그지없는 반응이어서 긴장이 좀 풀렸다.

"언제까지 이러고 있을 거예요?"

"침대로 갈까?"

"아, 아니, 그런 말이 아니라……."

"시간을 조율하는 건 나야."

"알아요. 이 집에서 나한테는 아무런 권리 따위 없다는 거, 나도 잘 알고 있다고요. 그렇지만……."

"그렇지만?"

"숨 막혀……."

얼굴도, 표정도, 눈빛도 보이지 않았으므로 세연은 두려움을 무릅쓰고 솔직함을 택했다.

"이렇게 포로처럼 꽉 묶어 두고 있으니까."

"포로처럼."

가만히 되새기는 말끝에 딸려 나온 웃음이 더운 숨결로 변해 세연의 목덜미로 파고들었다. 마구 어지러웠다. 달콤한 현기증과 싸우며 세연은 열심히 생각을 모았다.

다음에 벌어질 모든 순간들을 유예할 수 있도록. 지난번처럼 '오늘은 여기까지'라고 말하고서 도흔이 물러나 돌아서게 할 수 있도록. 무엇보다도 함부로 꿈틀대는 몸의 두근거림을 도흔에게 들키지 않고 감쪽같이 감춰 둘 수 있도록.

"이 상황에 어울리는 말은 아니지만."

"아니지만?"

"배고프지 않아요?"

"저녁, 먹을까?"

"같이……?"

"같이."

마침내 얼굴을 보여 주겠다는 뜻일까?

그렇다면 목요일의 이 시간이 좀 더 연장되어도 괜찮겠지. 눈빛을 마주 보면 3년을 기다렸던 제안의 사유도, 그간 몰랐던 인연의 배경도, 열기를 누르며 절제하는 속내도 얼마쯤은 헤아릴 수 있게 되겠지.

세연은 기대를 품고 말했다.

"좋아요."

서재에서 나간 도흔이 다시 세연에게로 돌아왔을 땐 스카프와 함께였다. 어둠 속에서 그는 세연의 두 눈을 스카프로 가리고는 탄탄히 매듭까지 지었다.

"망할, 안 하네?"

부서진 기대를 다독이며 세연은 덤덤히 대꾸했다.

"기다려, 그럴 때 눈치챘으니까요."

세연의 손을 잡고 식탁 앞으로 데려와 앉힌 것도 도흔이었다. 고소하고 향긋한 냄새가 났다.

"오늘의 메뉴는요?"

"스테이크."

"설마, 손수 준비한 건 아니겠죠?"

"요리엔 취미가 없어서."

"그쪽 도흔 씨의 취미는 그럼 뭐예요?"

"너."

세연은 헛웃음을 지었다. 돌연 어깨에 휘감기는 온기와 무게가 느껴졌다. 도흔의 냄새도 같이.

"긴장할 거 없어. 지금은 저녁 식사 시간이니까."

"긴장 같은 거 안 했어요."

"몸은 거짓말을 안 하지."

세연은 더 우기지 않았다. 일순 목선이 뻣뻣해지는 걸 보았을 도흔에게 아니라고 더 우겨 봐야 소용없을 터였다.

"나한테는 지금이 개와 늑대의 시간이네요."

목덜미에 엷은 숨결이 번졌다. 나직한 소리도 함께. 도흔의 웃음이었다.

"늑대는 아닐 거야."

긴장을 지운 목덜미가 제멋대로 반짝거리고 있었으므로 세연은 도흔의 말에 대꾸하지 못했다.

등 뒤에서 세연을 품어 안다시피 한 도흔이 세연의 두 손에 나이프와 포크를 쥐여 주었다. 그러고는 세연의 손을 감싸고서 스테이크를 썰도록 이끌었다.

"이러지 말고 직접 다 썰어서 주지 그래요?"

"그러면 나이프가 살 속으로 파고드는 느낌을 맛볼 수 없잖아?"

묘하게도 관능적인 어감이 세연을 당황스럽게 만들었다.

"그, 그런 거 딱히 안 느껴도 되거든요?"

"먹어 봐. 맛있을 거야."

어깨를 부드럽게 누르던 도흔의 무게가 온기와 함께 물러났다. 세연은 포크로 스테이크 한 점을 찍어 입에 넣었다.

도흔의 말이 맞았다. 환상적인 맛이었다. 두 눈을 가린 상태여서 미각에만 고도로 집중할 수 있어 더욱 그렇게 느껴지는지도 몰랐다.

"맛있네요."

도흔이 자리 잡고 앉는 기척이 났다. 무언가를 한 모금 삼키는 소리, 액체를 잔 두 개에 따르는 소리도 연이었다. 적어도 '같이' 하는 저녁 식사인 것만은 사실이었다.

세연은 도흔이 손에 쥐여 준 잔을 입으로 가져다 댔다. 향이 그윽한 와인이었다. 와인의 깊은 맛이 스테이크의 풍미를 돋워 주었다.

앞이 보이지 않아 느긋하고도 우아한 식사가 끝나 갈 즈음, 도흔이 말했다.

"세 가지 질문 타임."

세 가지 질문은 언제나 그날의 마지막 순간에. 그러므로 오늘 도흔과의 시간은 여기까지임을 짐작할 수 있었다. 늘 그러했듯이 곧 도흔이 먼저 이 집을 떠날 것이다.

저녁 식사 후엔 자연스레 밤의 시간으로 이어질지도 모른다고 생각했는데. 그렇게 흘러가도 이젠 어쩔 수 없겠다고 생각했는데.

아쉬움도, 끈적거림도 없이 세 번째 목요일을 이쯤에서 마무리 지으려는 도흔에게 세연은 오늘의 첫 번째 질문을 건넸다.

"다이어리를 원하는 이유가 뭐예요?"

"기억하기 위해서."

"이율배반 같은데요. 끝이 분명히 정해져 있는 만남인데, 그러기 위해서 이런 식의 제안을 택했을 텐데, 기억이라니. 기억을 하기 위해서라니. 뭔가 앞뒤가 안 맞⋯⋯."

도흔이 세연의 말을 잘랐다.

"두 번째 질문."

친절하게 부연 설명까지 해 줄 생각은 없다는 듯 단호한 어조였다.

와인을 한 모금 마시고서 세연은 도흔의 정체를 알아내는 데에 가장 중요한 단서가 되어 줄 질문을 다시 던졌다.

"나를 처음 봤다던 그날은 누구의 졸업식이었어요?"

무거운 숨을 내쉬고는 도흔이 대답했다.

"동생."

"그쪽, 도흔 씨 동생? 내가 아는 사람이에……."

"세 번째 질문."

제안서를 기획하고 건네기까지의 3년 동안에 분명 또 다른 시점이 있었을 거라고, 세연은 생각했다. 졸업식 날 외에 두 번째나 세 번째, 혹은 그 이상의 접점이 지난 시간들 어딘가에 반드시 숨어 있을 거라고.

그렇다면 그 접점마다 도흔과 나란히 위치했을 사람은? 당연히 시작점인 동생일 것이다.

세연은 포크를 접시 위에 내려놓았다. 그리고 보이지 않는 도흔에게 오늘의 마지막 질문을 던졌다.

"동생 이름이 뭐죠?"

6화
선물

뺨을 스치는 바람이 싱그러웠다.

토요일 늦은 오후, 세연은 근린공원으로 산책을 나선 참이었다. 남자 친구 생일에 그럴싸한 선물을 하기 위해 돈을 모으는 중이라며 주말에도 아르바이트를 하게 해 달라고 간청한 순주 덕분이었다.

몇 주 전이었다면 미안한 마음으로 거절할 수밖에 없었을 테지만, 간절한 눈빛의 순주에게 세연은 끄덕이고 말았다. 그뿐만 아니라 이틀 치 아르바이트 비도 넉넉하게 선불로 주었다. 곳간에서 인심 난다더니 딱 그 짝이었다.

계좌에 무섭도록 쌓여 가는 돈은 아직 한 푼도 꺼내 쓰지 않았다. 휴대폰으로 숫자들을 들여다보면 여전히 실감이 나지 않았다. 정말 찾아서 써도 되는 돈인지, 그래도 괜찮은 건지 불안스레 자문할 때도 있었다.

커피숍을 인수한 뒤로 오후의 한가로운 산책은 꿈도 꾸지 못한 채 살아왔다. 쉬는 날조차 없었으니 하루하루가 감옥이나 다름없었다.

그렇지만 마냥 갑갑하지만은 않았다. 손님이 없을 땐 자신만의 아늑한 공간이 되어 주어 좋았고, 바쁠 땐 돈을 벌 수 있어서 고마웠다.

건물주가 바뀐 직후 대폭 올려 버린 월세만 아니었다면, 그도 모자라 가게에서 손 털고 나가기를 종용하지만 않았더라면, 평화로운 일상과 소소한 밥벌이에 기꺼워하는 나날들이 계속되었을 것이었다.

그러나 장담할 수 있을지 세연은 확언하기 어려웠다. 그처럼 평온한 날들이 내내 이어졌다 할지라도 상상조차 할 수 없을 제안 속으로 끝내 발을 들여놓지 않고 버틸 수 있었을 것인지에 대해서.

어느 쪽이었건 간에 선택으로 인한 결과는 결국 자신이 감당해야 할 몫. 이미 결정해 버린 선택 자체에 대해서 고민하며 갈등하는 건 부질없는 일이었다.

세연은 공원 가장자리의 산책로를 따라 천천히 걷다가 신록이 우거진 나무 아래의 벤치에 앉았다. 그리고 메고 온 에코백에서 다이어리를 꺼냈다. 도흔에게서 온, 그 다이어리였다.

다이어리에는 그저께였던 세 번째 목요일까지가 기록되어 있었다. 지난밤부터 새벽까지, 밤새 습작을 하던 대학 시절처럼 촘촘히 써 나간 일기였다.

첫 페이지부터 찬찬히 읽어 내려갔다. 3인칭 시점의 글로써 내려간 세 번의 목요일은 마치……

"소설 같네."

세연은 저도 모르게 중얼거리고 말았다.

누군가가 이 다이어리를 펼쳐 읽는다면 지어낸 이야기로 여기기 십상이란 생각이 들었고, 그래서 오히려 마음이 놓였다. 열 번의 목요일이 빼곡히 기록될 이 다이어리를 도흔에게 넘기는 일이 두렵게만 느껴지지는 않았다.

도흔.

아마도 그는 지켜야 할 것들이 많은 사람.

노출하지 않아야 할 것이 본인의 얼굴만은 아닐 것이다. 그러므로 자신의 치부가 될 수 있을 기록을 누군가에게 보이거나 유출하는 일은 없을 것이다. 맹목적인 신뢰는 아니었다. 지금까지 그의 언행으로 미루어 보건대 타당하고도 합리적인 짐작이었다.

세연은 다이어리를 접어 원래대로 자물쇠를 채웠다. 에코 백에 다이어리를 도로 집어넣고는 금빛의 조그만 열쇠를 만지작거리고 있을 때, 휴대폰 울리는 소리가 들렸다.

도흔일지도 모른다고, 아니, 분명 그일 거라고 생각했다. 오전에 가게로 도착한 선물 상자에 대해 아직 확인 전화가 오지 않았으므로.

백 속의 휴대폰을 찾는 손길이 조금 떨렸다. 기대도, 두근거림도, 설렘도 아니라고 스스로를 다그쳤지만 발신자를 확인한 순간 세연은 맥이 풀리고 말았다.

세연에게 전화를 걸어온 사람은 도흔이 아니었다. 도흔을 가리키는 고유 넘버, 세연이 암호처럼 기억하고 있는 미지의 그 여덟 자리 숫자가 아니었다.

세연은 뭔가 막막해진 기분으로 전화를 받았다. 전화 저편에서 사촌 오빠 세민의 목소리가 들려왔다.

—바쁘니? 통화 괜찮아?

"아니에요, 괜찮아요. 오랜만이네요, 오빠. 잘 지내셨어요?"

—그래, 오랜만이다. 나 사느라 정신없어서 전화도 통 못 했네. 너도 잘 지내지?

"네, 저는 잘 지내요."

새언니와 아이의 안부, 사촌 언니와 형부의 안부, 큰엄마의 근황에 대해서까지 차례로 나누고 나서야 세민이 용건을 꺼냈다.

—다음 주에 너 좀 만났으면 싶은데, 시간 낼 수 있겠어?

세연은 왜냐고 묻지 못했다. 그간 소원하게 지내 온 사촌 오빠가 만나자고 할 때는 만나지 않으면 안 될 이유가 있을 터였다.

설혹 대단한 이유가 없다 할지언정 내키지 않는다고 하여 먼저 청해 오는 만남을 거절할 수는 없었다. 신세를 지고 은혜를 입은 자로서의 의무 같은 마음이라고나 할까.

"다음 주 언제요?"

—토요일 어때? 문자로 주소 찍어 줄 테니까 우리 집으로 와. 저녁이나 같이 먹자.

난데없이 집으로의 초대라니, 뜻밖이었다.

세민의 아내는 세연에게 그다지 호의적이지 않았다. 대놓고 군식구 취급이야 하진 않았지만 같은 공간에 있을 때에도 눈길조차 주지 않을 정도로 철저히 무관심했다.

"그냥 밖에서 보면 좋을 것 같은데……."

저녁 준비로 언니가 번거로울 테니까, 라는 말을 굳이 앞세우진 않았다.

—집에서 보자. 집사람이랑 다 같이 의논할 것도 있고.

"의논, 이요?"

—자세한 건 그날 만나서 얘기하자.

　통화를 마친 뒤 세연은 골똘히 생각에 잠겼다. 사촌 오빠가 언급한 의논의 내용에 대해서 도무지 감이 잡히지 않았던 것이다.

　생각들 틈으로 휴대폰 울리는 소리가 다시 들려왔을 때, 무심히 폰 화면을 내려다보다 가슴이 퉁 내려앉았다. 세연은 떨리는 손으로 통화 버튼을 터치했다.

　—진세연.

　이름을 부르는 목소리에 내내 기다렸던 것처럼 심장이 뛰었다. 주변이 너무도 고요하게 느껴졌고, 심장 뛰는 소리가 전화 속의 도흔에게 건너갈 것만 같았다. 벤치에서 일어난 세연은 저만치 사람들이 북적대는 곳을 향해 걷기 시작했다.

　—바깥인 것 같은데, 어디야?

　"공원이에요."

　—가게는?

　"순, 알바한테 맡겨 두고 산책 나왔어요."

　자연스레 순주 이름을 말할 뻔했다. 날마다 통화를 나누는 사람처럼 친근하게 다가든 물음들 때문에.

　순주는 물론이려니와 그 누구도 도흔에게 실체로서의 이름을 알려 주어서는 안 될 것 같은 마음. 도흔이라는 비현실의 세계로 현실의 사람을 오염시키지 않으려는 그 마음을 그가 간단히 깨 버렸다.

―순주?

하아, 세연은 낮은 숨을 내쉬었다.

"어디까지예요? 말해 주지 않아도 알고 있는 것들 말이에요."

―탐구 중이야.

"뒷조사겠죠."

―리서치 정도로 해 두지.

"탐구든 리서치든 나에 한해서만 하는 게 어때요?"

―너를 탐구하다 부수적으로 알게 된 부분이지, 너 말고는 관심 없어.

"스토커 아니라면서요."

―내가 아니라 한이 하는 일이지.

"돈 버느라 바쁘시니까?"

―좀 전에 누구랑 통화했어?

세연은 주위를 두리번거렸다. 혹여 어딘가에서 지켜보고 있는 건 아닌지. 한이 아니라 도흔이 직접 자신을 바라보고 있는 것은 아닌지.

그러나 도흔으로 의심 가는 사람은 주변에 없었다. 세연은 사람들 쪽으로 걸음을 좀 더 빨리하며 따졌다.

"저 멀리 고층 빌딩 어딘가에 숨어서 초고성능 망원경 따위로 날 관찰하고 있었던 건 아니겠죠?"

귓가에서 나지막한 웃음소리가 들렸다.

―진세연 씨는 스파이 영화광이신가. 아니면 상상력이 풍부하신 건가.

책이라도 읽듯 나직한 읊조림을 들으며 세연은 지금 도흔의 자세를 상상했다.

주말이니까 집에 있겠지. 슈트가 아닌 편안한 옷차림으로 와인 한 잔 앞에 두고 소파에 나른히 기대어 앉아서. 어쩌면 침대일지도. 커튼 사이로는 기울어 가는 오후의 빛들이 은은히 내리비치고 있겠지.

전체적인 그림은 영화 속 한 장면처럼 그럴듯하게 떠오르는데 얼굴에서 또 막혀 버렸다. 답답증이 한층 깊어졌다. 다행히도 공연한 의심은 더 캐묻기 전에 도흔이 해소해 주었다.

―전화했는데 계속 통화 중이었어. 누구하고 긴긴 통화를 했는지 궁금해졌을 뿐이야.

"긴긴 통화는 아니었을 텐데요."

생각이 길어지긴 했지만요, 라고 덧붙이고 싶은 걸 세연은 꾹 눌렀다.

―걷고 있어?

"어떻게 알았어요? 역시 어마어마하게 값비싼 고성능 망원경?"

나직한 웃음에 이어 도흔이 말했다.

─숨소리가 미묘하게 달라서.

"아, 숨소리."

그저 따라 말했을 뿐인데 기분이 이상했다. 걷는 동안 차분해진 심장이 다시금 바쁘게 뛰어대려고 했다. '숨소리'라는 말이 갖는 특유의 어감 탓일지도 모르겠다. 얼른 화제를 돌려야겠다.

"오늘은 맘대로 보낸 선물의 안부를 안 물어보네요."

─맘에 들어?

다짜고짜 마음을 파헤치듯 묻는다.

오전에 세연이 받은 선물은 지난 목요일의 그 원피스와 꼭 어울리는 힐. 그날 원피스를 입어 보며 세연에게 잠시 스쳐 갔던 소망을 꿰뚫어 보기라도 한 듯 사이즈까지도 맞춤인 슬링 백이었다.

보는 순간 맘에 들었다. 아주.

─어떻게 대답해야 마음을 들키지 않을까, 갈등 중이로군.

"얄밉네요."

도흔에게서 웃음소리가 건너왔다. 오늘 통화에서만 벌써 세 번째다.

듣기에 나쁘지 않았다. 아니, 솔직히 말해 듣기 좋았다. 경

125

박하지 않고, 그렇다고 온화하지도 않은데, 불안하게 들뜬 마음을 가라앉히는 무언가가 배어 있는 웃음소리.

"원래 그렇게 웃어요?"

전화 속의 도흔에게 묻고 말았다. 어떤 대답이 나올지는 궁금하지 않았다. 때로는 말이 생각을 앞지르곤 하는데, 정확히 지금이 그랬다. 타박인지, 칭찬인지, 호감인지, 또는 배타적 욕망인지, 스스로도 알지 못한 채였으니까.

―보고 싶다는 말처럼 들리는데?

"그럴 리가요. 본 적도 없는 사람이 어떻게 보고 싶겠어요."

―그런 헛소릴 지껄이려거든 얼굴이나 보여 주든가, 이 말인 거지?

세연은 웃었다. 웃으며 문득 생각했다. 이 사람이 한시적 계약이 담긴 제안서를 보낸 남자가 아니라, 정말 연인이라면 어땠을까…… 하고.

―무슨 생각 하고 있어?

"아무 생각도 안 하고 있어요."

―생각하느라 말이 없는 것 같은데.

예리한 도흔에게 세연은 그냥 우겼다.

"아닐걸요. 그저 걷고만 있을 뿐이니까요."

―걷고 또 걸어서 이젠 어디쯤이야?

"공원 입구 쪽이에요."

─시끌시끌하네.

"천막을 친 노점들이 가득 늘어서 있고, 사람들도 많아요.
아마 프리마켓 같은 건가 봐요."

─프리마켓이라. 그런 데선 어떤 걸 팔지?

세연은 줄지어 늘어선 가판대를 따라 걸으며 눈에 보이는
물건들을 하나하나 읊었다.

"고운 수가 놓인 앞치마와 냅킨, 예쁜 병에 담긴 과일 잼,
손으로 짠 색색의 수세미, 나무를 깎아 만든 주방용품, 크고
작은 장식품. 주로 수공예품들인데……."

─그런데?

"스카프도 있네요."

─망할 스카프?

대답 대신 세연은 가볍게 웃었다. 느릿느릿한 세연의 걸음
이 끄트머리의 가판대 앞에서 뚝 멈췄다.

─재미있는 물건이라도 발견했어?

도흔의 표현이 절묘하게 들어맞는 것이어서 세연은 다시
금 웃음 지었다.

"이번엔 또 어떻게 알았어요?"

─숨을 멈추었잖아, 너.

세연은 가판대 위에 진열되어 있는 것들을 의미심장한 눈

길로 내려다보다가 그중 하나를 집어 들었다. 짙은 보랏빛이 주조를 이루며 사뭇 신비로운 분위기를 자아내는 그것을 가만 들여다보며 도흔에게 말했다.

"그쪽 도흔 씨한테 꼭 어울리는 물건을 발견했어요."

—뭘까.

"그래서 사려고요."

—선물이야?

"선물이라면? 그러면 떼먹은 세 번째 질문에 대답을 줄 거예요?"

—집요한데.

"내 선물이 궁금하지 않아요?"

—궁금해.

"목요일이 기다려지겠네요."

—내가, 아니면 네가?

물론 당신이, 어쩌면 나도.

세연은 마음에 든 말을 감추었다. 보자마자 도흔을 떠올리며 건네고 싶어진 이 물건이 무엇인지에 대해서도 입을 다물었다. 다만, 지난 목요일 도흔에게서 끝내 듣지 못한 대답을 얻어 내기 위해 또 한 번 그 질문을 던졌다.

"동생 이름이 뭐예요?"

침묵하던 도흔은 세연이 속으로 천천히 일곱을 세었을 때에야 비로소 대답을 주었다.

—도영.

"……도영?"

세연은 실망했다. 도흔과 자신과의 사이에 또렷한 접점이
자 연결 고리일 거라 믿었던 이름이 너무도 생소했던 것이
다. 기억의 어느 언저리에서도 마주친 적이 없는 이름인 것
은 도흔의 경우와 똑같았다.

"지어낸 거 아니에요?"

도흔이라는 이름도 포함해서 묻는 거였다.

—지어낼 거였으면 진작 그랬겠지.

하긴 그럴 셈이었다면 대답을 미룬 채 오래 생각하고 고심
할 필요도 없었을 터. 세연에게 이름을 말해 주었다는 사실
에 놀라던 한의 반응만 봐도, 애초에 도흔이 가명을 사용한
건 아니라는 결론에 이른다.

도흔이라는 이름의 남자.

그 퍼즐을 풀 수 있는 열쇠는 결국 도흔, 그만이 갖고 있
는 걸까. 남은 목요일들마다 도흔을 만나는 방법밖에는 없는
걸까.

—그래서, 내 선물의 정체는?

"목요일에 만나면 알게 될 거예요."

—밀당이란 걸 하시겠다?

"오늘 통화는 여기까지예요."

세연은 미소를 머금은 채 전화를 끊었다. 가슴이 두근거렸다.

도흔의 통제 하에 팔다리가 줄에 묶인 인형처럼 움직이고 있는 거라고 생각했다. 거부하기 힘든 거액에 포획되어 그의 의지대로 이끌려 다닌다고만 생각했다.

하지만……

아닐지도 모른다. 그 반대일지도 모른다.

통제권을 지닌 사람도, 밀었다 당기며 이끌어 가는 사람도 도흔이 아니라 자신일지도. 돈은 그저 촉매에 불과한 것일지도.

처음으로 세연은 목요일의 시간들이 기다려졌다.

7화

네 번째 목요일

"우와!"

커피숍 문을 열고 들어선 순주가 높다란 감탄사부터 내뱉었다. 예상이야 했지만 그럼에도 세연은 조금 수줍었다.

"언니! 오늘 무슨 날이에요? 왜 이렇게 예뻐요?"

세연 곁을 빙그르르 휘돌며 순주가 반짝이는 눈으로 연거푸 물어 댔다.

"날은 무슨. 날씨도 좋고 해서 그냥 기분 한 번 내봤어."

세연은 자신이 가증스럽다고 느꼈다. 도흔에게서 받은 원피스를 차려입고 구두까지 신고서도 '도흔'이라는 비밀을 깜찍하리만치 철저하게 감춰 둔 채 태연스레 거짓말을 하고 있으니 말이다.

"진짜 예쁘다. 이러고 나가면 남자들이 100m쯤은 줄을 서겠어요."

순주의 너스레를 세연도 웃으며 받았다.

"그럼 곤란한데. 베일이라도 뒤집어쓸까 봐."

"에이, 얼굴만 가리면 뭐 해요. 언니는 몸매가 더 예술인데. 원피스 입으니까 지금껏 몰래 숨겨 두었던 라인이 제대로 살아나고 있잖아요."

"몰래?"

세연은 웃음 지었다.

"언니, 키 몇이에요?"

"163cm."

"그거밖에 안 돼요? 훨씬 커 보이는데? 비율이 좋아서 그런가?"

"구두 신어서 그래."

"원피스 핏이 예술이라 더 그런 거예요. 언니 보라색 진짜 잘 어울린다. 이 옷 언제 샀어요, 언니? 되게 비싸 보이는데."

"응? 이거……."

무어라 말해야 좋을지 몰라 얼버무리고 있는데, 대답을 기다리지도 않고 순주가 말했다.

"근데, 언니. 이 와중에 나는 딱 하나가 아쉽다."

"하나 뭐?"

"입술!"

"입술? 입술이 왜?"

되물으며 세연의 시선이 자연스레 거울 쪽으로 향했다. 평소에 코랄 계열의 립스틱을 즐겨 바르던 터라 오늘도 다르지 않았다.

세연 옆에 바짝 붙어 선 순주가 거울 속의 세연을 보며 말했다.

"지금도 괜찮지만, 난 선명한 색깔이면 좋겠어요. 좀 더 빨강에 가까운. 그럼 훨씬 더 예쁠 것 같아요."

"빨강이라."

"없어요? 내 거 한 번 발라 볼래요?"

세연은 파우치에서 제 립스틱을 꺼내 주려는 순주를 만류했다.

"아냐, 괜찮아. 나중에. 나 지금 나가야 돼, 순주야."

"잠깐 입술만 새로 바르면 되는데."

안타까워하는 순주를 뒤로하고 세연은 가게를 나섰다.

빨강으로 지금보다 더 선명해진 입술. 어쩐지 어색할 것 같았다. 도흔 앞에서 공들여 화장한 티를 내고 싶지 않았다. 원피스와 구두만으로도 넘치는 변화였다.

그러나 조금쯤 아쉬웠다. 오늘의 변화를 인식한 도흔을, 그 눈빛을 볼 수 없을 테니까. 오늘은 보고 싶었다. 도흔의 입가에 잠시 웃음이 머무는 찰나를. 순주만큼이야 아닐지라도 찬탄이 고요히 스쳐 갈 눈동자를.

오늘은 스카프를 가져가지 않는다. 책상 서랍 속에 고이 넣어 두었다.

세연은 선물 상자가 든 쇼핑백을 내려다보았다. 도흔에게 선물이라고는 해 두었지만 리본 장식 같은 건 따로 하지 않았다. 상자 속의 선물을 받아 든 도흔이 과연 어떤 반응을 보일지, 어떤 말을 할지 기대됐다.

저 멀리 하얀 밴이 보였다. 머리 위로 내리는 환한 햇살을 받으며 세연은 한이 기다리고 있을 밴을 향해 또각또각 걸어갔다.

✣ ❋ ✣

출발한 지 15분밖에 지나지 않았는데 갑자기 차가 멈춰 섰다.

세연은 차창에 드리운 커튼을 살짝 들추고 밖을 내다보았다. 당연히 아직 도심 한가운데였다. 혹여 만남의 장소가 바뀐 것일까? 의아해하던 중에 한이 운전석과 차단되는 칸막이를 열었다.

"무슨 일이에요?"

"따라오는 차가 있는 것 같아 확인할 겸 잠깐 세웠습니다."

가슴이 달캉 내려앉았다.

"은진인가요?"

한의 대답은 조금 뒤에 건너왔다.

"네."

세연은 숨을 깊게 들이마셨다가 다시 내쉬었다.

"죄송합니다."

한이 말했다. 톤이 어느 때보다도 무거웠다. 몹시 난감할 것이다. 작정하고 미행을 나선 은진이 쉽사리 포기하진 않을 테니 말이다. 누구의 눈에도 금세 띄는 밴을 몰며 은진을 따돌리는 데 성공하리란 보장도 없었다.

"다른 날로 바꿀까요?"

미묘한 아쉬움을 품은 채로 묻자, 한이 대답했다.

"다른 날엔 시간 내시기가 어렵습니다."

"주말은요? 주말엔 쉬시는 거 아니에요?"

"주말에도 바쁘십니다."

"지난 토요일에 30분 가까이 통화를 했는데도요?"

한의 어깨가 뒤를 돌아볼 듯 약간 틀리다가 이내 제자리로 돌아갔다.

"아무튼 주말은 안 됩니다."

어조가 꽤나 완강했다. 아무튼, 이라니. 비서가 아니라 보호자 같은 태도라고나 할까. 한을 일러 사적으로는 친구라고 했던 도흔의 말이 생각났다.

"두 사람, 아주 친한 친군가 봐요."

"두 사람……?"

"도흔 씨하고 한, 말이에요."

"그렇게, 말씀하셨습니까?"

"친구라니까 그냥 유추해 본 거예요. 어지간히 친하지 않고서야 이런 일에 개입시킬 리가 없을 테……."

세연의 말을 잘라 내며 한이 말했다.

"비섭니다."

지금은 친구가 아니라 비서로서의 직무에 충실해야 하므로 사적인 대화는 사양하겠다는 뜻일까.

세연은 쓴웃음과 함께 중얼거렸다.

"친구끼리 닮았네요."

은진의 동정을 살피는 듯 한은 잠시 조용했다. 멀지 않은 곳에서 은진도 차를 세운 채로 이쪽을 관찰하고 있을 터였다.

"은진이 말인데요. 혹시 도흔 씨하고도 아는 사이예요?"

"……아닙니다."

한 템포 느린 대답이 찜찜했다.

"도흔 씨 이름, 특히 은진이한테는 말하면 안 된다고, 지난번에 한이 그랬잖아요. 둘이 서로 아는 사이가 아니라면 왜 그런 당부를 했던 거였어요?"

"친구라고 하셔서 당부드린 겁니다. 친구끼리는 비밀스러운 일들도 공유할 수 있을 테니 말입니다."

"도흔 씨하고 한이 그러고 있는 것처럼 말이죠?"

"……."

"첫째, 은진이는 친구가 아니라 동창이에요. 둘째, 친구라 해도 도흔 씨 이야기는 공유하지 않을, 아니, 못 할 거예요."

"네, 알겠습니다. 저도 은진 씨는 물론 그 누구에게도 함구하시라는 의미로 드린 말씀이었을 뿐입니다."

명쾌하지 않은 부분이 여전히 있었지만 지금은 적당한 때가 아니었다. 초조하게 지켜만 보던 은진이 이리로 달려와 앞을 가로막거나, 최악의 경우 뒤에서 차로 들이받을지도 몰랐다. 다소 황당한 생각일 수도 있으나 은진의 캐릭터상 예상 가능한 수순이었다.

"일단 저는 여기서 내리는 게 좋겠어요. 어쨌거나 은진이가 궁금해 마지않는 사람은 내가 아니라 한이잖아요. 부근에 있을 테니까, 해결한 다음에 연락 주세요."

"알겠습니다."

쇼핑백을 챙겨 들고 내리려다 돌아보니 잔뜩 굳은 한의 어깨가 마치 로봇 같았다. 세연은 짐짓 가벼운 어조로 말했다.

"너무 긴장한 거 아니에요? 시간 맞춰 못 가면 보스한테 혼날까 봐 그래요? 아니면 은진이한테 제대로 오해받을까 봐 겁이 나서?"

"그런 사이 아니라고 말씀드렸을 텐데요."

"그럼 도흔 씨 때문이군요."

한의 침묵이 긍정으로 느껴졌다.

친구이자 비서인 관계. 친구이기 때문에, 비서 일을 수행하며 자존심이 상하는 경우도 더러 있을 것이다. 차라리 비서이기만 하다면 앙금 없이 더 편안할지 모른다.

"아주 친한 친구 맞을 거예요. 한은 몰라도, 도흔 씨는 분명 그렇게 생각하고 있을 거예요. 그렇지 않으면 나한테 한이 친구라는 말을 해 줄 리가 없잖아요. 그냥 비서라고만 말해도 되는 거잖아요. 그러니까 지각 좀 한대도 큰일 안 날걸요?"

한은 말이 없었다. 경직된 어깨도 그대로였다.

세연은 차에서 내렸다. 갑작스레 덤벼드는 햇빛이 눈부셔 눈을 가늘게 떴다. 길 건너편에 대형 서점이 보였다. 애매한 시간을 때우기에 적절한 장소였다. 애초에 목적지는 그곳이었던 것처럼 세연은 망설임 한 점 없이 걸음을 재촉했다.

오랜만에 들른 서점 안에서의 시간은 평화로웠다.

서가의 책들을 한가롭게 둘러보다가 김민철의 책을 발견했다. 파란색 표지가 산뜻한 여행 에세이였다. 책을 집어 든 세연은 구석진 곳의 나무 의자에 앉았다.

책을 펼쳐 글과 어우러진 사진들을 보고 있는데 휴대폰 진동음이 들렸다. 한일 거라 여기며 화면을 확인한 순간, 세연은 심호흡을 해야 했다.

"네."

—무슨 책이야?

툭, 가슴이 뛰었다.

발딱 일어난 세연은 고개를 들고 주위를 휘돌아보았다. 서가와 서가 사이에, 겹겹의 서가들 너머에, 서가 주변 곳곳의 의자에 사람들이 적지 않았다. 그들 중에 도흔이 있다 할지언정 얼굴도 모르는 그를 단번에 찾아낼 수는 없는 일.

휴대폰을 귓가에 댄 사람조차 세연의 시야엔 들어오지 않았다. 혼자인 젊은 남자는 어디에도 안 보였다. 대개는 책을 펼쳐 들고 있거나, 정답게 소곤거리는 커플이거나, 아이를 데리고 온 엄마였다.

—놀란 토끼처럼 굴지 말고, 앉지.

"어디 있어요?"

―무슨 책이냐고 물었어.

"'모든 요일의 여행'이요. 지금 어디 있냐고 묻잖아요."

―너를 보고 있어.

"그러니까 어디서 나를 보고 있는 거냐고요."

―재미있어?

'맘에 들어?' 그럴 때의 어투다. 맘에 든다고만 하면, 세상 그 무엇이든 기어이 품에 안겨 주고야 말겠다는 듯. 이를테면 전지전능한 절대자의 포즈라고나 할까.

달콤한 무기력감에 사로잡힌 채로 다시 의자에 앉은 세연은 나직하게 말했다.

"재미있다기보다는."

―나쁘지 않아?

"관심 있는 분야라서요. 좋아하는 작가이기도 하고."

―좋아하는.

"어감이 좀 그런데요?"

―그런? 어떤?

"질투 한 스푼이 섞인 것 같은."

낮은 웃음소리가 귓가를 채웠다. 머리를 쓸어 주는 것 같은. 어깨를 다독이며 평온한 휴식으로 이끌어 주는 것 같은. 그리고 알을 닮은 그 의자 같은. 그런 빛깔의 웃음이 채 가시지 않은 목소리로 도혼이 물었다.

—무슨 자신감이지?

세연 또한 웃음을 머금고서 대답했다.

"그러게요."

—질투라고 생각해도 좋아.

"너의 근자감을 허하노라?"

귓가로 다시금 웃음소리가 흘러들었다. 세연의 입가에도
미소가 맴돌았다.

숲속의 집에서가 아니어서 그럴까. 자꾸만 마음이 느슨해
진다. 토요일 오후, 공원에서의 통화 때도 그랬던 것처럼.

어쩌면 혼자만의 착각일지도 모르겠다. 도혼과 통화할 때
마다 그가 보편적인 세계에 속한 사람들처럼 느껴지는 것은.

통화가 거듭될수록 현실과 비현실의 경계가 허물어지고
있다 느끼는 것은.

'제안서'라는 거대한 벽이 희미해진다고 느껴지는 것은.

—웃고 있어?

"거기서 표정까지는 안 보이나 봐요?"

—대답해.

아득한 깊이를 지닌 명령어가 세연을 다시 '제안서'의 벽
앞에 데려다 놓았다. 무안해진 세연은 조금 쌀쌀하게 대답했
다.

"네, 웃고 있었어요. 방금 전까진."

—왜?

"뭐가요?"

—서늘해졌잖아, 너.

섬세하기로는 고수다, 이 남자.

세연은 책을 제자리에 놓아두고 서가들을 지나쳐 창 쪽으로 갔다. 도서관은 아니지만 통화가 길어지면 책을 고르는 이들에게 민폐가 될 수도 있을 터였다. 유리창 밖은 오후의 빛들이 투명하게 남실거리고 있었다.

—진세연.

명령어가 아니라는 것만 빼면 깊이의 아득함은 같았다.

—머리…….

세연은 저도 모르게 목덜미에 손을 가져다 댔다. 집에서 나오기 전 원피스를 입으며 고민했다. 평소처럼 머리칼을 어깨 아래로 무심히 풀어놓을지, 좀 다르게 꾸밀지.

그가 준 원피스를 입고 가려 마음먹은 오늘은 좀 달라지고 싶었다. 그렇지만 신경 쓴 것처럼 보이긴 싫었다. 그래서 귀 뒤로 부드럽게 틀어 올려 묶었다.

더워지기 시작하는 날씨 핑계를 댈 셈이었다. 환히 드러나는 목덜미로 도혼의 눈길이 꽂히면. 달라진 헤어스타일을 그가 인식하면. 손길이 닿쳐오면. 그리하여 지난 목요일의 순간들처럼 아득히 어지러워지면.

—잘 어울리네.

"아, 뭐. 날이 점점 더워지……."

—고개 좀 돌려 봐.

중후한 명령이 아니었다. 건조한 지시도 아니었다. 오히려 담담함을 가장한 부탁에 가까웠다.

세연은 꼼짝하지 못했다. 꼼짝할 수가 없었다. 고개만 돌리면, 지금껏 지켜보고 있던 도흔과 눈길이 마주치리란 기대감이 숨을 멈추게 만들었다.

고개를 돌리면 한눈에 알아볼 수 있을 것 같았다. 모르는 얼굴이 아니라 여러 번 본 얼굴, 전류가 통하듯 먼 기억을 되살려 내는 얼굴일 것만 같았다.

그러나 이번에도 세연의 기대는 금세 부서졌다.

—지금은 오후 4시가 아니고, 그러므로 아직은 자유롭다는 거지? 아쉽네. 위태롭게 휘어지는 목선을 보고 싶었는데.

리모컨을 누르듯 마음껏 조종할 수 있다고 생각했는데 그게 어긋나서 아쉽다는 말처럼 들렸다. 슬그머니 화가 치밀었다.

"도대체, 지금 어디 있는 거예요?"

—화내는 진세연과 간절히 나를 찾는 진세연. 어느 쪽이

진심인 거야?

"당연히 전자겠죠."

―가슴에 손을 얹고 찬찬히 생각해 봐도?

세연은 하아, 한숨을 내쉬었다.

"후자라면요? 그럼 어떡할 건데요?"

―나와.

"뭐라고요?"

―거기서 당장 나오라고.

백일몽에서 깨어나듯 세연은 전화를 끊었다.

지금 밖으로 나가면 볼 수 있다. 부신 빛 아래에서 도흔과 마주할 수 있다. 풍선처럼 부푸는 기대로 마음이 바빴다. 다급히 서점을 나서던 세연의 발걸음이 문득 그 자리에 멈췄다.

바람결인 듯 곁을 스쳐 지나간 향. 코끝에 남아 맴도는 도흔의 냄새.

세연은 홀리듯이 뒤를 돌아보았다. 방금 세연이 빠져나온 빌딩의 출입구는 들고나는 사람들로 넘쳤다. 지하의 몰로 내려가거나 올라오는 사람들까지 뒤섞여 한 사람 한 사람을 분간하기 힘들었다.

향을 쫓아 건물 쪽으로 걸음을 떼었을 때, 등 뒤에서 짧은 경적 소리가 울렸다. 한의 밴이 아닌 낯선 차였으므로 흘끗 쳐다보곤 고개를 돌리는데, 세연을 부르듯 다시금 경적이 울렸다.

저 차에서 도흔이 기다리고 있는 걸까? 조금 전 여운처럼 감겨 오던 그 냄새는 순전히 착각이었던 걸까?

기대와 혼란이 공존하는 가운데 세연은 차를 향해 걸어갔다.

차 문을 열자마자 알았다. 차 안에서 기다리고 있는 사람은 도흔이 아니라는 것을.

도흔의 냄새가 아니었다. 뒷좌석은 비어 있고, 운전석엔 한이 앉아 있었다. 세연은 맥이 풀린 채로 차에 올랐다.

"출발하겠습니다."

"도흔 씨는요?"

한이 되묻듯 고개를 반쯤 틀었다.

"근처에 있는 거 알아요."

"곧 뒤따라오실 겁니다."

"늘 그랬나 봐요."

"네?"

"그 사람, 목요일마다 곁에서 따라왔던 거냐고요. 오늘 같은 돌발 상황이 생길 경우에도 당황하는 법 없이 자기 맘대로 컨트롤하기 위해서 말이에요."

묵묵히 있음으로써 답을 대신하는 한에게 물었다.

"은진이는 어떻게 됐어요?"

"보냈습니다."

"확실해요?"

"네. 걱정 안 하셔도 됩니다."

"그럼 가죠."

세연이 안전벨트를 매자 차가 출발했다. 세연은 차창 쪽으로 머리를 기울였다. 도시의 거리가 빛 속에 환했다.

차창에 짙은 색 커튼 따위 내려져 있지 않고 운전석의 한과도 막혀 있지 않은, 승차감이 밴보다 훨씬 더 안락한 고급 승용차.

내부는 차주의 취향을 짐작하게 하는 장식품이나 두고 내린 물건 하나 없이 깔끔했다.

"그 사람 차예요?"

미루어 짐작한 물음에 한이 짧게 답했다.

"네."

"그렇군요."

"불편하십니까?"

"그렇진 않아요. 그런데……."

"말씀하십시오."

"가는 길과 위치가 빤히 노출될 텐데, 괜찮은가 봐요?"

"걱정해 주시는 겁니까?"

한의 질문이 친근한 농담처럼 와 닿아 세연은 고개 돌려 그를 바라보았다. 운전 중인 한의 자세는 반듯했고 옆얼굴에 나타난 표정 또한 여느 때와 같이 무채색이었다.

✤　　　✤　　　✤

네 번째로 찾아든 숲속의 집은 예상대로 정적에 잠겨 있었다.

한이 말했듯 도흔은 지금 이리로 달려오고 있을 터. 그가 도착하기까지는 얼마간의 여유가 있었다. 세연은 전화기가 놓여 있는 콘솔 위에다 갖고 온 선물 상자를 올려 두었다.

작정하고 스카프를 기져오지 않은 오늘은 배팅의 날.

도흔이 선물을 기꺼이 받아들인다면 희망이 싹틀 테지만. 그렇지 않다면 지난 세 번의 목요일들과 별다르지 않은 시간이 될 것이다. 도흔을 기다리는 동안 세연은 전자이기를 바랐다. 그렇지 않을 경우는 생각하지 않기로 했다.

선물은 전화기 옆에 있어요.
그리고 저는 안에서 기다리고 있을 거예요.

포스트잇에 메모를 해서는 현관문에 붙였다.

실내 정원으로 나와 알 모양의 의자에 기대어 앉으며 세연은 좀 설레었다. 머리 위로 펼쳐진 하늘빛이 드맑았다.

시간이 더디게도 흐른다 싶더니 현관문 열리는 소리가 어렴풋이 들려왔다. 두근거리기 시작했다. 선물을 발견한 도흔이 과연 그것을 수용할지, 조마조마했다.

이윽고 복도를 지나는 발자국 소리가 들려오기 시작했다. 침착하지만 머뭇거림이라곤 없는 발걸음이었다.

세연은 의자에서 일어나 뒤를 돌아보고 싶었다. 점점 가까워져 오는 도흔을, 그의 걸음걸이를 눈으로 직접 보고 싶었다.

하지만 참았다. 그가 선물을 허락했는지 아닌지, 눈앞에 나타날 때까진 그의 의사를 알 수 없으니까.

사르륵, 정원으로 드는 문이 열렸다. 도흔의 발걸음 소리가 세연 쪽으로 다가들었다. 긴장한 나머지 세연은 그만 두 눈을 감아 버리고 말았다.

"진세연."

이름을 부르는 목소리가 지척에서 울렸다.

세연은 눈을 떴다. 가면을 쓴 도흔이 보였다. 뺨이 반쯤 드러나는 진보랏빛의 가면은 세연이 도흔을 위해 준비한 선물이었다.

선물을 받아들여 준 도흔에게 미소 지어 인사하고 싶었다.

그러나 지금, 세연은 그럴 수가 없었다.

강인한 턱과 우아한 뺨과 육감적인 입술. 오만에 찬 조각가가 과감한 칼질로 단숨에 깎아 낸 작품 같았다. 무엇보다도 전화 속의 첫 목소리만큼이나 서늘하고 깊은 눈빛이 세연을 압도했다.

첫 목요일에 예상했듯 도흔은 베일 듯 날렵한 슈트 차림이었다. 다른 장소, 다른 시간에 마주쳤다면 감히 범접하기 어려울 분위기를 자아내고 있었다.

"제법 잘 어울리네요."

차갑도록 단정하던 도흔의 입매가 조금 흐트러졌다. 눈으로 처음 확인하는 미소였다.

아직은 절반만 느러난 얼굴.

그 절반만으로도 많은 것들을 보여 주고 있었지만, 세연은 어느 때보다도 심한 갈증을 느꼈다. 가면 속에 숨겨진 부분들까지, 도흔의 전부를 보고 싶었다.

욕심이란 이토록 포악한 것.

결코 소거되지 않는 외로움을 닮은 것.

이 순간의 욕심에 대해서 솔직히 말하면, 이 남자가 남은 절반마저 드러내 줄까.

세연은 의자에서 몸을 일으켜 도흔 앞에 마주 섰다. 지난 목요일, 어둠 속의 짙은 포옹에서 이미 느낄 수 있었듯이 도흔은 세연보다 키가 월등히 높았다.

올려다보는 눈빛과 내려다보는 눈빛이 서로 얽혔다. 곧 무슨 일이 벌어질 것만 같은 긴장감이 세연의 온몸을 팽팽히 휩쌌다. 아슬아슬한 공기를 깨뜨리려 말을 건넸다.

"내 선물, 맘에 들어요?"

"가면일 거라고는 상상조차 못 했어."

"맘에 든다는 뜻이죠?"

"내가 이걸 받을 거라 확신했어?"

"확신하진 못했지만, 그걸 발견한 순간 도흔 씨를 떠올리긴 했어요."

"재미있는 선물이었어."

"받아 줘서 고마워요."

"드디어, 내 얼굴을 본 소감은?"

"겨우 절반뿐인걸요."

"전부를 욕심내는 거야?"

지금 도흔이 말하는 '전부'란 얼굴에 한정된 의미일 텐데도, 세연에게는 더 확장된 개념으로 다가왔다. 원한다면, 마음껏 욕심을 내기만 한다면, 한시적인 제안을 넘어서서 그 이상의 관계로 지속될 수 있는 가능성 말이다.

그렇게까지 뻗어 나가려는 생각을 끊어 내려고 세연은 얼굴에만 한정해서, 하지만 느낀 바대로 솔직하게 대답했다.

"가면 속에 감춰 두기엔 아까운 얼굴이잖아요."

"너야말로, 스카프로 가려만 두기엔 아까운 눈이지."

"그럼 이제 망할 스카프는 졸업해도 되는 거예요?"

침묵하는 도흔에 이끌리듯 세연도 입을 다물었다. 말이 끊긴 자리에 다시금 아찔한 긴장감이 몰려들었다. 세연은 가면 속 도흔의 눈빛을 피하지 않았다. 마주 보며 버텼으나 심장은 바삐 뛰기 시작했다.

도흔이 세연의 허리를 휘어잡듯 끌어당겼다. 몸이 바짝 맞붙었다. 그리고 입술도. 세연은 눈을 감았다. 거부할 수도, 뿌리칠 수도 없었다. 아니, 그럴 수 있대도 그러고 싶지 않았다. 도흔의 침범을 당연한 수순인 듯 받아들였다.

부드러웠다가 거칠었다. 촉촉했다가도 짙었다. 어루만지듯 다정했다가 다시 마음껏 휘몰아쳤다. 안타까움을 남기며 마침내 물러났다.

세연은 어지러웠다. 도흔의 입술과 혀가 새겨 놓은 감각들 때문에. 등허리에 함부로 각인된 도흔의 손자국과 열기 때문에.

현기증을 달래려 세연은 이마를 도흔의 가슴팍에 댔다. 달콤한 어지럼증은 좀처럼 사라지지 않았다. 정수리에 더운 숨이 스몄다. 머리에 도흔의 입술이 머무르고 있음을 알았다. 키스 직후의 채 다스리지 못한 열기가 머리칼 속으로 파고들어 여운처럼 어른대고 있었다.

세연 또한 더운 숨을 토해 냈다. 많은 것들이 담겨 있을 이 숨결이 도흔의 심장으로까지 가서 닿을지 모른다고 생각하면서.

"어지러워?"

도흔의 목소리에 나른한 기운이 묻어났다.

"그런 것 같아요."

"이쯤 되면 습관성 어지럼증이잖아?"

세연은 미소 지었다.

"나를 잡아. 이마로만 지탱하려 애쓰지 말고."

"안으라는 명령을 그런 식으로 하는 거예요?"

"명령이라서 싫어?"

싫지 않았다. 단호한 말투가 깊이 있는 목소리와 어우러지며 어찌할 수 없게끔 만드는 힘을 발휘하니까. 다정하기 그지없는 배려보다는 담백한 지시의 말이 어울릴 때가 있는데, 지금이 바로 그랬다. 그러므로 세연은 솔직해지기로 했다.

"안 싫어요."

대답과 함께 두 팔을 도흔의 허리에 휘감았다. 세연을 가두고 있던 도흔의 팔 힘이 강렬해졌고, 몸이 몸에게 다시금 맞붙었다.

"숨 막혀……."

중얼거려 보았지만 도흔은 힘을 덜어 내지 않았다. 도흔이 이루는 단단한 포박에 세연은 아늑한 안정감을 느꼈다. 알 모양의 의자에서 단잠에 빠져들던 때처럼.

이 남자의 품에서 긴 잠을 맞이해도 좋겠다고 생각했다. 저녁이 오고 밤이 깊어 가도록, 새벽이 되고 아침을 바라보도록. 적어도 오늘만큼은 둘이서 같은 시간대를 살아내어도 괜찮겠다고.

✤　　　✤　　　✤

초록의 잎들이 무성한 실내 정원에서 저녁이 물들어 가는 하늘을 바라보며 도흔과 나란히 앉았다. 세연은 알 의자에, 도흔은 그 곁의 나무 의자에. 둘 다 의자에 몸을 한껏 기대었으므로 반쯤은 누운 상태였다.

"여기에서 오랫동안 같이 앉아 있었던 것 같은 느낌이 들어요."

"오랫동안."

"……네."

"그러고 싶어?"

세연은 선뜻 대답하지 못했다. 아니, 할 수가 없었다. 지금 기분으로는 긍정의 답이 힘들 것도 없지만, 세상 모든 것들은 결국 지나가게 마련이었다. 그러니 이 순간의 마음도 지나가 버릴 찰나에 불과할 테지.

더구나 도흔이란 남자는 '제안서'에서 비롯된 사람. '오랫동안'을 바라는 건, 잠시의 소망이라 할지라도 가당치 않은 일. 상처를 불러들일 소망 따위는 애당초 품지 않는 편이 나았다.

"야수가 아니라던 말, 인정."

산뜻하게 말하자, 도흔이 웃음기 어린 말투로 물었다.

"반했어?"

세연도 웃었다. 정색하며 아니라고 받아쳐 주고도 싶었으나 그러지 않았다. 그 대신 여전히 궁금한 첫 일별의 순간과 그날로부터 이어져 온 도흔의 정서에 관해 물어보기로 마음먹었다.

"나를 봤다던 그 첫날, 나한테 반했던 건 아니라고 했잖아요. 그런데 왜 오늘이 있는 건지, 왜 목요일의 시간들을 기획한 건지, 나는 아직도 잘 모르겠어요."

도흔이 긴 숨을 내쉬었다. 정확한 말을 고르려는 것인지, 어떤 이유로 묻어만 둔 속내를 계속 유지하려는 것인지, 세연으로선 알 수 없었다.

"정직한 대답을 듣고 싶은 거겠지?"

정직한.

사람은 얼마나 정직해질 수 있을까. 80% 정도면 정직한 거라 말할 수 있을까. 자기 자신에게도 100% 정직할 수 없는데, 곧잘 마음을 속이는데, 하물며 타인에게 완벽한 정직함을 요구하는 건 어불성설이겠지.

"단 하나의 숨김도 없는 대답을 듣겠다는 건 아니에요. 누구에게나 자기 안에 깊이 묻어 둔 자기만의 진실이 있는 거고, 그건 그 자체로 존중되어야 마땅하니까요. 다만, 도흔 씨가 첫 번째 기억이라고 칭하는 날의 그 순간과 현재가 어떻게 연결되는 것인지, 알고 싶어요."

도흔에게 압박이 될까 봐, 그랬다간 아예 아무것도 듣지 못하게 될까 봐 세연은 말끝에 부탁처럼 덧붙였다.

"말할 수 없는 부분이 만약 있다면, 말할 수 있는 부분까지만. 지금 도흔 씨가 쓰고 있는 가면처럼, 절반만이라도."

조용하던 도흔이 입을 열었다.

"생각났어."

"……뭐가요?"

"너."

세연은 마른침을 삼켰다. 도흔의 말이 담담히 이어졌다.

"이따금 너를 생각했어. 삶의 어떤 순간, 순간마다 네가 생각났어."

도흔의 그 '어떤 순간'들에 대해서도 구체적으로 묻고 싶었다. 그러나 그 순간들을 세세히 듣고 싶고, 촘촘히 알고 싶어진다는 것에 세연은 막막한 두려움을 느꼈다.

한 인간의 내부를 들여다본다는 것, 잘 알게 된다는 것, 그럼으로써 마음이 깊어진다는 것. 그런 과정들 뒤에는 필연적인 상처가 기다리고 있을지도 모르니까. 상처를 뻔히 예비하면서도 그를 이해하게 되어 버릴지 모르니까.

"왜…… 그랬던 걸까요."

"글쎄. 왜 그랬던 걸까."

스스로에게 되묻는 것 같았다. 자책이거나 후회처럼도 들렸다. 생각난다는 건 의지의 영역이 아닐 텐데도 말이다.

"그 순간, 순간들. 도흔 씨 삶의 고비였을까요?"

"고비라……."

"이를테면, 힘들거나 지치거나 문득 외로워질 때. 막다른 골목에 다다랐다고 느껴질 때. 그런 순간들이 아니었을까."

"그렇다고 한다면?"

"그렇다면 뭐, 나쁘지 않네요. 근원적인 그리움이랑 닮았다는 얘기니까요."

"나쁜 경우는 뭐지?"

"음……. 혼자서 욕망을 해결할 때 생각나는 그런 거?"

후, 도흔이 낮은 소리로 웃었다. 세연도 웃음을 머금었다.

그런 소릴 남자 앞에서 잘도 지껄이다니, 은근히 책망하면서.

집 주변 어딘가에서 장미 넝쿨이 자라고 있는지 불어 드는 바람에 다디단 장미 향이 실려 왔다. 평화로움 가운데 세연은 도흔의 고백을 가만히 다듬어 보았다.

첫눈에 반하지는 않았지만, 우연한 그 조우 이후로 까닭 없이 이따금 생각나는 얼굴. 삶의 어느 갈피마다 그날의 첫 기억으로만 떠오르는 사람.

지금껏 그런 존재였던 여자에게 왜 갑자기 제안서를 보내려는 결심을 하게 되었던 걸까. 먼 배경으로만 존재하던 사람을 왜 자기 삶의 중심으로 끌어다 놓은 걸까.

아직 말하지 않았으므로 듣지 못한 그 부분들이 도흔의 진실이겠지만. 지금은 때가 아닐지도 몰랐다. 거기까지 듣기엔 오늘은 포화 상태에 가까우니까. 오늘의 도흔에게는 그것까지 말해 줄 생각은 없어 보이니까.

"가만 생각해 보니까, 두 번째나 세 번째는 없었을 수도 있겠네요."

"세 번째는 없어."

"그럼 두 번째 날은 있었구나. 언제였어요? 나를 두 번째로 본……"

쾅쾅! 쾅쾅쾅!

현관문을 마구 두드려 대는 소리가 세연의 말을 멈추게 만들었다. 현관에서 중정까지는 거리가 있어 대화를 방해받을 만큼 소란하진 않았지만, 누군가 불청객이 찾아왔음을 인지하기엔 충분한 소음이었다.

세연은 도흔을 돌아보았다.

"누가 왔나 봐요."

휴대폰을 꺼내 확인하며 도흔의 턱이 굳었다.

"한이에요?"

도흔이 의자에서 일어났다.

"나가 봐야겠어."

세연은 끄덕였다. 세연을 등지고 걸어가던 도흔이 얼굴에서 가면을 벗겨 냈다. 그의 온전한 뒷모습을 바라보며 세연은 치미는 조바심을 억눌렀다.

정원 위의 하늘이 파란빛을 거의 지워갈 즈음, 복도를 건너오는 발자국 소리가 들렸다. 두근거리진 않았다. 도흔이 아니었으니까. 걸음걸이의 중량이나 질감이 도흔과는 명백히 달랐으니까.

스카프로 눈을 가렸던 지난 세 번의 목요일이 청각과 후각을 예민하게 단련시키는 결과를 낳은 모양이었다. 도흔에 한해서만 발휘되는 예민함이겠지만.

세연 앞에 나타난 사람은 한이었다.

"도흔 씨는요?"

세연의 휴대폰을 돌려주며 한이 말했다.

"연락하실 겁니다."

그 말인즉슨, 오늘은 여기까지라는 뜻. 오늘도 다른 목요일들과 마찬가지로 더 이상의 시간은 함께할 수 없다는 뜻.

오늘을 마무리하는 세 가지 질문도 하지 못했는데. 오늘은 저녁을 지나 밤까지 같이 있게 될 줄 알았는데. 오늘은……
그러고 싶었는데.

한 앞에서 안타까움을 드러내지 않으려 세연은 무진 애를 써야 했다.

숲속의 집을 나와 차에 올랐을 때, 한이 리본으로 묶인 책을 한 권 내밀었다.

"뭐예요?"

"선물이라고 하셨습니다."

무슨 책인지는 리본을 다 풀어내지 않고도 금세 알 수 있었다. 오후에 서점에서 세연이 펼쳐보았던 그 책이었다.

모든 요일의 여행

세연은 책 표지의 제목 일곱 글자를 손끝으로 가만히 쓸었다. 서점의 서가에서 책을 꺼내 들 때도 그랬지만, 도흔으로

부터 온 책을 받아 든 지금 이 순간에는 더더욱 제목이 특별한 느낌으로 다가들었다.

"먼저 간 거죠? 그 사람."

"네."

"아까 문 두드렸던 사람, 한이었어요?"

대답하지 않는 것으로 봐선 아니었단 얘기다. 그럼 누구였냐고 물어본다 한들 한이 대답해 줄 리 만무했다.

"혹시 무슨 일이라도 생긴 건 아니겠죠?"

"신경 쓰실 일은 아닙니다."

"저 말고, 그 사람."

"······네?"

"도흔 씨한테 신경 쓰일 일이 아니라는 뜻이냐고요."

얼마간의 여백 뒤에 한이 물었다.

"그분을 걱정하시는 겁니까?"

세연은 잠깐 망설이다 되물었다.

"그러면······ 안 되는 거겠죠?"

한에게선 아무런 대답이 없었다. 세연도 더는 말하지 않았다. 한이 아니라 자신에게 건네는 말일 수도 있었으므로.

점점 어두워지는 숲을 뒤로 한 채 차가 움직이기 시작했다. 이제 목요일의 시공간을 떠나 현실의 세계로 돌아가야 할 시간이었다.

자정 무렵, 세연의 휴대폰이 울렸다. 도흔이었다. 목요일의 시간으로부터 몇 시간도 채 지나지 않아 전화가 걸려 온 것은 이번이 처음이었다.

정말 도흔에게 무슨 일이 생긴 걸까. 가령, '제안서'를 중도에 파기해야 할 만한 상황 같은 것이.

세연은 떨리는 마음을 다스리며 전화를 받았다.

"여보세요."

—잤어?

"아니요."

—목소리가 가라앉았는데.

불안스러운 마음을 들키지 않으려 침착함을 가장하고 있는 거라고 말할 수는 없었다.

도흔의 '제안'이 중지되었을 때 자신을 가장 힘들게 하는 요소가 무엇일지에 대해서 세연 스스로도 명확히 구분할 수 없었으므로.

—뭐 하고 있었어?

"선물 받은 책을 읽고 있었어요."

—남자인 줄 알았는데, 여자였어.

슬며시 웃음이 났다. 김민철 이야기를 하고 있는 거였다. 책날개를 펼쳐 '남자 이름이지만 엄연히 여자'라고 시작되는 프로필을 꼼꼼히 읽었나 보다.

"그래서 아주 가뿐한 맘으로 사 준 거였구나."

―아주, 까진 아니고.

"가뿐함에 대해서는 인정한다는 뜻이네요?"

귓가로 낮은 웃음소리가 건너왔다. 웃음이 머무르고 있을 입술이 눈앞에 선연히 그려졌고, 부드럽고도 대범하게 장악해 오던 혀가 떠올랐다. 혀를 데리고 입술이 물러가 버렸을 때의 좌절감까지도.

세연은 대책 없는 두근거림을 감추며 인사했다.

"책 선물, 고마워요."

―읽고 있어, 나도.

"아."

여자가 좋아한다는 작가의 책을 두 권 사서, 한 권은 선물하고 한 권은 읽고 있는 남자라니. 마음에 미묘한 파장이 일었다.

―왜 좋아하는지 알 것 같아.

괜찮은 느낌으로 읽고 있다는 소리다. 어떤 면이 그러했는지, 책의 어떤 페이지에서 공감했는지, 묻고 싶어진다. 책 이야기를 나누고 싶어진다.

"난 김민철의 문장이 좋아요."

―카피라이터의 문장.

"'모든 요일의 기록'이란 책도 있어요. 다 읽고 나면 그것도 읽어 봐요."

―그럴까.

"순순히 대답해 줄 줄도 아네요."

―얼마나 많은 것들을 순순히 대답해 주었는데.

"얼마나 많은 것들을 등 뒤에 숨겨 두고 있는데."

전화 너머에서 무거운 숨결이 흘렀다.

"서점 출입구쯤에서 나랑 스쳐 지나갔던 거, 맞죠?"

―그 순간으로 시간을 되돌리고 싶어?

목소리뿐인데도 도흔의 입가에 유유히 어른거리는 미소가 보이는 듯했다.

절반의 얼굴이 보여 주는 구체성이란 이다지도 강렬한 걸까. 나머지 절반마저 눈으로 보게 되면, 그땐 가슴에 완벽히 각인된 그 얼굴을 결코 잊지 못하게 될까. 제안이 끝나는 그 순간부터…… 생의 끝 날에 이르기까지.

'끝'을 떠올리자 세연은 문득 슬퍼졌다. 화선지에 떨어뜨린 먹물 한 방울이 번지듯 은은한 슬픔이었다.

그의 말대로 역시 얼굴을 안 보는 편이 나았을까. 막연한 존재로서만 남겨 두는 편이 더 이로웠을까.

그러나 지금은 현실의 세계에서 도흔과 통화 중인 밤. 아직 닥쳐오지 않은 미래가 아니었다. 그러므로 세연은 바로 몇 시간 전의 일에 대해서만 생각하기로 했다.

"예고 없이 찾아온 손님은 누구였어요?"

—동생.

"도영이라는, 그 동생?"

—오늘의 일기는 드라마틱하겠는데?

답을 피하려 말을 돌리고 있음을 느꼈고, 밀쳐 두었던 불안이 비죽 고개를 내밀었다.

"아무 일, 없는 거죠?"

—없어.

"보고 싶어요."

당신의 얼굴. 어떤 것으로도 감추지 않은, 당신의 완전한 실체를.

세연은 마음에 담긴 그 말들을 굳이 덧붙이진 않았다. 그가 헤아리든 않든 상관없었다. 아무것도 보장할 수 없는 미래는 접어 두고 오늘, 지금에 집중하고 싶었다.

숨을 멈추듯 치밀한 침묵이 지나간 뒤에 도흔이 말했다.

—토요일에, 볼까?

"스카프도, 가면도 없이."

—평범한 연인들처럼?

자신과는 결코 평범한 연인 관계가 될 수 없음을 우회적으로 짚어 주는 걸까. 잘 알고 있으면서도 유쾌하진 않았다.

"깜박했네. 토요일은 안 되겠어요. 사촌 오빠네 집에 가기로 했거든요."

그럼 일요일은 어떠냐고 물어오지 않을까 기대했지만 도흔은 그러지 않았다. 그가 주말에도 바쁘다던 한의 말이 떠올랐다. 어차피 이뤄지지 않을 만남이었을지도 모른다. 그러니 공연히 설레었는지도.

"지금부터는 아까 하지 못한 세 가지 질문 타임이에요."

─첫 번째 질문이 뭔지는 알겠어.

"그럼 대답해 봐요."

─축제가 한창이던 봄날.

세연은 의아해졌다. 대학 축제 때를 말하는 거라면, 처음 봤다던 졸업식 날과 시간적으로 순서가 맞지 않는다.

"어떤 축제를 말하는 거예요?"

─그날 너는 허술한 간이 무대에서 수화로 노래를 하고 있었지.

기억난다. 대학 1학년 봄, 캠퍼스가 화사하게 들썩이던 축제의 어느 날. 그때 수화 동아리에서 공연을 했고, 세연도 서툰 실력으로나마 참여했더랬다.

"이상해. 어떻게 그날이 두 번째가 되는 거죠? 졸업식 날이 첫 번째라고 했잖아요."

―졸업식이 생애 딱 한 번뿐이야?

그제야 깨닫고서 세연은 나지막이 중얼거렸다.

"고등학교 졸업식 날이었구나."

그러면 대학 졸업식 날에서 4년을 더 거슬러 올라간다. 도흔과 자신 사이에 3년이 아니라 7년의 세월이 놓여 있었던 거였다.

도흔에게 이따금 생각났을 어떤 순간들이 7년 전부터였다니. 세연은 어쩐지 아릿한 기분이 되었다.

―대학 졸업식 날도 혼자였어?

슥 치고 들어오는 물음이 마음을 저몄다. 아프지는 않았다. 아프라고 헤집는 말이 아니었으므로. 그랬구나, 하고 끄덕여 주는 쪽에 더 가까웠으므로.

"혼자엔 워낙 익숙해서, 뭐. 괜찮아요."

―아버지는?

"우리 아빠요?"

―외국에 계셔?

"아니요."

―그럼 우주?

"우주요?"

세연은 낮은 웃음을 터뜨렸다.

—하나뿐인 딸 졸업식에도 매번 못 올 만큼 먼 곳이 대체 어디란 말이야.

　　멀리, 라고 그랬었다. 지난번에 아빠 이야기를 할 때, 자세하게 말하기 싫어서 '멀리'라고만 둘러댔었다. 아빠를 말하다가 감정이 북받칠까 봐. 무너지지 않도록 자신을 보호하기 위해서.

　　아빠를 향한 도흔의 타박에 목이 따끔해져 오는 지금도 세연은 그래야 했다. 아빠에 대해서라면 언제라도, 누구에게라도 그래야만 했다. 그래서 세연은 도흔의 두 번째 날로 화제를 바꾸었다.

　　"두 번째 질문. 축제의 그 봄날 나를 다시 봤을 때, 기분이 어땠어요?"

　　—불쾌했어.

　　전혀 예상하지 못한 대답에 세연은 어리둥절해졌다.

　　"왜요?"

　　—너를 가리키면서 내 여자로 만들겠다고 말하던 놈이 옆에 있었거든.

　　"아하."

　　맑게 대꾸했지만 웃음이 나려고 했다.

　　—미리 말하는데, 질투는 아냐.

　　"그럼 뭐였을까."

—그놈이 누구였는지는 안 궁금해?

"당연히 궁금하죠. 누구예요, 그놈?"

부러 '그놈'이라고 똑같이 표현하자, 전화 너머에서 도흔이 웃었다.

웃음소리를 들으며 세연은 마음을 더듬어야 했다. '그놈'이 과연 누구인가에 대한 궁금증보다는 그 순간 도흔을 스쳐 갔을 감정에 어째서 더 관심이 가는지에 대해서.

"그러니까 우리 학교 축제엔 그놈을 만나러 왔던 거였겠 네요?"

—그럴 수도.

애매한 대답이 아무래도 찜찜했다.

"진짜 누구예요? 친구? 선배? 후배?"

답이 늦어 재촉했다.

"세 번째 질문이에요."

—친구.

"친구? 설마, 그 친구가 한은 아니겠죠?"

—한이 그런 캐릭터일 것 같아?

생각할 것도 없이, 아니었다. 잘은 모르지만 지금까지 본 한은 친구 앞에서 그런 식의 호언장담을 해댈 수 있는 남자 는 못 되었다. 여자에게 품고 있는 붉은 마음이 있다면 오히 려 가슴에 간직할 타입이지.

은진의 독특한 비음과 더불어 머릿속에 번뜩 떠오르는 인물이 있었다. 지프 선배.

"그 친구 이름이 혹시, 차⋯⋯."

이름을 다 대기도 전에 도흔이 말을 잘랐다.

—질문 타임 끝. 그만 자야겠어.

세연은 더 캐묻지 않았다. 자세히 말하고 싶지 않은 이야기가 도흔에게도 있을 터. 그 친구가 누구였는지는 세연에겐 그다지 중요한 문제도 아니었다.

"그럼, 잘 자요."

—잘 자.

통화가 끝나고도 도흔의 목소리와 웃음소리들이 귓가에 맴돌았다. 세연은 고개를 저어 잔향처럼 머무는 그 소리들을 털어 냈다.

책을 덮고 다이어리를 꺼냈다. 도흔과 통화하고서야 비로소 네 번째 목요일이 마무리된 것 같았다. 스탠드 불빛 아래에서 다이어리에 네 번째 목요일을 채워 가다가 문득 스치는 생각에 세연은 방의 불을 켰다.

7년 전의 그 첫날. 도흔은 동생의 졸업식에 왔다고 했다. 그리고 동생의 이름을 이젠 알고 있다.

설레는 마음으로 고등학교 졸업 앨범을 다시금 뒤적였다. 하지만 도흔이라는 이름을 찾을 때와 결과는 똑같았다. 비슷한 이름들만 보이고, 도영이란 이름은 앨범 속 어디에도 없었다.

또 다른 의문점이 생기는 순간, 세연은 휴대폰을 만지작거리며 자신과 싸워야 했다. 지금 당장 도흔에게 전화 걸고 싶은 마음 때문에. 새로 생긴 의문을 해소하기 위해서라는 건 핑계일지도 몰랐다.

어차피 도흔은 의문투성이인 사람.

여전히 비밀의 베일에 둘러싸인 남자.

그럼에도 불구하고 밤이 깊도록 그와 이야기를 더 나누고 싶은 마음. 그리하여 알게 된 것들과 아직 모르는 것들의 간격을 조금이나마 줄이고 싶은 마음. 그가 말하지 않으려는 부분들까지도 다 듣고 싶어지는 마음.

숲속의 집에서 도흔의 말을 들을 때 느꼈던 막막한 두려움이 되살아났다. 세연은 스스로를 타일렀다.

얼굴 때문이야. 다시는 마주 대하기 싫을 만큼 흉측하게 생겼다면, 야비하기 짝이 없는 눈매였다면. 그랬으면 이런 마음들은 전혀 들지 않았을 거야. 그랬다면 키스도 끔찍했을 테고 섞여 든 타액도 더럽게만 느껴졌을 거야.

그러니까 감정을 과장하지 마. 마음을 멋대로 확장하지 마. 불현듯 일렁이는 설렘 따위, 그의 외모가 부풀려 놓은 허상에 불과할 뿐이니까. 오늘도 어김없이 입금된 돈, 그것이

후광 효과로 작용하고 있는 거니까.

쓸쓸한 타이름 끝에 세연은 휴대폰을 서랍 속에 집어넣었
다.

8화

리무진

문을 열어 준 것은 사촌 오빠 세민이었다.

첫 방문이라 무얼 사 가지고 갈지 고심하다가 백화점에서 한우 세트와 아이 옷을 한 벌 샀다. 나이를 고려해 눈어림으로 사이즈를 골라왔는데 세민이 안고 있는 아이를 보니 잘 맞을 것 같았다.

"그냥 오지, 뭘 이런 걸 다 사 왔어. 너 살기도 빠듯할 텐데."

몇 주 전이었다면 세민의 말처럼 부담되는 지출이었을 것이다. 도흔이 나타나기 전이었다면.

목요일마다 입금되는 돈은 지금도 그대로 두어 딱히 여유가 있는 것은 아니지만, 계좌에 쌓여 가는 그 숫자들이 든든한 뒷배처럼 여겨졌다.

"언니는요?"

"주방에."

집에 들어서자마자 기름진 냄새가 달려들더니, 세연이 온 줄도 모르고 음식 준비에 여념이 없는 모양이었다.

세연은 아이와 눈을 맞추며 미소 띤 얼굴로 아이 이름을 불렀다. 다섯 살 여자아이가 낯을 가리듯 수줍게 웃었다.

"고모잖아. 작년에 할머니 집에서 봤는데, 기억 안 나?"

세민의 말에 아이가 '고모' 하고 조그맣게 불렀다. 세연은 세민에게서 아이를 건네받아 품에 안았다. 아이들 특유의 말랑거리는 감촉에 마음이 포근해졌다.

아이를 안은 채 주방으로 가 인사를 하려는데, 세연을 본 새언니가 하던 일을 멈추고 뛰어나와 서둘러 아이를 채어 갔다. 채어 갔다고밖에는 말할 수 없게 급박한 동작이었으므로 세연은 놀라고 무안해졌다.

"왔어요?"

뒤늦은 인사에 세연은 당황스러움을 웃음으로 얼버무리며 '네'라고만 대답했다.

"가서 앉아요. 거의 다 됐어요. 이제 차리기만 하면 돼."

"저도 같이 할……."

"아니. 거실에 나가 있어요. 오빠랑 얘기도 좀 하고."

의례적인 사양이 아니라 외면에 가까운 거부임을 알았고, 머쓱해진 세연은 돕겠다고 더 나설 수도 없었다. 상을 보는 동안 아이라도 봐 주고 싶었지만 방금 빼앗기다시피 한 터라 입을 떼기가 힘들었다.

마침 세민이 부르는 소리에 세연은 거실로 나왔다. 무거운 마음으로 소파에 앉으니, 세민이 주방 쪽을 흘끗 넘겨다보고는 변명하듯 말했다.

"요즘 신경이 좀 날카로워져서."

요즘이 아니라 내게는 원래 그랬다고, 친오빠였다면 무람없이 말할 수 있었을까.

그럴 수 없는 세연은 세민이 '요즘'을 앞세우는 이유가 있을 것 같아 무슨 일이 있느냐고 물었다. 기다렸다는 듯 세민에게서 대답이 건너왔다.

"엄마 때문에 걱정이다."

"더 심해지셨어요?"

"아니, 그런 건 아니고. 엄마야 늘 순한 아기 같으시지."

"그럼 왜……."

땅이 꺼질 듯이 한숨을 내쉬고서 세민이 말했다.

"너도 알다시피 작은이모께서 엄마를 돌봐주고 계시잖니. 그런데 작은이모가 관절도 안 좋고 부쩍 힘에 부치시나 봐.

큰이모도 우리더러 엄마 모셔 가라고 벌써부터 난리시고."

큰엄마는 당신의 자매들 중에서도 동생과 각별한 사이였다. 두 분 다 혼자되신 뒤로는 가까이 살며 서로를 의지했다.

하지만 치매가 시작된 언니를 정성스레 돌봐온 동생도 예순을 바라보는 나이인지라 힘들지 않을 리가 없다.

"당연히 내가 모셔 와야 마땅한 일이기는 한데⋯⋯."

머뭇거리던 세민이 작심한 듯 말을 이어 나갔다.

"실은 내가 해외 지사로 발령이 나서 조만간 나가야 되거든. 2년 정도 나가 있을 예정이라 혼자 가려고도 했는데, 저 사람이 둘째를 가졌지 뭐냐. 홑몸도 아닌데 애 데리고 엄마 수발까지 혼자 감당하게는 도저히 못 하겠어."

그러니까 자주 집에 들러서 도와 달라는 얘길 하려는 걸까. 남편도 없이 새언니가 무척 고달프게 되었다고 생각하는 중인데, 세민이 선언했다.

"그래서, 우리 셋 같이 나가기로 했다."

"언니랑 같이요?"

"그래. 아무리 생각해 봐도 그 방법이 최선인 것 같다."

여러 상황을 고려해 최선의 선택을 한 것일 테지만 어디까지나 그들의 입장이었다. 세연은 조심스레 물었다.

"그럼 큰엄마는요?"

"그래서 말인데, 너한테 내가 어려운 부탁을 좀 해야겠다."

갑작스런 초대의 목적을 세연은 이제야 알 것 같았다.

"너 하는 커피숍 그거, 월세도 부쩍 오르고 힘들다고 했잖아. 이참에 그만 정리하고 우리 엄마 집으로 들어와 살면 안 되겠니? 생활비는 우리가 보내 줄게. 지금도 엄마 생활비야 보내 드리고 있지만, 네가 엄마 모시는 동안에는 네 몫까지 쳐서 보내 줄 생각이다."

생활비를 언급하는 세민 앞에서 세연은 가시방석에 앉은 느낌이었다. 딸을 맡겨 놓고 이렇다 할 생활비를 보내 주지 않았다던 아빠를 에둘러 비난하는 것처럼 들렸기 때문이었다. 나는 너희 아빠하고는 다르다고, 세민이 새삼스레 못 박아 말하는 것만 같았다.

어릴 땐 몰랐다. 아빠가 큰엄마나 큰아버지에게 자신 몫의 생활비를 보내 주는지 어떤지를. 돈에 관해서라면 어린 세연은 알지도, 관심을 두지도 못했다.

초등학생이던 세연의 관심사는 오직 하나. 지방에 일하러 내려갔다는 아빠가 왜 자신을 보러 좀 더 자주 오지 않는지, 아주 드물게 다녀간 뒤에는 언제 또 올 것인지, 오로지 그것뿐이었다.

해 질 녘 큰집 대문 밖에 쪼그리고 앉아서, 골목 어귀의 담벼락에 기대어 서서, 흙먼지가 날리던 운동회 날의 운동장 한구석에서, 세연은 오지 않는 아빠를 행여나 하는 소망으로 기다리곤 했더랬다.

아빠가 다녀간 것은 한 손으로 겨우 꼽을 정도였다. 그것도 초등학생 시절에만 해당되었으니 1년에 한 번꼴이었다.

처음엔 몰랐고 이해할 수도 없었던 그 이유를 세연은 중학생이 되어서야 알게 되었다. 다들 쉬쉬하던 이야기를 네 살 위의 사촌 언니 세경에게서 들었던 것이다.

아빠한테는 이미 새로운 가정이 생겼다는 것. 딸 하나를 둔 상대 여자도 아빠처럼 재혼이라는 것.

거기까지야 팩트를 전해 준 것이었겠지만, 세경이 그다음에 야무지게 덧댄 말들은 열네 살의 세연에겐 상처이기 이전에 불가해한 의문이었다.

"남자는 원래 여자가 생기면 처자식도 눈에 안 뵌다더라."

세경이 생각해 낸 말인지 어디서 들은 표현을 옮긴 것인지는 모르겠지만, 어렸던 세연으로선 도무지 이해할 수 없는 말이었다. 세상을 떠나고 없는 처야 그렇다 치고, 어떻게 자식한테마저 그럴 수 있는지를.

시간이 흐르며 세연은 죽은 엄마까지 한 묶음으로 말했던 그날의 세경이 미웠다. 더는 찾아오지 않는 아빠에 대한 미움을 세경에게 돌린 것일 수도 있었다.

고등학생이 되어서는 기다림도, 내색한 적 없던 미움도 버렸다. 그게 편했다. 헛된 희망을 품지 않는 법, 그리하여 평온해지는 법을 그때부터 배워 버렸는지도 몰랐다.

생활비로부터 비롯된 옛 생각들에 잠겨 맘이 복잡해져 있는 세연에게 세민의 간절한 말들이 다가들었다.

"길게도 안 바라. 딱 2년 동안만. 우리 다시 들어올 때까지만. 그때까지만 세연이 네가 엄마 곁에서 보살펴 드리면 안 될까?"

언제 왔는지 세민 옆에서 새언니도 말을 보탰다.

"부탁해요, 아가씨. 어머님께는 아가씨도 딸이나 다름없잖아요."

언니한테서 아가씨라는 호칭 처음 듣네요, 라고 말하지는 못했다. 그럴 수 없었다. 큰집 구성원들 앞에서 세연은 그래서는 안 되는 위치였다.

"큰엄마가 저를 못 알아보시는데, 괜찮을까요?"

"나도 잘 못 알아보셔."

잘 못 알아보는 것과 아예 못 알아보는 것에는 차이가 있다고도, 세연은 똑 부러지게 말할 수 없었다. 눈길도 주지 않고 말 한마디 섞지 않던 새언니가 아가씨라고 불러 주며 부탁하고 있어서는 아니었다.

지난 세월 동안에 거저 받은 것들이 너무 많아서였다. 사촌 오빠나 사촌 언니보다는 대부분 큰엄마의 수고로움이었지만, 그렇기에 더더욱 거절할 수 없었다.

"언제 나가시는데요?"

"우리? 한 달 정도 있다가."

"저는 두 달 뒤에나 가능할 것 같아요."

도흔과 여섯 번의 목요일이 남아 있으니, 두 달이면 될 것이다.

"그래. 커피숍도 정리하려면 그쯤은 있어야겠지. 고맙다, 세연아. 정말 고마워. 은혜 잊지 않을게."

은혜라니. 잊지 않는다니. 떠나서 영영 돌아오지 않을 사람들처럼.

호들갑스러운 치하에 세연은 몸 둘 바를 모른 채 맘이 더 불편해졌다. 활짝 밝아진 세민의 얼굴을 웃으며 바라볼 수도, 안도하고 있을 새언니의 얼굴을 편안히 마주할 수도 없어, 그저 탁자 위만 내려다보았다.

"이제 밥 먹자, 여보."

세민의 말이 마음 한군데를 때렸다. 골치 아픈 숙제를 해결했으니 이제 밥을 먹어도 된다는 뜻처럼 들렸다.

처음으로 초대받은 저녁 식탁은 충분히 풍성했다. 식욕은 이미 사라져 버린 상태였지만 세연은 차려진 식사에 성의를 다하려 노력했다.

때때로 웃고, 의미 없는 대화를 나누면서.

그리고 꿈을 꾸듯 이따금 한 사람을 생각했다. 지금 이 시간, 현실 세계 속 도흔의 저녁 식사는 어떤 풍경일지를. 어떤 표정이 그의 얼굴에 스쳐 가고 있을지를.

한밤, 도흔에게서 전화가 걸려 왔다.

매일 밤 다정하게 통화를 나누는 사이처럼, 하루의 일과 중에서 꼭 거쳐야만 하는 단계처럼 당연한 듯이.

전화를 받으니 다짜고짜 묻기부터 한다.

—어땠어?

"뭐가요?"

—오늘 하루.

세연은 가볍게 받았다.

"이제부터 매일매일 내 일상과 기분을 체크하기로 마음먹기라도 한 거예요?"

—사촌 오빠 집에서, 별일 없었느냐고.

"아."

이 남자의 섬세한 촉이 싫지 않다. 그 섬세함 쪽으로 흐르려는 마음이 싫다. 기대고 싶어질 것 같아서. 그래서는 안 되는 사람이므로.

—자주 연락하던 관계가 아니라고 했잖아. 갑자기 집으로

불러들였다면 그래야만 할 이유가 있었을 테고. 그 이유가 너한테 그다지 즐거운 내용은 아닐 것 같아서 묻는 거야.

"즐거운 건 아니지만 괴로운 일도 아니에요."

―그러니까 그 일이 뭐냐고 묻고 있잖아.

"그게 뭐든 도흔 씨하고는 상관없는 일인걸요."

―철벽녀가 되기로 마음먹기라도 한 거야?

세연은 웃었다. 조용한 웃음이 왠지 서글펐다.

마음을 단단히 단속하려는 결심마저 간파해 버린 이 남자가 현실 세계 속의 평범한 사람이라면 좋겠다. 만일 그가 그런 사람이었다면 마음이 함부로 흐를 위험조차 없었을지도 모르겠지만……

그래도 지금은, 착잡한 이 밤에는.

"어땠어요? 도흔 씨의 오늘 하루는."

―지루했어.

"특별할 것 없이 다른 날들과 똑같은 하루?"

―그런 셈이지.

"그럼 내 생각은 안 났겠네요."

하아……. 긴 한숨이 지나간 뒤에 도흔이 말했다.

―첫 목요일 이후로 너를 생각하지 않은 날이 없어.

진심 같았다. 입에 발린 말로 환심을 사야 할 까닭이 이 남자에겐 없을 테니까.

수평을 유지하려 애쓰던 마음이 왈칵 울렁거렸다. 저만치 눈앞에서 거센 폭풍이 밀려오는 듯했다. 휩쓸리지 않으리라 다짐했다.

"목요일마다 흥미로운 이벤트가 있으니까 삶에 생기가 도나 봐요."

—그런 거라고 생각해?

그렇게 생각하지는 않았다. 그런 거라면 마음이 아플 것도 같다.

그러나……

아니라고 생각한다 해서 뭐가 달라질까. 도흔이라는 남자는 여전히 비밀로 가득하고, 앞으로 여섯 번의 목요일이 끝나면 비밀들은 그의 존재와 더불어 영원히 봉인될 텐데.

—진세연.

"네."

—내일은 어때?

"내일 뭐요?"

—시간.

'지금 나한테 데이트 신청하는 거예요?' 라고 상큼한 목소리로 물어도 될까. 나오려는 웃음을 숨기지 않아도 괜찮을까.

그렇지만 세연은 그러지 않기로 한다. 마음의 물결은 잔잔하게, 목소리도 담담하게.

"내일은 큰엄마한테 다녀오려고요."

─큰엄마에 관한 일이로군.

세연은 미소 지었다. 예리한 도흔에게는 보이지 않을, 쓸쓸함이 감도는 혼자만의 미소였다.

일요일.

세연은 큰엄마와 마루에 앉았다. 작은이모도 같이 셋이서 점심을 먹고 세연이 설거지까지 말끔히 마친 뒤였다. 텃밭에 나간 이모를 찾지 않을까 염려했는데, 큰엄마는 순하게 세연 곁에 앉아 있었다.

마당에 내리는 햇볕은 따사롭고, 대문 곁의 아름드리나무가 드리운 그늘은 안온해 보였다. 도심 한가운데였다면 지금쯤 더위를 고스란히 맛보고 있었을 테지만, 야트막한 산 아래의 마을이라 바람도 적당히 불어왔다.

누구냐고 묻고. 세연이에요, 대답하고.

그러기를 벌써 여러 차례. 큰엄마는 이제 잠잠했다. 세연이 누군지를 알아차려서 그런 것 같지는 않았다. 그저 멍하니 빈 시간의 어디쯤을 응시하는 얼굴이었다.

부신 햇빛이거나, 바람에 살랑대는 나뭇잎들이거나, 세월의 더께가 내려앉은 담벼락이거나. 그런 것들을 바라보고 있는 듯했다.

잔잔한 시간이었다. 이렇게 평화롭기만 하다면, 곁에서 지내는 2년쯤 긴 휴가로 여겨도 좋으리라 생각되도록. 2년 동안에 큰엄마의 시간들이 지금처럼 느리고 순하게만 흘러갔으면 좋겠다고, 세연은 생각했다.

큰엄마한테 딱 한 번 '엄마'라고 부른 적이 있었다. 세연이 큰집에 와서 산 지 1년쯤 되었을 때였다.

장독대에서 된장을 푸던 큰엄마는 등 뒤에서 조그맣게 울린 그 부름을 듣지 못했고, 마루에 있던 세경이 맨발로 뛰어내려와 세연의 뒤통수를 탁 때렸다. 그러고는 생글생글 웃으며 나지막이 쏘아붙였다.

"멍청아, 우리 엄마잖아."

세연은 아프다고 말할 수 없었다. 세경이 웃고 있어서만은 아니었다. 뒤통수가 얼얼하도록 맵게 후려친 것도 아니었지만, 아팠다. 마음 아래 저 어딘가.

웃음 너머에서 세연은 배타적 소유의 눈빛을 읽었다. 열 살밖에 안 된 어린애였지만 생생히 느낄 수 있었다.

그 일이 있고 나서부터는 실수로라도 '엄마'라고 칭하지 않았다. 세경이나 세민 앞에서는 꼬박꼬박 '큰엄마'라고 지칭했다. 세연은 큰엄마한테 '큰엄마'라고 부르지도 않았다. 불러야 될 만큼의 거리가 있을 땐 곁으로 다가갔다. 큰엄마라고 부르기 싫었다. 그렇게 부르며 큰엄마에게, 그리고 자신에게 엄연한 차이를 일깨우기 싫었다.

그렇지만 오늘은. 큰엄마 곁에 아무도 없는 지금은. 나직이 불러 봐도 괜찮지 않을까. 큰엄마야 기억조차 하지 못할 테지만. 그러니까 더 안타까울 테지만, 그래도 오늘은.

"엄마."

큰엄마가 부스스 세연을 돌아봤다. 말귀를 알아듣는 듯 세연과 눈을 맞추나. 세연은 가만히 웃어 보였다. 큰엄마도 어린아이같이 유순하게 웃었다.

"엄마."

다시 한번 불러 보았다. 그러자 거짓말처럼 큰엄마가 세연을 불렀다.

"연아……."

예전에 늘 그랬듯이 다정하게. 사랑스러운 막내를 대하듯이 따뜻한 얼굴로.

눈시울이 뜨거워진 세연은 입술을 깨물었다. 이 순간은 이내 사라질 것이었다. 언제 그랬냐는 듯이 텅 비어 버린 눈으로 돌아가서는 세연을 타인 보듯 무심히 건너다볼 것이었다.

그래도 나쁘진 않다고, 세연은 생각했다. 금세 사라져 버린다 해도 누군가는 이 순간을 기억할 테니까. 둘 중 한 사람만이라도 소중히 간직하면 그것으로 충분히 의미가 있을 테니까.

그렇게 세연이 아린 마음을 다독이고 있을 바로 그때, 신기한 일이 일어났다. 열려 있는 대문 앞으로 스르르 미끄러지듯 굴러와 멈춰 서는 차. 눈부시게 새하얀 리무진이었다.

세연은 저도 모르게 몸을 일으켰다. 누가 앞뒤 정황을 또렷이 설명해 주지 않아도 직감으로 알아 버리는 순간이었다.

리무진에서 내린 한이 마당으로 들어와 큰엄마에게 고개를 깊숙이 숙였다. 한은 세연과도 눈인사를 나누었다.

"그 사람이 보냈어요?"

"네."

"휴일인데 저 때문에 쉬지도 못하고. 죄송해요."

"아닙니다. 괜찮습니다."

한이 세연의 큰엄마를 정중히 부축해 리무진에 태웠다. 꽃놀이라도 나서는 새댁처럼 어여쁜 표정의 큰엄마 곁에 세연도 앉았다. 리무진 내부는 영화에서나 보던 광경처럼 호화찬란했다.

소원이던 리무진 안을 휘둘러보는 큰엄마의 눈이 총기를 띠며 반짝거렸다. 마을을 천천히 돌아 나가는 리무진 안에서 세연의 마음도 은은히 반짝였다.

9화
다섯 번째 목요일

새벽부터 비가 내려 손님이 뜸한 한낮이었다.

도흔을 만나는 목요일이었으므로 가게를 맡아 줄 순주가 오기를 기다리고 있던 세연은 문밖에 서 있는 한 여자를 보았다. 검은 우산을 받쳐 든 그녀는 커피숍 안을 넘겨다보며 뭔가 머뭇거리는 느낌이었다.

세연은 망설였다. 문 앞까지 가서 문을 열어 주며 어서 들어오라고 반갑게 권해야 할지, 내키지 않아 다른 데로 가려 돌아설지도 모를 손님의 자유를 인정해야 할지.

자주 들러 얼굴을 익힌 이들에게도 세연은 호들갑스럽게 알은체하는 편은 아니었다. 편안히 머물다 갈 수 있게끔 내

버려 두는 쪽이었다. 좁은 공간이어서 서로를 의식하게 되면 불편해질까 봐 배려하는 마음이었다.

손님들도 즐겁게 깔깔거리는 무리보다는 노트북을 켜고 제 할 일을 하며 조용히 머무는 학생들이 더 많았다. 대로변이 아니라 골목 안쪽으로 들어와 있는 위치 탓도 있겠지만, 순주 말에 따르자면 주인장의 성향 덕분이라고 했다.

어쨌거나 지금 문밖의 저 여자는 차림새로 보건대 주 고객층인 대학생이 아니었다. 자잘한 꽃무늬가 흩어진 원피스에서 세월의 흔적이 엿보였다.

마침내 여자가 안으로 들어섰다. 빗물이 흐르는 우산을 우산꽂이에 꽂을 생각도 않고 서서 중년의 여자가 세연을 바라보았다.

세연은 그녀가 커피에 목적을 둔 손님이 아님을 알았다. 그래서일 것이다. 평소처럼 자연스레 '어서 오세요'라는 인사말이 입 밖으로 나오지 않은 것은. 어떤 예감에 가슴이 눅눅해져 온 것은.

여자가 먼저 입을 열었다.

"진세연 양, 맞지요?"

세연은 카운터 안쪽에서 나와 여자 앞에 섰다. 50대 초반쯤 되었을까. 이목구비며 자태가 고전 소설 속의 옛 여인처럼 단아한 분위기의 여자였다.

"네, 제가 진세연인데요."

일단 말해 놓고서 세연은 부지런히 생각했다. 난데없이 찾아와 이름을 확인하는 이 여인이 누구와 닮았는지를. 누구와 관련된 사람인가를.

혹시⋯⋯ 도흔?

그러나 다르다. 도흔하고는 손톱만큼도 닮은 데가 없다. 그러니 다행이라 해야 할까. 그러니 주눅들 필요까진 없어도 될까.

"누구신지 모르겠네요. 저를 아세요?"

세연의 물음에 여자가 고개를 끄덕이며 대답했다.

"네."

"저를 어떻게⋯⋯."

"나는⋯⋯."

힘겨운 듯 말을 멈추고는 얼마간 머뭇거리던 여인이 눈길을 조금 아래로 내려뜨린 채 말을 이었다.

"세연 양 아버지와 같이 사는 사람입니다."

세연은 아무 말도 할 수 없었다. 일순 눈앞이 까마득해졌다가, 손발에 힘이 쫙 풀렸다가, 불현듯 화가 치밀어 올랐다가, 다시금 온몸에서 기운이 다 빠져나갔다.

"미안해요. 보고 싶지 않을 사람일 텐데, 이렇게⋯⋯."

"저한테 무슨 하실 말씀이라도⋯⋯?"

아빠의 새 아내는 이번에도 머뭇거림 끝에 결심한 듯 대답했다.

"네."

젖은 우산을 받아 우산꽂이에 꽂고, 안쪽 자리로 여자를 안내해 앉힌 뒤 커피를 두 잔 내려 여자 앞에 앉았을 때에도 세연은 내내 머리가 띵한 상태였다.

"갑자기 찾아와서 많이 놀랐을 줄 압니다."

"네, 놀랐어요."

"정말…… 미안해요."

바닥에 엎드린 듯 다소곳한 자세와 거듭되는 사과의 말이 세연에게서 날카로움을 한 발짝 뒤로 물려 두게 만들었다. 세연은 잔을 들어 커피를 한 모금 마셨다.

존재야 알고 있었지만 지금껏 만난 적 없던 관계. 대면해 봐야 서로가 불편한 사이. 그럼에도 이렇게 갑작스레 찾아왔다면 그럴 수밖에 없는 분명한 이유가 있을 터. 그리고 서로 간의 공통분모는 단 한 사람뿐.

"아빠 일로 오셨나 봐요."

떨림을 누르며 되도록 담담히 말을 꺼내자, 여자가 끄덕이며 대답했다.

"네."

세연은 커피 잔을 두 손으로 감쌌다. 잔이 뜨거워 손바닥이 화끈거렸다. 그렇지만 견뎠다. 이제부터 여자에게서 들을 말들을 각오하면서.

"그 사람, 그간 바쁘게만 살다 보니 건강 검진 같은 걸 받아 볼 여유가 없었어요."

"편찮으신가요?"

"……네."

큰아버지처럼 암일까. 큰아버지의 경우처럼 치료하기엔 이미 늦어 버린 상태인 걸까. 그래서 남은 날들이 얼마 남지 않았다는 얘길 하려고 찾아온 걸까.

머릿속으로 최악의 시나리오가 돌아갔다.

"신부전이래요. 지금은 혈액 투석을 받으며 간신히 연명하고 있어요."

"투석……."

끄덕임과 함께 여자가 고개를 조금 숙였다. 북받치는 감정을 다독이려 애쓰는 것 같았다.

어떻게도 손쓸 수 없는 말기 암이 아니라니 그나마 다행이랄까. 하지만 여자가 표현했다시피 투석으로 연명 중이라면 생활이 어떠할지는 안 봐도 짐작할 수 있는 일이었다.

"아버지가 많이 힘들어 해요. 그래서……."

'그 사람'에서 '아버지'로 지칭이 바뀌었다. 세연의 입장에서 말했다기보다는 딸로서의 감정을 건드리려는 의도일지도 몰랐다.

만약 돈 문제를 껴안고 방문한 거라면 적절한 타이밍이라고, 한 달 전이었다면 무력감에 울화만 치밀었을 거라고 생각하고 있을 때였다. 여자가 지금까지와는 달리 결연한 어조로 말했다.

"이식 수술을 받게 해 주고 싶어요."

"신장 이식, 말인가요?"

"맞기만 한다면 내 거라도 떼어 주고 싶지만, 내가 지병이 있어서……. 의사가 나는 안 된다고 하더라고요."

여자의 간절한 눈빛이 세연에게로 건너오고 있었다. 세연은 비로소 여자의 심중을 알아차렸다.

"염치없지만 세연 양한테 부탁을 드려도 될는지요."

염치없다는 말이 가시처럼 목에 걸렸다. 그러므로 세연은 확인해야 했다.

"아빠가, 원하시는 거예요?"

여자가 눈가를 손수건으로 꾹꾹 누르고는 잠긴 음성으로 대답했다.

"네."

그러니까 아빠의 소망을 받잡아 이 곤란한 자리에 어쩔 수 없이 대신 나온 것인가, 이분은.

착잡한 심정으로 커피 잔만 만지작거리고 있는 세연에게

여자가 말을 이었다.

"마음이야 가득해도 차마 직접 말은 못 꺼내실 거예요. 그러니 여태껏 세연 양한테는 아프다는 말도 안 하고 버텨 온 거지요. 장기 이식 센터에 수혜 대기자로 올라가 있긴 하지만, 대기자가 워낙 많아서 몇 년씩 기다려야 한다는군요. 그때까지 버텨 낼 수나 있을는지. 세연 양이 우선 검사만이라도 받아 주면⋯⋯. 그럼 버텨 낼 희망이라도 생기는 거니까⋯⋯."

눈물짓는 여자를 보며 세연은 아무 말도 할 수 없었다. 그냥 머리가 멍했다.

할 수 있는 일과 할 수 없는 일.

마땅히 해야 할 일과 그러고 싶지 않은 일.

각각의 경우가 부딪치며 소용돌이를 일으키고 있는데, 몇 걸음 떨어진 곳에서 남의 일처럼 바라보고 있는 기분이었다.

문이 열렸는지 바깥의 빗소리가 따라 들어왔다. 시간이 되어 순주가 왔나 보다, 생각했다.

"엄마!"

차랑차랑한 그 목소리가 울리기 전까지는.

세연은 문 쪽으로 고개를 돌렸다. 예상치 못한 또 하나의 방문객은 세연 또래의 젊은 여자였다. 가슴이 서늘해졌다.

아빠를 쏙 빼어 닮은 얼굴. 그 누가 봐도 딸임을 알아차릴

만큼 아빠의 유전자를 고스란히 물려받은 외모.

세연은 충격에 사로잡혔다.

"세랑아."

"엄마가 여길 진짜 올 줄은 몰랐어."

"세랑아, 엄마는……."

"이건 아니잖아, 엄마. 이건 정말 아냐. 언니한테 이러면
안 돼."

아빠의 아내가 울었다. 세랑이라고 불린 여자가 제 엄마를
원망스런 눈으로 바라보았다. '언니'라는 호칭에 얼어붙은
세연은 할 말을 잃은 채 그대로 서 있었다.

열려 있는 문 너머에서 축축한 빗소리가 계속 들이쳤다.

진공의 시간 속에 갇혀 버린 것만 같았다.

앞에 앉은 사람만 바뀌었을 뿐 멍한 상태인 건 조금 전과
다를 바 없었다. 정신을 좀 차리려고 세연은 미지근해진 커
피를 약처럼 들이켰다. 잔을 내려놓는데, 세랑이 말했다.

"미안해요, 언니."

엄마보다는 강단 있는 음색. 언제 어디에서든 생각하는 바
를 말하는 데에 거리낌이 없을 듯한 목소리였다.

세연은 고개 들어 세랑을 보았다. 세랑의 얼굴에 선명히
들어 있는 아빠를 보았다. 가슴이 옥죄듯 갑갑해져 왔다.

"제가 아빠를 많이 닮았죠. 다들 그래요. 엄마를 반만 닮았으면 지금보다 훨씬 봐줄 만한 얼굴이 되었을 거라고요. 어쩔 수 없죠, 뭐. 이렇게 태어난 걸."

눈치 보며 살아온 적 없고, 하고 싶은 말을 억눌러 본 적도 없는 모습이었다. 구김살 없는 태도에 정답기까지 한 말들을 세연은 묵묵히 듣고만 있었다.

"엄마를 막았어야 했는데. 이렇게까지, 이런 상황까지는 오지 못하게 말렸어야 했는데. 늦어 버렸어. 정말 미안해요, 언니."

사과의 말투조차 담백했지만, 세랑의 입을 통해 나오는 '언니'라는 호칭에 이물감이 느껴졌다. 순주한테 불리는 '언니' 하고는 차원이 달랐다.

묵직한 그물이 자신과 세랑의 머리 위로 덮쳐진 것 같은 기분이랄까. 이인삼각 할 때처럼 세랑의 발목과 자신의 발목이 하나로 묶여 버린 느낌이랄까.

"이름이 세랑이라고……."

"네."

"서에 이. 세, 인 거죠?"

돌림자인지를 확인하려는 물음이었다. 아빠가 지어 준 이름인지를.

"맞아요, 세."

세랑이 허공에다 한자 '世'를 손가락으로 쓱쓱 그려 보이더니, 이내 정감 있게 덧붙였다.

"말 편하게 하세요, 언니."

"몇 살이에요?"

"스물, 다섯이에요."

그러니까 집에 돌이 갓 지난 딸을 두고 밖에 나가선 다른 여자와의 사이에 아이를 만들었다?

기가 막혔다.

걸음마를 시작한 딸이, 말을 배워 가며 한창 예쁜 짓을 해 댔을 딸이 눈에 밟히지 않았을까? 아무것도 모른 채 날마다 행복해했을 아내가 마음에 밟히지도 않았을까?

"짐승 같아."

참담한 마음에 세연은 중얼거리고 말았다.

짐승이 누구를 일컫는지 알아차린 모양인지 세랑이 눈길을 살짝 아래로 내렸다. 동의의 표시라고는 생각되지 않았다. 상대의 감정을 고려해 맞서서 대꾸하지 않는 예의를 보이는 정도일 터였다.

"그쪽은 나를 알고 있었던 것 같은데."

너는, 이라고는 말해지지 않았다. 세랑이 권하는 대로 말을 편하게 하고 싶지도 않았다. 세랑의 존재를 인정하고 싶지 않았다. 세랑의 존재 자체가 오류였으면 했다. 이 모든 게 새빨간 거짓말이기를 바랐다.

"네, 알고 있었어요."

"아버지가 얘기해 줬나 봐요?"

"네, 고등학교 때요. 나한테 언니가 있다고 했어요. 아주 예쁘다고. 아빠는 하나도 안 닮고 언니 엄마만 고대로 닮았 다고. 엄마랑 똑같다고."

세연더러 모두가 엄마 판박이라고들 했으니 그건 사실이 었다. 아빠가 서운해할 정도로 엄마만 빼다 박았다고들 했더 랬다. 자라면 자랄수록 엄마랑 더 똑같아진다고들 했다.

"충격받았겠네요."

끄덕이는 세랑에게 세연은 차갑게 말을 이었다.

"그 얘기를 듣기 전까지는, 당연히 그쪽 엄마가 아버지의 본처인 줄만 알고 살아왔을 테니 말이에요."

"본처……."

찬찬히 곱씹는 세랑을 보면서도 세연은 정정하지 않았다. 정정은커녕 '첩'이라는 표현을 세랑 앞에다 내던지고 싶었 다. 할 수 있는 한 가장 잔인한 표정을 지으면서.

분명히 시기가 겹치니까. 원했건 원하지 않았건, 세랑은 엄마와 아빠의 결혼 생활 도중에 태어난 혼외자니까. 알았건 몰랐건 세랑의 엄마는 다른 여자의 남편을 가로챈 파렴치한 여자니까.

그리고 아빠는, 아내와 딸을 배신한 남자. 어린 딸이 가장 예쁠 때, 아내가 육아로 가장 힘들 때, 짐승 같은 짓으로 가정을 등진 사람.

어린 시절 내내 그런 사람을 그리워하며 살았다는 게 치욕스러웠다. 그런 사람을 아빠라고 가슴에 담아 두며 기다려 왔다는 게 끔찍했다. 그런 사람이 투병 중이라고 해서 흔들리려던 마음이 어처구니없었다.

"힘들었죠."

입을 뗀 세랑이 고개 돌려 유리창 밖으로 시선을 주었다.

세연은 세랑의 옆얼굴을 노려보았다. 지금껏 아빠와 함께 살며 사랑을 듬뿍 받았을, 아빠에게는 자신보다 소중한 딸이었을 그녀를.

미웠다. 아빠와 같이 보냈을 세랑의 모든 시간들이. 세랑의 엄마와 더불어 그들 셋이서 차곡차곡 쌓아 왔을 세월들이.

서러웠다. 혼자였던 모든 순간들이. 외로움에 익숙해져 살았던 지난날들이. 아빠의 부재로 하여 끝내 채워지지 못할 정서적 결핍들이.

"나름 방황도 했어요. 사춘기도 다 지난 때였는데. 언니가 나보다 고작 두 살 위라는 거. 그게 나한테는 제일 받아들이기 힘든 진실이었던 것 같아요. 아마, 언니도 그렇겠죠?"

자신에게로 돌아온 세랑의 눈길을 세연은 받지 않았다. 빗방울들이 맺힌 유리 너머의 세상으로 고개를 돌렸다. 맞은편에 서 있는 순주가 보였다. 가게 안의 심상치 않은 장면을 지켜보며 들어오지 못하고 서 있는 듯했다.

문자가 오는 소리에 세연은 휴대폰을 내려다보았다. 한이었다. 이제 나가야 할 시간이었다.

그러나 세연은 선뜻 일어설 수가 없었다. 그만 가라고 세랑을 내칠 수도 없었다. 다시 세랑을 만나게 될지 어떨지 알 수 없는 지금. 늪 같은 미움과는 별개로 묻고 싶은 것들이 많았다.

아빠와 함께 사는 동안 그늘 한 점 없이 행복했는지. 세랑에게는 더없이 좋은 아빠였는지. 또 다른 세랑은 없는지……. 같은 것들.

불행했기를 바라서인지도 몰랐다. 그들만 행복했다는 건 너무 불공평하니까. 형네 집에다 딸을 버려두고 가 버린 남자가, 자주 보러 오지도 않았던 사람이, 생활비조차 보내 주지 않았다던 그가 새로운 가정에서 행복했다면. 그랬다면 아무것도 모른 채 일찍 죽은 엄마가 너무도 억울할 것 같았다.

세연은 문득 소스라쳤다. 엄마는…… 과연 아무것도 몰랐을까?

"우리 엄마를…… 용서해 주세요."

세랑의 말은 진실하게 들렸다.

하지만 세연은 아무 대꾸도 하지 않았다. 아니, 할 수가 없었다. 혹여 아빠의 배신을 알고 있었을지도 모를 엄마의 그 심정이 가슴에 유리 파편처럼 틀어박혔다.

"엄마는 몸이 안 좋아서 검사 자체를 받을 수 없고, 저는 받으려고 했지만 엄마가 반대했어요. 제가 어릴 때 심장 수술을 두 번 받은 적이 있거든요. 건강하게 낳아 주지 못한 것도 죄스러운데 몸에다 또다시 칼 대게는 못 한다고, 또 수술대 위에다 올릴 수는 없다고……."

심장에 문제를 갖고 태어난 아이. 지병을 안고 사는 여자. 그런 둘을 부양하느라 두고 간 건강한 딸에게는 찾아오지도, 생활비를 보내 주지도 못했다는 건가.

하아. 세연은 무거운 한숨을 토해 냈다.

"그 또한 오늘 일처럼 엄마의 이기심이겠지만, 거역하기 힘들더라고요. 엄마한테 혈육은 세상에 저 하나뿐이라서."

한의 문자가 다시 왔다. 기계적으로 휴대폰을 내려다보는 세연에게 세랑의 말들이 다가들었다.

"오늘 같은 일 다신 없을 거예요. 엄마한테도 제가 다시 잘 얘기할 거고요. 우리 엄마, 언니가 생각하는 것만큼 나쁜 사람은 아니에요."

나쁜 사람과 좋은 사람. 선과 악의 경계는 어디쯤일까.

오늘 일도, 하나뿐인 핏줄이라는 세랑을 보호하려는 마음도 단순히 이기심이라고만 판정하진 않는다. 그건 다만 그 여자의 최선일 것이다.

그렇다면 아빠의 최선은 무엇일까. 버린 딸에게는 자신의 병세를 함구해 온 것? 그렇지만 살고 싶어서 아내를 대신 보내 딸의 의사를 타진해 보는 것?

"오늘 일, 그쪽 아버지가 원하는 거 아니었어요?"

"아니에요. 그건 아니에요, 언니. 아빠는 모르세요. 알았다면 절대로 허락 안 하셨을 거예요. 오늘 일은 엄마가…… 아빠를 살리고 싶은 엄마 욕심에……. 미안해요, 언니. 정말 미안해요."

그렇다고 해서 잔뜩 굽은 마음이 펴지는 것은 아니었다. 세연에게 있어 여전히 아빠는 짐승 같았고, 여전히 눈앞의 세랑은 미웠다. 어린애나 부릴 법한 질투라고 해도 어쩔 수 없었다. 지금으로선 분노와 미움을 붙들고 견디는 게 세연의 최선이었으므로.

"그럼, 다시 볼 일은 없겠네요."

선을 긋듯 말하고는 자리에서 일어서자, 세랑도 따라 일어났다.

"잠깐만요, 언니."

세랑이 부리나케 가방을 뒤지더니 세연에게 명함을 내밀었다.

"혹시 저한테 연락할 일 있으면 여기로……."

"연락할 일 없을 것 같은데요."

"아빠에 관해서 궁금한 게 있을 수도 있……."

"아니, 없을 거예요."

연결되기 싫었다. 이것으로 끝내고 싶었다. 아예 없었던 일처럼. 세랑도, 세랑의 엄마도, 그리고 아빠도, 지구상에 존재하지 않는 사람들처럼.

문이 열리는 기척과 함께 빗소리가 들어왔다. 안으로 들어선 사람은 한이었다. 세랑이 명함을 탁자 위에다 내려놓고 돌아섰다. 서둘러 나가던 세랑이 한에게 어깨를 부딪쳤다.

"죄송합니다."

고개 숙여 사과하고는 세랑이 문밖으로 뛰어나갔다. 뒤이어 주춤주춤 들어온 순주가 우산꽂이에 제 우산을 꽂으려다 중얼거렸다.

"어. 우산."

세랑이 놓고 간 우산을 내려다보며 세연은 그만 울고 싶어졌다.

"무슨 일입니까?"

한이 물었다. 세연이 차에 막 올랐을 때였다. 세연은 말없이 안전벨트를 맸다.

"아까 그 여자는 누굽니까?"

"늦겠어요. 출발하시죠."

"진세연 씨."

"아무 일도 아니에요."

"그런 얼굴이 아니라서 묻는 겁니다."

멀쩡한 얼굴일 리가 없다. 모르는 이의 눈에도 그리 비쳤을 것이다. 그런데도 마음 한쪽이 허물어지려고 했다. 목도 따끔해져 왔다. '울지 마'라는 한마디에 간신히 참고 있던 울음이 터져 버리는 아이처럼.

세연은 심호흡을 해 마음을 단단히 가다듬었다.

"비가 계속 쏟아지네. 조심히 운전하셔야겠어요."

"알겠습니다. 돈 문젭니까?"

"한 비서님, 점심은 드셨어요?"

"먹었습니다. 닮았던데, 사촌입니까?"

닮았다고? 도대체 어디가?

반발심이 작용해 약간 까칠하게 물었다.

"오늘은 은진이 걱정 안 해도 되는 거예요?"

"은진 씨는 지금 국내에 없습니다. 혹시 가족입니까?"

"내일은 쨍쨍 맑았으면 좋겠다."

"동문서답하기로 작정하셨습니까?"

"보스한테 보고하려고 정보 수집 차원에서 질문하시는 거라면, 그러지 않으셔도 돼요. 도흔 씨가 궁금해하는 일에 대해선 직접 말해 줄 거니까요."

"친구로서 묻는 거라면."

"……네?"

"도흔이 친구로서 묻고 있는 거라면, 말입니다."

뜻밖의 말에 세연은 좀 놀랐다. 한이 도흔과 친구 사이임을 자처한 건 처음이기도 했다. '그분'이 아니라 '도흔이'라 칭하는 것 또한.

"지금, 저를 걱정해 주시는 거예요?"

"도흔이를 걱정하는 겁니다."

일맥상통하는 얘기 아닌가, 하는 생각이 들었지만 말로 하진 않았다.

"친구라고 하시니까 묻겠는데요. 차성진이란 사람, 알죠?"

대꾸 없이 한이 차를 출발시켰다. 게다가 운전에만 몰두할 뿐, 세연의 질문에 대답해 줄 기미라곤 도무지 없어 보였다.

"도흔 씨 친군데, 몰라요?"

"모릅니다."

"모른다고요."

"네."

"들어 본 적도 없는 이름이겠네요?"

"네."

여태껏 벽처럼 유지해 온 경계를 조금은 허물어뜨리려는 줄 알았다. 도흔의 비서로서가 아니라 친구로서의 한이. 친구인 도흔에게 중요한 사람이라서 안위를 함께 걱정하게 되는, 그러한 지점인 줄만 알았다. 그런데 아니었나 보다. 지레짐작이었나 보다.

지난 일요일, 큰엄마에게 공손하게 대하던 한이 고마웠었다. 비록 도흔의 지시를 따랐을지언정, 한은 사무적인 자세만을 견지하지 않고 큰엄마가 편안할 수 있도록 배려하는 모습이었다.

드라이브를 마치고 돌아와서는 이모에게 큰엄마의 상태에 대해 관심 있게 묻고 경청하며 끄덕이기도 했다. 이모의 호기심 어린 질문들에도 세연이 난감해하지 않도록 적절히 대처해 주었다.

다시 도흔의 비서로 돌아온 한에게 세연은 더 말을 붙이지 않았다. 한 역시 마찬가지였다. 차창 밖을 바라보며 잠자코 있노라니, 잠시 잊고 있었던 아까의 일들이 와르르 밀어닥쳤다.

탁자 위에 놓여 있을 명함과 우산꽂이에 남겨진 우산을 떠올리자 새삼 머리가 지끈거려 왔다.

우산이야 눈에 띄지 않는 곳에다 넣어 두거나 버리면 될 테지만 명함은 어찌할까. 들여다보지 않은 채로 찢거나 버릴 수 있을까. 끝내 연결을 거부할 수 있을까. 아빠의 현 상황에 눈감고만 지낼 수 있을까.

착잡한 상념에 빠져 있는 동안 차가 도심을 완전히 벗어났다. 숲속의 집이 가까워져 오고 있었다. 목요일의 시간들이 다가들고 있었다.

오늘이 목요일이어서 다행이라고, 세연은 생각했다. 남루한 현실을 떠나 영화 같은 비현실의 세계로 들어갈 수 있는 날이어서. 세상 누구도 모를, 익명 게시판 같은 공간으로 숨어들 수 있어서.

그렇지만 오늘, 꼭 한 가지만큼은 다시금 확인해야 했다. 숲에 도착하자마자 세연은 한에게 물었다.

"도흔 씨, 가정이 있는 사람은 아니겠죠?"

"가정이요?"

"아내와 아이가 있는 남자 말이에요. 지난번에 도흔 씨한테서 듣긴 했지만 한 번 더 확인하고 싶어요. 다른 건 더 묻지 않을 테니까 이거 하나만은 사실대로 말씀해 주세요."

"아닙니다."

"정말 아니죠?"

"네. 결혼한 적도, 하려고 했던 여자도, 하게 될 여자도 없습니다. 당연히 아이도 없고요. 그러니 그 점에 있어서는 신경 안 쓰셔도 됩니다."

"그런데 왜……."

이런 방식으로 비밀스럽게 여자를 만나는 거예요?

세연은 입 밖으로 나오려는 질문을 삼켰다. 다른 건 더 묻지 않겠다고 했고, 불안하던 부분에 대해서 확답을 들었으니 되었다고 생각했다.

제안의 이유와 비밀에 대해서 정답을 줄 수 있는 사람은 도흔.

지난 네 번의 목요일들에 그랬듯이 세연은 한에게 휴대폰을 건네고 차에서 내려섰다. 펼쳐 든 우산 위로 비가 타악기 소리를 내며 떨어져 내렸다.

숲속의 집으로 들어서자, 세상의 빗소리가 아득히 멀어졌다.

적막하게 비어 있는 집. 출발이 좀 늦어져서 4시를 넘어선 시각인데도 도흔은 아직 부재중이었다. 말끔한 슬리퍼 두 개가 나란히 놓인 현관에서 카펫이 깔려 있는 복도를 바라보며 세연은 문득 생각했다.

돈이 참 좋구나. 돈이 모든 것들을 얼마쯤 무디게 만들어 주는구나.

제안 끝에 완성될 거액의 돈이 아니었다면.

큰엄마를 돌보는 일을 요구받았을 그때에 자신의 처지가 서글퍼졌을 테고, 생의 쓸쓸함만이 부각되었을 거였다.

평생을 벌어도 모으지 못할, 도흔의 그 돈이 없었다면.

2년 동안 큰엄마를 돌보고 난 뒤에는 어떤 삶이 기다리고 있을 것인지, 막막하고 암담하기만 했을 거였다. 긴 휴가라고 생각하지는 못했을 것이다. 불확실한 앞날이 등짐처럼 무겁게만 느껴졌을 터였다.

커피숍을 정리하라는 세민의 말에 별다른 저항감이 들지 않았던 것도 결국 도흔의 돈 때문이다. 2년 뒤에는 어디로든 꿈꾸던 여행을 떠날 수 있는 보장이 되어 줄 돈. 마음의 빚을 갚으며 조금만 견디면 가뿐해질 수 있다고 심적 여유를 안겨 주는 돈.

도흔에게서 올 그 돈이 오늘 닥쳐온 일들에 대해서도 더 잘 견뎌 낼 수 있도록 지탱해 주겠지. 그러니 도흔이 시작한 이 제안은 반드시 끝까지 완수되어야 하고, 돈의 가치에 걸맞은 의무를 다해야 하겠지.

전화벨 울리는 소리가 들려왔다. 세연은 긴 복도를 지나 유선 전화기가 있는 콘솔 쪽으로 걸어갔다.

"여보세요."

─조금, 늦을 거야.

귓가로 파고드는 도흔의 목소리가 방금 전까지 세연에게 가득했던 비애를 일시에 부서뜨렸다. 마음을 다잡으며 세연은 담담히 말했다.

"알았어요."

─이유, 안 물어봐?

"물어봐도 대답 안 해 줄 거잖아요."

─궁금하긴 하고?

"아뇨, 궁금하지 않아요."

전화 속 도흔에게서 무겁게 내쉬는 숨소리가 건너왔다. 그리고 나직한 목소리도.

─힘든 거 알아.

툭, 마음이 내려앉았다. 속절없이 무너지려는 마음을 바로 세우려 세연은 입술을 질끈 깨물었다. 무슨 의미로 하는 말인지 묻지도, 알려고 애쓰지도 않았다. 도흔이 알 리가 없다. 어쩌다 맥락이 맞닿은 것일 뿐. 그저 건넨 말에 불과할 뿐.

"힘들지 않아요."

진실이 늘 고통스럽지, 거짓말은 쉬웠다.

마음의 속살을 있는 그대로 꺼내어 보일 수 있는 사람은 세연의 세상엔 없었다. 아마 앞으로도 없을지 몰랐다. 이런 제안에 몸담았던 사람에겐 합당한 결과일 터. 선택했으므로 후회하지 않을 것이다.

　―진세연.

　"네."

　―가면은 두고 나왔어.

　"아."

　그러니까 오늘도 스카프를 준비하란 뜻일까. 아니면 오늘은 얼굴을 온전히 보여 주겠다는 말일까.

　세연은 묻고 싶었다. 도흔의 심중을 속속들이 알고 싶었다.

　그러나…….

　현실의 모든 슬픔을 덮어 버리는 이 두근거림, 독이 될 것이다. 오늘을 포함해서 여섯 번의 목요일이 지난 다음엔 필시 치유하기 힘든 상처로 남을 것이다.

　그러므로 세연은 설렌다고 말할 수 없었다. 오늘은 꼭 당신의 얼굴을 보고 싶다고도 말할 수 없었다.

　지금 가장 필요한 건 달콤한 설렘도, 대책 없는 두근거림도 아니었다. 오로지 돈. 쓸쓸한 현재를 견뎌 내게 해 주고, 그 어떤 충격도 무디게 만들어 줄 그것.

　그러니까 도흔이라는 이름을 가진 미지의 당신.

　시시때때로 마음 흔들어 놓지 말고 몸을 가져라. 마음까지는 탐내지 말고 몸만 취해라. 믿지 말라고 했으니, 믿지 않겠

다. 애초에 약속했듯이 제안서대로의 돈, 나에겐 오직 그것
만.

　—무슨 생각 하고 있어?

　"아무 생각도 안 하고 있어요."

　—그러기엔 침묵이 너무 길잖아.

　"아무 생각도 안 하고 있으니까 고요한 거예요. 무념무상,
몰라요?"

　—거짓말은 언제나 쉽지.

　왈칵 흔들려 버린 마음을 다잡느라 세연은 또 애를 써야만
했다. 무어라 대꾸를 하면 말과 함께 마음의 아주 조그만 조
각 하나라도 튀어나올까 봐 입술을 또 깨물어야 했지만…….

　이 순간 도흔에게서 다가드는 침묵이 차분히 지켜봐 주는
눈길 같았다. 떠나지 않고 곁을 지켜 주는 온기 같았다. 손등
에 따뜻이 덮이는 손길 같았다. 추악한 진실들을 가리며 깊
이 안아 주는 품 같았다.

　참 곤란하다, 이런 느낌은. 생명력을 발휘하며 제멋대로
뻗어 나가는 마음은.

　과장하지 말라고, 이건 그저 감정의 과잉인 거라고, 힘들
어서 유난히 증폭되는 마음일 뿐이라고, 세연은 다짐하고 또
다짐했다.

　—기다리기 지루하면 좀 자.

"괜찮아요. 조금 늦는다면서요."

—실은 지금 출발했어.

그럼 시간이 제법 걸리겠다. 어쩐 일일까. 날마다 바빠서 목요일만 겨우 시간을 낼 수 있다던 사람에게 출발을 늦추어야 했을 다른 급한 일이라도 생긴 걸까.

무슨 일이 있느냐고 묻고 싶은 마음도 세연은 꾹 눌렀다.

—서재에 읽을 만한 책들이 있을 거야.

"네."

—냉장고에 소주도 한 병 넣어 놨고.

와인보다는 소주 쪽이 취향이라 말한 적 있었다. 와인이 싫어서라기보다는 소주가 편하다는 뜻이었지만.

"기억력 좋으시네요."

—고맙다는 말로 듣겠어.

"칭찬일걸요?"

—한 잔만 마셔.

"그럴게요. 빗길이니까 천천히, 조심해서 와요."

—알았어.

귓가의 도흔이 떠났다.

세연은 거실을 거쳐 주방으로 향했다. 냉장고에는 도흔의 말처럼 소주가 딱 한 병만 들어 있었다. 수입산 맥주들과 생수, 이름 모를 각종 음료들 틈에서 초록빛 소주병만 튀었다.

소주병을 꺼내 만지작거리다가 도로 넣었다.

거실로 돌아온 세연은 소파에 앉아 습관처럼 심호흡을 했다. 그리고 백에서 스카프를 꺼냈다.

도흔이 왔다.

세연은 소파에서 일어났다. 보이지 않았으므로 더 움직이진 않았다. 그대로 서서 도흔이 다가오기를 기다렸다. 발자국 소리가 점점 가까워지다가 세연 바로 앞에서 멈췄다.

"망할 스카프는 안 가져왔을 줄 알았는데."

"가면을 두고 나왔다고 해서요."

"보고 싶다고, 했었지."

"그랬었죠."

"그런데?"

"이젠 아니에요."

"왜."

"왜냐면……."

당신에게로 흐르려는 마음을 막아야 하니까. 단단히 가두어야 하니까. 얼굴을 보면 그럴 수 없을 거니까. 당신을 기억하며 오래도록 힘들어질 것 같으니까.

무엇보다도 오늘은, 무너지듯 울어 버릴지 모르니까. 눈물과 더불어 가두어 둔 마음이 와르르 쏟아져 나와 버릴지도 모르니까.

"오늘은 벌써 다섯 번째 목요일이니까요."

"그래서?"

"그래서, 이젠 당신이 처음부터 가장 원했던 일을 해야 할 시점이라고 생각했어요."

후……

숨결이 흩어지는 소리가 들렸다. 웃고 있는 것 같은데 즐거움에서 비롯된 웃음은 아닌 것만 같다.

"내가 가장 원했던 일. 그게 뭘까."

자조적으로 읊조리는 도흔에게 세연은 답을 주었다.

"몸, 이겠죠."

어떻게 포장하건 그게 진실일 거예요, 라고 뼈아프게 말해주진 않았다. 그것이 아니기를 바라는 자신의 마음 또한 진심이라는 것을 세연은 알고 있었다.

일순 도흔의 냄새가 훅, 코앞으로 닥쳐왔다. 바짝 긴장됐지만 세연은 움직임 없이 버텼다. 냄새를 맡듯 코로 숨을 들이마시고는 도흔이 말했다.

"술은 안 마셨는데."

"5천만 원에 합당한 의무를 다 해야 하는 날, 소주 냄새나 풍기면 안 될 것 같……"

"진세연."

이름을 부르는 목소리에 담긴 아득한 깊이가 마음을 와락 흩뜨렸다.

약해지려고 해.

도흔, 당신 때문에.

연약해지려고 해, 자꾸만.

세상 모든 걸 등진 채 당신의 심장에 이마를 대고 싶어져.

"세연아."

"그렇게 부르지 마요."

"잊었어? 이 집에서 너에 관한 모든 권리는 내가 갖고 있다는 거."

"알아요. 그래도 그렇게 부르지 마요, 오늘은."

"참을 수 없게 힘든 날이어서?"

퉁. 마음이 또 내려앉는다. 알고 있다, 이 사람. 빈말이 아니었다, 이 남자.

"알아요?"

"알아."

"어떻게……?"

"오늘, 늦게 온 이유."

"한을 시키지 않고 직접 알아본 거예요?"

"내일까지 미뤄 둘 수 없었어."

"왜……?"

"네가 울 것 같은 얼굴이라고, 한이 말했으니까."

울 것 같았다, 지금도.

하루도 미뤄 둘 수 없는 마음. 그게 무엇이든 좋았다. 무엇이라 이름 붙일 수 없다 해도 지금은 좋았다.

울 것 같은 얼굴이란 말에 조바심치며 즉시 달려가지 않고는 못 배겼을 그 마음. 연유를 알아내지 않고는 만나러 올 수 없었던 그 마음. 그게 어떤 것이건 괜찮았다. 어떤 의미라고 명백히 규명할 수 없다 해도 지금은 괜찮았다.

도흔의 마음 한 조각을 느껴 버렸으니까.

"그래서 오늘은 아냐. 처음부터 가장 원했던 일이라 할지라도, 오늘은 널 가질 수 없어. 그러니까 위악적으로 굴지 마. 말려들지 않을 기니까. 그럴 수 없으니까, 오늘은."

세연은 두 손을 올려 도흔의 얼굴을 더듬어 감싸고는 발돋움을 했다. 입술에 입술이 닿았다. 동시에 도흔이 세연의 허리를 끌어당겼다. 몸과 몸이 맞닿은 채로 탐색하듯 부드럽게 시작된 키스가 차츰 격렬해졌다.

도흔에게 매달리며 세연은 현재라는 시간을 잊었다. 온몸을 관통하는 아찔한 감각들 때문만은 아니었다. 아무리 용을 써도 빠져나올 수 없도록 강인한 포박 때문이었다. 세상 어떤 것들과도 연결되지 못하게 가둬 두는 포옹이 눈물겨웠다.

스카프가 젖어 들었다. 가쁜 숨을 몰아쉬느라 입술이 잠시 떨어졌을 때, 뒤통수로 도흔의 손길이 올라왔다. 도흔을 기다리며 세연이 스스로 묶어 두었던 매듭이 풀어졌다. 스카프가 사르륵 흘러내렸다.

젖은 채 감긴 두 눈에 차례로 따뜻한 숨결이 머물렀다. 도흔의 입술이었다. 세연의 눈가에 맺힌 눈물을 도흔이 입술로 머금었다. 눈물이 지워진 세연은 그제야 눈을 떴다. 눈앞에 도흔이 있었다. 어떤 것으로도 가리지 않은 그의 얼굴이 세연을 내려다보고 있었다.

"이제야 얼굴이 완성됐어."

"완성작을 본 소감은?"

"눈썹, 멋진데요?"

"고작 눈썹?"

"예상했던 꼭 그대로야."

"반했다고 고백하는 게 어때?"

"막 어지러워지려고 해."

"습관성 어지럼증이라니까."

"도흔 씨한테만 발현하는 증상일걸요?"

"나도 진세연한테만 쓰는 처방이 있지."

도흔이 세연의 머리를 감싸 안고 그의 심장 쪽에 가져다 댔다.

"다, 잊어."

끄덕이듯 세연은 도흔의 허리를 껴안았다. 그가 이룬 품이 너무도 깊어 아무것도 보이지 않았다. 아무것도 생각나지 않았다. 오직 심장이 뛰는 소리만이 가득했다.

10화

꽃다발

일요일 아침, 사촌 언니 세경에게서 전화가 왔다.

지난밤 도흔과의 통화가 새벽까지 이어졌던 터라 잠에 든 지 세 시간 남짓 지났을 때였다. 잠이 덜 깬 채 전화를 받는 세연에게 세경이 다짜고짜 요구했다.

—너 지금 당장 오빠 집으로 와.

전화도 워낙 오랜만인 데다 세경의 음성이 심상치 않았다.

"무슨 일이에요, 언니?"

—몰라서 물어? 오빠네 식구들이 너한테 우리 엄마 떠맡기고 외국 나간다면서.

오빠라고만 하지 않고 오빠네 식구들이라 말하는 걸로 봐선 새언니한테도 감정이 있는 듯했다.

—누구 맘대로? 정말 어처구니가 없어서. 오빠도 멍청하지만 새언니가 더 나빠. 오빠가 그러자고 해도 그럼 안 된다고 말렸어야지. 도대체 인간에 대한 예의가 없어요, 예의가.

격앙된 세경에게 어떻게 반응해야 할지 몰라 세연은 난감했다. 본인도 그런 타입이 아니면서 예의 타령을 하는 세경이 어이없기도 했다.

—너도 참 그렇다. 그런 얘길 들었으면 즉각 나한테 말했어야지. 고분고분하니 알았어요, 그리고 말아? 하여튼 멍청하기는.

"언니하고도 의논된 일인 줄 알았어요."

—의논은 무슨! 자기들 멋대로 돼먹지 않은 계책을 세워놓고는 들키니까 하는 말이 가관이야. 뭐? 너한테 은혜 갚을 기회를 주는 거라나? 인간들이 멍청하다 못해 사악하기까지 해요.

거침없는 세경의 말들에 적극적으로 동조할 수는 없었지만 어쩐지 맘이 푸근해지는 기분이었다. 편들어 주는 사람을 만난 것 같다고 할까. 지난밤의 통화 내내 도흔에게서 받았던 느낌처럼 말이다.

"언니. 난 괜찮아요."

—난 조금도 안 괜찮아.

"이모님도 도와주신다고 하셨고요. 오빠도 어쩔 수 없는 상황이잖아요. 발령이 났는데 안 갈 수도 없……."

—멍청아. 발령이 아니고 지원이거든?

"지원이라고요?"

—우리 신랑이 그러더라. 오빠가 미국 지사 지원한 거라고.

세경의 남편과 세민이 같은 회사에 다닌다는 데에 생각이 미쳤다. 세민이 둘 사이에 다리를 놓아 성사된 결혼이기도 했다.

발령이든 지원이든 결과야 같지만 씁쓸한 마음이 드는 건 어쩔 수 없었다.

—어떻게 우리 엄말 짐짝처럼 내버리고 떠날 생각을 해? 전부 다 제정신들이 아니야. 덥석 알겠다고 한 너도 마찬가지고.

세경은 세연까지 싸잡아 비난하며 흥분을 가라앉히지 못했지만, 이미 결정된 일을 어쩔까 싶었다. 떠나려고 마음먹은 사람을 무슨 수로 주저앉히겠는가.

—나 지금 오빠네로 갈 거니까 너도 얼른 그리로 와. 의논이란 거 다 모여서 제대로 다시 해야 하니까.

"난 안 갈래요, 언니. 오빠 집에 가서 딱히 할 얘기도 없고요."

할 얘기가 없는 것도 맞지만 새언니의 태도에 다시금 마음 쏠리기도 싫었다.

—얘가 왜 이렇게 뻗대? 오라면 그냥 좀 와.

짜증을 내는 세경에게 뭐라 할 말이 없어 가만있노라니, 옆에서 웅얼대는 목소리가 들렸다. 세경의 남편인 모양이었다. 둘이서 잠시 실랑이를 벌이는가 싶더니, 세경이 단호한 어조로 말했다.

—안 오면 우리 다 같이 커피숍으로 갈 테니까 알아서 해.

그러고는 일방적으로 전화가 끊겼다.

골치가 아파 왔다. 잠이 모자라서만은 아니었다. 학창 시절에도 제 오빠한테 막무가내로 대들며 할 말을 참지 않던 세경이었다. 다들 모인 자리에서 어떤 풍경이 펼쳐질지는 안 봬도 훤했다.

불편하게 그 틈에 끼어 있고 싶지 않았다. 괜찮다는데도 굳이 그 자리에 데려다 놓으려는 세경의 속내도 미심쩍었다. 그렇지만 가지 않고 버티면 정말 커피숍으로 몰려올지도 몰랐다.

세연은 결국 순주한테 가게 오픈을 부탁하는 문자를 넣고 나갈 채비를 했다.

"도대체 뭐가 불만이야?"

팽팽한 긴장을 깨며 세민이 포문을 열었다.

"오빠 참 당당하네."

"내가 당당하지 못할 건 뭔데?"

"엄마만 내팽개쳐 놓고 뜰 생각이잖아."

"내팽개치긴 누가 내팽개친다고 그래? 세연아, 네가 말 좀 해 봐라. 너도 내가 우리 엄마 버리고 나간다고 생각하니?"

무어라 말할 새도 없이 세경이 가로채고 나섰다.

"그러니까 애당초 왜 나랑은 의논조차 안 했던 거냐고. 다 속셈이 있어서 그런 거 아니었어?"

"속셈이라니?"

"세연이한테 엄마 맡기면? 그럼 나중에 엄마 집이랑 땅은 어떡할 건데? 그거 다 세연이가 가져도 돼?"

"세연이가 그걸 왜 가져?"

"엄마 모셨으니까 세연이도 권리를 주장하고 나올 수 있는 거지."

기가 막혀서 한숨밖에 안 나왔다. 집은 그렇다 치고, 세연은 큰엄마 명의의 땅이 있는지조차 모르고 있었다. 설혹 알고 있었다 한들 달라질 것도 없었다. 가만히 있으면 인정하는 것처럼 보일 것 같아 누구에게랄 것도 없이 말했다.

"그런 생각은 해 본 적 없……."

세민이 말을 자르며 세경에게 반박했다.

"쓸데없는 걱정은 집어치워. 그럴 일은 절대 없으니까."

"절대 없다니? 그새 오빠 명의로 싹 돌려놓은 거 아냐?"

세경이 말꼬리를 잡으며 시비를 걸자, 새언니가 끼어들었다.

"생사람 잡지 마세요, 아가씨. 그럴 거면 진작 그랬겠죠. 하나뿐인 동생이 돼 가지고 자기 오빠를 그렇게 몰라요?"

세연에겐 여태 눈빛 한 번 안 주더니, '하나뿐인 동생'이란다. 가게 문을 닫아걸지언정 역시 이 자리에 오는 게 아니었다.

"당신은 왜 아무 말도 안 해? 당신도 가족이니까 한마디 해."

세경이 남편을 끌어들였다. 여기 오기 전에 세경에게서 무슨 언질이 있었던 듯 형부가 주뼛주뼛하면서도 입을 열었다.

"그러니까 제 생각에는 나중에 혹시라도 가족들 간에 문제나 불화가 생길 수도 있으니, 이참에 깔끔하게 정리를 하고 넘어가는 것이 좋지 않을까 싶습니다만."

"무엇을 정리하잔 말인가?"

세민의 물음에 세경이 답답하다는 표정을 지으며 대꾸했다.

"뭐긴 뭐야. 엄마 집이랑 땅이지."

"손바닥만 한 땅에다 욕심 좀 그만 부려."

"그러는 오빠는? 손바닥만 한 땅이니까 욕심부릴 일 없이 우리한테 주고 가면 되겠네."

"아가씨만 자식이에요? 왜 그걸 아가씨한테 주고 가라는 거예요?"

"그야, 결국은 저희가 장모님을 모시게 될 테니까 그러는 거 아닙니까."

네 사람의 설전에 세연은 귀를 막고 싶었다. 친정에다 맡겨 두었다는 아이가 이 광경을 못 봐서 그나마 다행이었다.

넷이서 옥신각신하던 와중에 세경이 세연을 향해 명령조로 말했다.

"됐고, 우선 세연이 너부터 각서 하나 써."

"각서라니?"

세민의 물음엔 아랑곳없이, 세경은 오로지 세연만을 보며 말을 이었다.

"어떤 경우에도 우리 엄마 집을 욕심내지 않겠다는 내용으로."

그런 각서쯤이야 수백 장이라도 써 줄 수 있지만, 스멀스멀 화가 치밀어 올라와 선뜻 대답이 안 나왔다.

"세연이가 너 같은 줄 알아? 엄마 부탁하는 것도 미안한데 그런 걸 왜 쓰라는 거야?"

"오빠는 무슨 말을 그따위로 해? 나 같은 게 뭔데? 미안한 거 알면서 엄마를 떠맡겨? 세연이한테 엄마 맡기고 가려면 오빠도 각서 써. 집이고 땅이고 간에 일체 권리 주장하지 않겠다는 약속을 하라고."

"무슨 말도 안 되는 소릴 하고 있어."

"왜 말이 안 돼? 세연이가 언제까지 엄마 떠맡고 살 것 같아? 시집도 안 간대? 세연이가 손 떼고 나가면 엄마는 우리 차지잖아. 책임지는 만큼 우리 몫을 달라는 건데, 오빠는 그게 그렇게 아까워? 그럼 자기네끼리 한국 뜰 생각을 하지나 말던가!"

"이게 정말 보자보자 하니까."

붉으락푸르락하며 금방이라도 손이 올라갈 기세인 세민을 새언니가 붙잡아 말렸다. 씩씩대던 세민이 세경을 공격했다.

"내가 이 얘긴 끝까지 안 하려고 했는데, 너 하는 꼬락서니 보니까 영준이한테 미안해서 안 할 수가 없네. 영준이가 나한테 여동생 소개시켜 달라고 했을 때, 너 아니고 세연이를 마음에 두고 한 말인 거 알기나 해?"

"뭐, 뭐, 뭐라고?"

"내가 그래도 네 오빠랍시고, 영준이같이 괜찮은 신랑감을 한 다리 건너인 세연이한테 소개하기 아까워서 널 내보냈던 거였어."

"아니, 형님은 이제 와서 그런 얘길 왜……."

당황하여 말을 잇지 못하는 형부와 하얗게 질린 세경 앞에서 제일 난처해진 것은 세연이었다. 그런 사연이 있었는지도 몰랐고 알았어도 끝내 모른 척했을 터였다.

"아가씨도 참 철없네요. 오빠 아니었으면 아가씨가 어디에서 대기업 다니는 신랑을 얻었겠어요? 고마운 줄도 모르고, 오빠한테 감히 집을 내놓으라느니, 땅을 포기하라느니 그러는 거예요? 그럼 못 써요, 아가씨."

가르치듯 자분자분 이어지는 새언니의 말은 불난 데 기름 퍼붓는 꼴이었다.

"그러는 언니는! 언니네는 뭐 그리 대단한 집안이라고 만날 우리 집안 무시하는데?"

"내가 언제 무시했다고 그래요?"

"무시한 게 아니면 뭐야! 아픈 우리 엄마 내팽개치고 오빠 꼬드겨서 떠날 생각이나 하는 주제에 누굴 가르치려 들어?"

"근데 왜 자꾸 반말해요? 아가씨네 집에선 윗사람한테 반말이나 하라고 가르치나 봐요?"

"지금 우리 엄마 욕한 거야?"

"엄마 욕 먹이기 싫거든 처신 똑바로 하시라고요."

"언니네 엄마는 그렇게나 훌륭하셔서 시누이를 투명 인간

취급하라고 가르치나 봐?"

아수라장이 따로 없었다. 더는 듣고 있을 수 없어 일어나 나오는데, 세경의 표독스런 말이 등에 꽂혔다.

"쟤네 엄마 자살한 게 쟤 탓이야?"

바삐 걸어 나가던 세연은 우뚝, 그 자리에 멈춰 섰다.

"세연이가 뭘 잘못했는데? 아무 죄도 없는 애한테 왜 그러는 건데? 언니네 엄마가 그러라고 가르쳤어? 언니네 집에서 그러라고 가르……."

"진세경. 입 다물어."

다그치는 세민의 목소리가 물속에서 울리는 듯 먹먹했다. 등 뒤의 정적을 뒤로하고 세연은 집을 나왔다.

멍한 상태로 아파트 단지를 걸어 나가는데, 뒤에서 누가 이름을 불렀다. 세연 앞을 막아선 사람은 세민이었다.

"사실이에요?"

"세연아."

"아까 세경 언니가 한 말, 사실이냐고요."

이내 대답하지 못하고 있던 세민이 한숨과 함께 턱을 끄덕였다. 세연은 끄덕이며 중얼거렸다.

"그랬구나. 그렇게 된 거였구나. 그래서 새언니도……."

지금까지 새언니가 보인 냉랭한 거리감의 배경을 비로소 이해했다. 자살한 여자의 딸이라는 게 꺼림칙했겠지. 아니,

집안에 자살한 사람이 있다는 것 자체가 싫었겠지.

"너무 원망하지는 마라."

"······누구를요?"

"너희 아버지 말이다. 작은아버지도 그렇게 될 줄이야 알았겠니."

"그러니까······."

엄마는 알고 있었던 거였다. 남편의 외도를, 다른 여자와의 사이에 태어난 아이를. 그걸 다 알고 절망했던 거였다. 그래서 차마 견딜 수 없는 생을 스스로 마감해 버린 거였다.

"교통사고라고 그랬잖아요."

"어린 네가 상처받을까 봐 그랬다고들 하더라. 워낙 갑작스런 일이었으니 그렇게 둘러대는 게 쉬웠겠지. 세경이랑 나도 그 당시엔 몰랐다. 너처럼 교통사고인 줄로만 알고 있었어."

세연은 무심히 끄덕였다.

"이제 너도 다 컸으니 알기는 알아야겠지. 그동안엔 우리 중 누구도 말해 줄 엄두를 내지 못해서 시간만 흘러갔지만."

"원망, 안 해요."

"그래, 원망해 봐야 무슨 소용이 있겠어. 너만 힘들······."

"그 사람은 지금 죗값을 받고 있으니까요."

"······뭐라고?"

세연은 세민을 두고 걸음을 옮겼다. 이상하게도 눈물은 나지 않았다. 엄마를 위해서 울고 싶은데, 엄마의 슬픔을 공유하고 싶은데도 그저 막막하기만 했다.

버스 정류장에 앉아 타야 할 버스를 여러 대 보내는 동안, 막막하던 마음은 차차 서늘하게 벼려졌다. 세랑의 엄마를 만나고 세랑의 존재를 알게 되고부터 종잡을 수 없게 헤매던 마음도 차분히 가라앉았다.

세연은 휴대폰을 꺼내 들었다. 누군가와 소소한 일상 이야기를 나누고 싶었다. 별것 아닌 일로 수다를 떨며 깔깔 웃고도 싶었다. 주소록의 이름들을 쭉 훑어 내렸지만 내키는 사람은 없었다.

어떤 이름으로도 저장되지 않은 번호가 하나 남았다. 숫자들을 가만 들여다보다가 '도흔'이라는 두 글자를 입력했다.

서로 마주 보았던 지난 목요일 이후로 매일 밤 전화를 걸어오던 사람. 그에게 전화를 걸고 싶어졌다. 하지만 그래서는 안 되겠지. 이토록 환한 휴일 한낮에, 목요일이 아닌 현실 세계에 살고 있을 그에게 전화를 거는 짓은 해선 안 되는 거겠지.

휴대폰을 손에 쥔 채 세연은 길 건너편을 바라보았다. 초록의 나무들과 하늘을 바라보았다. 손안의 휴대폰이 진동했다. 세민이었다.

─잘 들어갔니?

어느새 집에 도착했어야 할 시간이 되었나 보다.

"네."

─걱정이 돼서 전화했다. 우리가 너한테 흉한 모습을 보인 것 같아서 창피스럽기도 하고. 너 그리고 나가서 세경이도 걱정하더라.

세경 언니의 걱정은 다른 데에 있겠죠, 생각만 했다. 마음이 기이할 만큼 잠잠해져서 어떤 감정도 일어나지 않았다.

"언니가 말한 각서는 써 드릴게요. 걱정하지 말라고 전해 주세요."

─그것보다도, 아까 내가 세경이 신랑 얘기 꺼낸 거 말이다. 괜한 소릴 해서는 네 입장 난처하게 만든 거 같아 미안하다.

그런 것쯤 딱히 마음에 걸려 있지도 않았다고, 상관없다고 말하려다 관두었다. 그런 의례적인 말들도 이젠 귀찮았다.

─서운하게는 생각지 마라. 너였으면 어차피 성사되지 않았을 혼사였다. 영준이네 집에선 평범한 집안에서 자란 여자를 원한다고 했었어. 뭐, 어느 집이야 안 그렇겠느냐마는. 영준이도 처음엔 네가 내 친동생인 줄 알았던 거고. 사촌이라고, 너에 대해서 얘기하니까 바로 납득하더라.

평범한 집안에서 자란 여자.

세민의 표현을 곱씹으며 세연은 쓴웃음을 지었다.

오빠야말로 이렇게 확인 사살까지 할 필요는 없을 텐데요. 어쭙잖은 사과와 해명을 빌미로 갓 생긴 상처를 헤집어 대는 일, 그만 좀 하시라고요.

조목조목 날 선 말로 되돌려 주는 것도 부질없게 느껴졌다. 말은 그 말의 의미가 온전히 스며들 수 있는 사람에게 건네어져야 하느니.

손님이 왔다는 핑계를 대며 전화를 끊으려는데, 세민이 다급히 말했다.

—아무래도 내가 걱정이 돼서 말인데. 영준이가 혹여 너한테 다른 맘 남아 있는 거 아닌가 하는, 그런 오해는 할 필요 없다. 세경이밖에 모르는 녀석이니까, 영준이 앞에서 너도 몸가짐 조심하…….

"적당히 좀 하세요."

움찔하는 기색이 전화 속임에도 느껴졌다.

—너…… 방금 뭐라고 했니?

"적당히 좀 하시라고 했어요. 못 들으셨으면 다시 말씀드려요?"

세민에게선 아무 말도 건너오지 않았다. 세연은 그대로 전화를 끊어 버렸다. 곧 세민한테서 전화가 걸려 왔지만 받지 않았다. 전화는 다시 왔고, 아예 휴대폰 전원을 꺼 버린 세연은 막 도착한 버스에 올랐다.

종점까지 갔다가 되돌아 나와서는, 아무 데서나 내려 아무 버스나 잡아타고 다시 종점까지. 그러기를 서너 차례 하고 나니 밤이 되었다.

세연은 지친 몸을 이끌고 터벅터벅 가게로 향했다. 골목을 걸어 들어오는 세연을 본 순주가 후다닥 뛰어나왔다.

"언니! 하루 종일 전화도 안 되고, 대체 어딜 갔다 이제 오는 거예요?"

반가움 반 걱정 반인 얼굴로 세연을 요모조모 살피던 순주가 무슨 급한 일이라도 있는 듯이 세연의 팔을 잡고 가게 안으로 이끌었다.

"짠!"

순주가 두 손을 모아 창가의 탁자 위를 가리켜 보였다.

"뭐야?"

어리둥절해져 묻는 세연에게 순주가 자랑스레 대답했다.

"언니를 위한 꽃다발이에요."

순주와 함께 탁자 쪽으로 다가갔다. 이렇게나 화사한 꽃다발을 세연은 태어나 처음 보았다. 투명하리만치 빨간 장미꽃. 한 송이, 한 송이를 일일이 셀 수도 없게 빼곡했다. 한 아름으로도 다 껴안지 못할 만큼 풍성하고 화려한 꽃다발이었다.

"순주, 너……."

"나 아니에요, 언니. 나도 평소에 언니의 미모를 흠모하고는 있지만 이럴 정도는 아니라고요. 내가 이런 어마어마한 꽃다발 살 돈이 어디 있겠어요? 한 송이면 모를까."

"그러니까."

"잘 봐요, 언니. 거기 카드 들었잖아요. 언니 올 때까지 참고 기다리느라 궁금해죽는 줄 알았네."

들떠 있는 순주 등쌀에 세연은 순주가 보는 데서 카드를 열어 볼 수밖에 없었다.

많이 힘들었을 오늘의 세연에게

처방전 대신 이 꽃다발을.

울컥해 버렸다. 눈물이 쏟아질 것 같아 세연은 고개를 치켜들었다.

"와. 개감동."

감탄하는 순주의 말이 세연에게서 웃음을 자아냈다.

"낮에 어떤 남자한테서 가게로 언니 찾는 전화 왔었어요. 목소리 개멋짐! 언니 전화가 꺼져 있다고 어디 갔느냐고 묻기에 사촌 오빠네 갔다고 그랬는데. 말해 줘도 되는 거죠?"

"돼, 괜찮아."

"이 꽃다발도 그 사람이 보낸 거 맞죠? 맞다고 해 줘요. 제발!"

깍지 낀 두 손을 기도하듯 올려 든 순주가 인형처럼 눈까지 깜박깜박해 보였다.

순주가 없었다면, 지금 여기에 혼자였다면, 이 환상적인 꽃다발을 받아 들고도 먹먹해졌을지 몰랐다. 설움이 북받쳐 울어 버렸을지도 몰랐다. 기꺼이 관객 역할을 해 주며 제가 더 신나 하는 순주가 고마웠다. 세연은 미소를 머금고서 끄덕였다.

"응, 맞아."

연인이 될 수 없는 사람일지라도, 한계가 정해져 있는 사람일지라도, 지금은 이대로 충분했다. 이대로도 충분히 따뜻했다.

"진세연에게 백만 송이 장미를 선물하는 남자는 누구?"

순주의 애교 섞인 너스레에 세연은 웃음을 터뜨리고 말았다.

"백만 송이는 아니다."

"앞으로 아홉 번만 더 받으면 백만 송이 될 걸요?"

"아흔아홉 번이겠지."

세연은 꽃다발을 품에 안고 향기를 맡았다. 장미 향이 어지러울 정도로 깊고 진했다. 어떤 슬픔도 마비시켜 버릴 것처럼. 다 잊어, 하던 그 목소리처럼.

"언니, 근데 배 안 고파요? 난 무지 고픈데. 우리 라면 끓여 먹어요."

"그래, 그러자."

가게 문을 닫아걸고 순주랑 머리를 맞대고 앉아 라면을 먹었다. 허기졌던 속이 금세 든든해졌다. 설거지를 해 놓고 같이 나갈 준비를 하는데, 순주가 망설이듯 무언가를 내밀었다.

"우산은 치워 놨는데 이건 어째야 할지 모르겠더라고요. 언니가 안 찾기에 어쩔까 하다가, 언니랑 이름이 비슷해서……."

순주의 손에 든 것은 지난 목요일에 세랑이 두고 갔던 명함이었다. 마음에 동요 같은 건 일지 않았다. 길었던 오늘을 마감하듯 세연은 담담히 말했다.

"버려."

집으로 돌아와 휴대폰을 켜자마자 도흔에게서 전화가 왔다. 가슴에다 꽃등을 켠 듯 맘이 환해졌다.

"처방전 고마워요."

─잘 들었어?

"네, 아주 잘 듣던데요? 진세연 한정 명의로 임명해야 할까 봐요."

도흔이 웃었다. 귓가에서 나직이 퍼지는 웃음소리가 듣기 좋았다. 세연도 미소 지었다. 지난밤 도흔과 나누었던 통화에서의 한 대목이 생생히 떠올랐다.

─그날 일에서 가장 나쁜 포인트가 뭔 줄 알아?

"뭔데요?"

─너한테 죄책감을 심어 준 것.

"죄책감……."

─아버지와 아버지의 가족들을 외면한 뒤에 너는 죄책감에 시달리게 되겠지. 그리고 그건 부당한 일이야.

"맞아, 부당해요. 왜 내가 죄책감에 시달려야 돼?"

─죄책감을 벗어 버리는 데에 가장 좋은 해결책을 가르쳐 주지. 아주 효율적이고 실질적인 방법. 누구에게나 잘 먹히고 실패하지 않는 방법.

"말 안 해도 뭔지 알 것 같네요."

─도와준 수 있어. 그 방법을 네가 원한다면. 내가 해결해 줄수 있어.

"돈 굳었네요, 도흔 씨."

—무슨 뜻이야?

"버릴 거예요, 나. 죄책감, 그거 안 가질 거예요. 아빠는 지금 마땅히 자기가 치러야 할 죗값을 치르고 있는 거니까. 외면한 게 죄라면 생이 내게 온당한 방식으로 그 죄를 묻겠죠. 그럼 난 그때에 마땅히 감당해 낼 거고요. 그때 나는 내가 감당해야 할 몫을 누구에게도 전가하지 않을 거예요."

긴 숨을 내쉬고는 도흔이 세연아, 하고 불렀다. 그렇게 부르지 말라고, 오늘은 말하지 않았다. 세연은 그저 네, 하고 대답했다.

—말해 봐. 오늘은 또 어떤 일들이 널 힘들게 했는지. 전화도 꺼 놓고 혼자서 거리를 헤매게 만들었는지.

"오늘도 다 들어 줄 거예요?"

—들어 줄게.

"그러다가 또 새벽이 와 버려도요?"

—새벽이 와 버려도.

"내일 지각하겠다."

—지각했다고 혼낼 사람 없어.

"최종 보스라서?"

고요히 웃고 있을까. 도흔의 숨결이 다가들었다. 세연은 없는 도흔 대신 베개에다 머리를 댔다.

"오늘 나한테 일어난 일들 중에서 가장 위험한 포인트가 뭐였는지 알아요?"

―뭐였는데?

휴대폰에 당신의 이름을 저장한 것. 당신에게 전화 걸고 싶어졌던 것. 도흔, 당신이 그리웠던 것.

하지 못할 말들은 마음에 담고, 어처구니없었던 각서 이야기부터 꺼냈다. 지난밤에 그랬듯이 오늘 밤에도 도흔은 다 들어 주었다. 세연의 오늘 하루가 어떤 빛깔이었는지를, 듣고 끄덕이며 곁에 있어 주었다.

도흔과 함께 깊어 가는 밤, 세연은 생각했다.

기쁨과 슬픔, 환희와 절망, 애증과 외면, 미움과 그리움, 비밀과 진실……. 그렇게 온갖 종류의 꽃들로 한데 묶인 인생이라는 꽃다발에 대해서.

그중에서 어느 한 송이만을 선택해서 가질 수는 없으니. 때때로 고통스러울지라도 시들기 전까지는 찬란하게. 마지막 순간까지 아름답게.

11화
여섯 번째 목요일

목요일 오전, 세연은 순주한테 가게를 맡겨 놓고 엄마를 보러 왔다.

납골당의 사진 속에서 엄마는 변함없이 눈부시게 웃고 있었다. 20년 전의 엄마 얼굴 옆에다 꽃을 놓았다. 기억은 매년 사진보다 흐릿해져 가지만, 세월이 흘러도 한 폭의 수채화처럼 마음에 담겨 있는 장면이 하나 있었다.

햇살이 곱게 내리고 바람이 잔잔한 날이었다. 잔디밭에 자리를 깔고 앉아 어린 세연에게 책을 읽어 주던 엄마가 문득 고개를 돌려 먼 어딘가를 바라보았다. 엄마의 턱에서부터 목덜미까지 흐르는 곡선이 아련하도록 슬퍼서 손 뻗어 되돌려

'어서'라는 표현에서 미처 다듬지 못한 한의 심중이 느껴졌다. 누구를 위한 '어서'일지는 생각하지 않기로 했다.

세연은 도흔이 기다리고 있을 목요일의 집을 향해 총총걸음을 했다.

현관문을 열고 들어서자 정갈하게 닦인 도흔의 구두가 보였다. 세연은 그 옆에다 나란히 구두를 벗어 놓고 안으로 걸어 들어갔다. 미로 같은 복도를 돌고 돌아 도흔의 자취를 찾아 나섰다.

거실에도, 서재에도, 실내 정원에도, 주방에도, 그는 없었다. 지금껏 열어 보지 않았던 어느 문을 조심스레 열자, 침실이었다. 짙은 색의 커튼이 바닥까지 길게 드리운 방. 네 사람이 누워도 될 만큼 넓은 침대가 아늑한 어둠 한가운데 자리 잡고 있었다.

도흔이 없었으므로 침실 문을 닫고 돌아섰지만, 불현듯 두근거렸다. 방금 본 그 침대 위에서 도흔과 함께일 자신의 모습이 그려졌기 때문이었다. 불가에 바투 앉은 듯 볼이 달아올랐고, 세연은 걸음을 재촉했다.

거실로 되돌아오니, 반쯤 열려 있는 커튼 너머의 발코니가 눈에 들어왔다. 있는 줄도 몰랐고 나가 본 적도 없었던 그곳에서 흐릿하게 흰 연기가 흩어지고 있었다. 세연은 조용히 다가갔다.

둥그런 목재 테이블 앞의 의자에 기대어 앉아 있는 남자의 옆모습이 보였다. 팔걸이에 느슨하게 올려 둔 팔 덕분에 아래로 살짝 내려뜨려진 손. 손가락 사이에 낀 담배에서 피어오르는 하얀 연기. 녹음이 우거진 숲을 응시하는 얼굴.

세연은 유리문을 열고 나가지 못한 채 멍하니 발코니의 도흔을 바라보았다. 문밖의 그는 고독해 보였다. 휴가지의 펜션 같은 이 집과는 어울리지 않게 날카로운 정장 탓일까. 셔츠 소매 끝에 단정하게 위치한 커프스 버튼 때문일까. 담배 연기가 실내로 유입되지 못하도록 꼭 여며 닫아 둔 유리문 때문일지도 모르겠다.

조금 더 바라보고 있어도 지루하지 않을 것 같았다. 그가 담배 한 개비를 다 피우고 일어설 때까지 기다려 주어도 좋으리라 생각했다.

그의 시간을 방해하지 않으려 뒤로 한 걸음 물러나는데, 돌연 휴대폰이 진동했다. 황급히 발신자를 확인하니 세민이었다. 지난 일요일 이래로 며칠째 여러 번 전화를 걸어왔지만 세연은 받지 않았다.

오늘도 받지 않을 생각으로 전원을 끄려는 찰나, 유리문 열리는 소리가 들렸다. 세연은 고개를 들었다. 눈앞의 도흔과 눈길이 부딪쳤다. 빛을 등지고 서 있어 이마에 그늘을 품은 그를 보며 미소 지어 인사했다.

"어쩐지, 조금 수줍다."

혼잣말 아닌 혼잣말을 내뱉고 나니 도흔이 웃었다. 소리 없이, 조금 전 발코니에서 희미하게 퍼지던 연기처럼. 그래서 어딘가 아릿하게.

"나쁜 짓 하다 들킨 것 같은 얼굴인데?"

도흔의 말에 공연히 뜨끔해진 세연은 고개를 저었다.

"아닐 걸요?"

"고양이처럼 살금살금 다가와서 날 훔쳐보고 있었잖아."

"훔쳐보고 있는 줄 알았으면서 왜 모르는 척했어요?"

"반하라고."

세연은 풋 웃었다.

"작전 성공했네요."

"반했다고 인정하는 거지?"

"그렇게 생겨 가지고 반하지 말라고 하면 고민스럽겠지만, 반해 달라고 애걸하는데 어쩌겠어요. 이쯤에서 반해 주죠, 뭐."

도흔의 얼굴에 웃음이 번졌다. 눈과 입에 함께 머무는 웃음으로 하여 발코니에서의 고독한 분위기가 지워졌다. 눈매는 더 매력적이고 입술은 더 육감적이다. 말끔하게 손질된 머리칼은 이마를 스치며 부드러운 웨이브를 이루었다.

"만찢남이네요."

"뭐야, 그게?"

"만화를 찢고 나온 남자."

"영화도 아니고, 만화?"

"순정 만화 보면 몹시 비현실적으로 생긴 남자들이 나오거든요."

"꽃미남 류?"

세연은 고개를 저었다.

"아뇨. 도흔 씨는 그런 쪽은 아니에요."

"그럼?"

"본인도 알면서 왜 물어요?"

"모르는데?"

"도흔 씨는요……."

가면이 가려 주었던 부분은 뺨 절반과 코 절반과 이마 절반과 두 눈썹까지였다. 얼굴 전체로 보자면 가려졌던 부분보다 드러났던 부분이 더 많았음에도 남은 절반을 온전히 보고 싶었던 마음. 그날의 그 소망은 욕심일까, 갈증일까, 다른 무엇일까.

도흔이 가면을 선물로 받아들인 그날, 사실상 그의 얼굴을 본 것이나 다름없었다. 사람의 얼굴에서 가장 많은 감정을 드러내 주는 눈과 입을 보았으니. 기꺼이 가면을 착용함으로써 세연에게 자신의 실체를 보여 주었으니.

그러므로 세연은 그날의 첫 느낌을 건네주었다.

"오만에 찬 조각가가 과감한 칼질로 단숨에 깎아 낸 작품 같아요."

입가를 미소로 물들이며 도흔이 말했다.

"이제야 소감을 제대로 풀어놓는군."

"맘에 드나 봐요?"

"나쁘지 않아."

세연도 그를 따라 미소 지었다. 미소가 교차되는 이 순간, 핀으로 고정시킨 타이가 갑갑해 보인다. 도흔의 몸을 완벽히 감싸는 슈트도.

"다른 모습의 도흔 씨는 어떨지 궁금해요."

"다른 모습? 예를 들면?"

경계를 완성하듯 갖춰 입은 슈트 말고, 캐주얼한 모습. 거추장스런 옷들을 전부 내던져 버린, 남자로서의 본능에 충실한 상태.

차마 입에 올릴 수 없는 답은 감추고 안전한 대답을 건넸다.

"지금껏 슈트 입은 모습만 봤잖아요."

"회사에서 바로 오느라."

"회사. 그렇구나. 도흔 씨는 하나도 안 평범한 회사원이구나."

도흔이 웃었다. 웃음이 번질 때 그의 얼굴은 더욱 여유로워진다. 어떤 것에도 굴복당하지 않을 남자처럼 느껴진다.

"회사에서 한은 도흔 씨 어떻게 불러요? 도흔아, 그러진 않을 것 같고."

"직함으로 불러."

"이를테면?"

웃음 섞인 공격에 도흔 또한 느긋한 웃음과 더불어 방어했다.

"거기까지."

도흔이 그어 놓은 경계를 세연은 넘어서려 하지 않았다.

관계에 있어서 선이 정확히 그어져 있다는 건 오히려 편안한 부분인지도 모르겠다. 넘어서기 위해 애쓰지 않아도 되니까. 지우려 노력하지 않아도 되니까.

경계가 애매할 때 더 고민스러울지도 모른다. 넘어도 되는지 말아야 하는지를 끊임없이 분석하게 될 테니까.

"사실은, 나 온 줄 몰랐죠?"

"몰랐어."

"그럴 줄 알았어요."

"알았으면 돌아봤을 거야. 너를 돌아보지 않고는 못 배겼을 테니까."

말과 함께 직선으로 파고드는 눈빛을 마주 견딜 수 없어 세연은 시선을 살짝 옆으로 틀었다.

"목선이 치명적이잖아."

건조한 듯 내던지는 말투가 뺨에 열기를 불러들였다.

"그 정돈 아닐 텐데."

독백처럼 중얼거리는데, 도흔이 성큼 다가와 얼마 되지 않던 거리마저 좁혔다. 손끝 하나 대지 않았는데 도흔의 체취가 온몸을 휘감는 것만 같았다.

"진세연."

자신을 보라는 부름이 틀림없었다. 정확히는 고개 들어 자신의 눈을 쳐다보라는 그의 명령.

세연은 고개를 들고 도흔을 보았다. 눈빛이 서로 얽히고 호흡이 얽히려는 순간, 손에 쥐고 있던 휴대폰이 또 진동했다. 역시 세민, 이번엔 메시지였다. 읽지도 않고 꺼 버렸는데, 도흔이 깔끔한 동작으로 휴대폰을 채어 갔다.

"누구야?"

"껐어요. 압수 안 해도 돼요."

"누구냐고 묻잖아."

타박이나 취조는 아니었다. 매일 밤 전화 저편에서 세연의 이야기들을 들어 줄 때처럼, 그 이야기들에 자신의 의견을 보태어 줄 때처럼, 열 살쯤 많은 친오빠처럼, 연륜이 쌓인 어른처럼. 지금 세연 앞의 도흔은 그랬다.

"사촌 오빠예요."

도흔이 휴대폰 전원을 켜고 문자를 확인했다. 그의 왼쪽 눈썹이 미세하게 치켜 올라갔다. 즐거운 얼굴은 아니다.

"뭐라고 해요? 나도 봐요."

"볼 필요 없어."

"최악이에요?"

"해외 지사 발령, 없었던 일로 만들어 줄까?"

"어떻게요?"

"그쪽 회사 인사팀에 손 쓸 수 있어."

도흔이 마음만 먹으면 정말 그럴 수 있을 것 같았다. 건달까지 동원해 위협하던 건물주를 단번에 조용하게 만든 것만 봐도 그렇다. 일이 그렇게까지 흘러가는 건 내키지 않았다.

지원을 했건 어쨌건 회사 차원에선 보낼 만하니까 발령을 냈을 것이다. 세민에게는 커리어를 쌓는 데에 좋은 기회일 터였다.

"그건 좀 치사한 방법 같은데요."

짐짓 웃으며 제지하자, 도흔이 곧바로 말했다.

"그럼 요양원 카드 다시 생각해 봐."

치매 노인을 돌보는 일이 생각만큼 쉬운 일이 아니라고, 누구 한 사람의 희생으로 해결될 문제가 아니라고, 시간이 흐를수록 서로가 황폐해지기 십상이니 요양원으로 모시는 것이 최선이라며 지난 여러 날 밤의 통화들 중에 도흔이 말했었다.

큰엄마가 편안히 계시기에 좋은 곳을 알아봐 주겠다고, 사촌들에게 경제적으로 부담이 될 테니 모자란 부분은 자신이 채워 줄 수 있다고도 말했었다.

그런 도흔에게 세연은 괜찮다고 말했다. 현재로선 큰엄마가 착한 아기 같으니 2년 정도는 곁에서 같이 지내겠다고 말했다. 그럴 수 있다고, 아니, 그러고 싶다고 말했다.

그런데 또 그 얘기를 꺼내는 걸 보니 조언 정도가 아니었나 보다. 정말 그럴 생각이었나 보다. 도흔에게서 그렇게까지 받는 건 뻔뻔한 일이다. 제안서의 금액만으로도 넘치는데, 그렇게까지는.

"생각해 볼게요."

"잘 생각했어."

수락하겠다는 뜻으로 여긴 걸까? 세연은 좀 단단히 말했다.

"말 그대로 생각해 본다는 거예요."

그러나 도흔은 강경했다.

"말 들어."

"제안서에 그런 내용은 없어요."

"특약 사항을 추가하면 돼."

"자꾸만 왜 그래요? 도흔 씨가 왜 그걸 다 감당하고 해결해 주겠다는 건데요?"

"돈밖에 없어서."

"……."

"너한테 줄 수 있는 게 돈밖에 없어. 그래서 그래."

마음이 쓰라렸다. 채 아물지 않은 상처에 뜨거운 물이 끼얹어진 것만 같았다.

열 번의 목요일이 끝이라는 거, 알고 있다. 평범한 연인들처럼 관계가 지속될 수 없다는 것 또한 잘 알고 있다. 그럴 수 있었다면 애초에 제안서라는 방식을 택하지도 않았을 터.

그럼에도 마음이 쓰라리는 이유는, 냉정하다 싶게 명료한 도흔의 언어 때문이다. 믿지 마, 라고 말하던 그때와 마찬가지로 지금도. 돈으로 계약된 관계임을, 돈을 매개로 이어진 시간임을 명확히 알려 주는 이 남자.

그에게로 걸어가 버린 마음을 다시 불러들이기엔 늦었을지도 모른다. 그러니 끝까지 걸어갈 방법 밖에는 없을 테지만. 그래도 아린 맘으로 돌팔매질을 해 보는 것이다.

"돈 많아서 참 좋겠어요."

"나쁠 건 없지. 내가 원하는 시간에 널 여기로 불러들일 수 있으니."

"전화 돌려줘요."

"다시 압수야."

"웬 심술이에요?"

"심술이 아니라 널 지키려는 거야."

"안 지켜 줘도 돼요. 혼자서도 지금껏 잘만 살아왔으니까."

"지켜 주고 싶어. 시간이 허락할 때까지는."

시간. 목요일의 시간. 당신이 원하는 시간. 돈으로 나를 불러들일 수 있는 시간. 오늘이 지나면 네 번 남을 그 시간들을 말하는 거겠지.

"난 어린애가 아니에요."

"알아. 그런데……."

"그런데 뭐요?"

"너한테서 울고 있는 어린아이가 보여."

말문이 막혔다. 꽃다발 속의 카드를 읽었을 때처럼 먹먹해지려고 했다. 세연은 침을 삼켜 먹먹한 맘을 눌렀다. 그러고는 발코니를 내어다 보며 말했다.

"우리 여태 계속 서 있었어. 좀 앉아요."

"앉아 있어. 와인 가져올게."

세연은 발코니로 나가 도흔이 앉아 있던 의자에 앉았다. 얼마 전까지 도흔의 시야에 펼쳐졌을 푸른 숲을 바라다보았다. 나무 냄새가 싱그럽게 밀려들었다. 숲속 저 어딘가에서 때때로 새들이 높은 소리를 내며 재잘대곤 했다.

도흔이 와인 잔 두 개를 들고 와 세연 옆에 앉았다. 상의를 벗어 두었는지 흰 셔츠 차림의 그가 상쾌했다.

자연스럽게 와인 잔을 받아 든 세연은 도흔과 잔을 부딪쳤다. 맑은 빨강의 와인이 혀를 감미롭게 어루만졌다. 스카프로 가려지지 않아 눈으로 음미하는 와인의 빛깔도 고왔다.

"여기 참 좋은데요?"

"편백나무 숲이야."

"그렇구나. 저 안으로 난 숲길도 걸어 봤어요?"

"걸어 봤어."

"누구랑?"

장난스레 물었더니, 도흔도 웃음기를 담고 대답했다.

"여자랑은 아냐."

"나쁘지 않네."

돌아보지 않아도 세연은 알 수 있었다. 지금 도흔의 얼굴에 어려 있을 미소를.

그렇지만 도흔에게 말하지는 못했다. 언젠가 누구랑 저 숲길을 같이 걸었으면 좋겠다고, 그 '누구' 가 도흔 당신이었으면 좋겠다고. 목요일의 시간들이 다 끝나기 전에 그 '언젠가' 가 실현되었으면 좋겠다고.

"오늘 엄마한테 다녀왔어요."

"울었어?"

"아니, 안 울었어요. 못다 한 엄마의 시간들까지 내가 잘 살아 내겠다고 다짐하고 왔어요."

"기특하네."

바람이 숲의 냄새를 데리고 왔다. 마음껏 들이마셨다. 머리가 맑아지는 기분이었다. 세연은 잔에 남은 와인을 찰랑이며 말했다.

"오늘은 나, 밤까지 여기 있을 거예요."

"……."

"그러니까 오늘은 도흔 씨 이야기를 해 봐요."

침묵하는 도흔에게 세연은 진심을 다해 말을 건넸다.

"매일 밤 도흔 씨가 내 이야기를 들어 주었으니까, 오늘은 내가 들어 줄게요. 할 수 없는 이야기는 말고, 할 수 있는 이야기만 해도 돼. 괜찮아요. 임금님 귀는 당나귀 귀, 그런 거여도 좋아요. 오늘은 도흔 씨한테 내가 대나무 숲이 되어 줄게요."

도흔이 잔을 비웠다. 빈 잔을 테이블에 내려놓는 도흔을 보며 세연은 이제부터 도흔에게서 건너올 말들을 기대했다. 도흔이 꺼내 놓을 이야기들을 기다렸다. 그렇지만 지금까지 몇 번이나 그랬듯이 기대는 어긋났다.

"출판사 다녔다면서?"

심상하게 묻는다. 이 사람은 끝내 자기 이야기를 하지 않을 작정인가 보다. 하고 싶지 않은 사람에게 들어 주겠다는 말도 일종의 강요일 수 있겠지.

끝이 정해져 있는, 그러므로 얼마 남지 않은 시간들을 감정의 줄다리기로 허비하기 싫었으므로 세연은 그가 이끌어 가는 대로 흘러가기로 했다.

"탐구를 많이 했네요."

"어울리는 직업인데 왜 그만뒀어?"

"그만두게 된 스토리를 풀어놓자면 좀 구질구질한데."

"괜찮아. 해 봐. 듣고 싶어."

이 남자는 또 들어 주는 사람이 되려고 한다. 듣고 싶어만 한다. 그게 소원이라면 할 수 없지. 누구에게도 하지 않은 이야기들을 풀어놓을 수밖에.

"조그만 출판사여서 사무실에 대표랑 둘이 있는 때가 많았어요. 휴일에도 불러내서 사적인 일을 시키며 심하게 부려먹는 것까진 견딜 수 있었는데, 시시때때로 터치하려 드는 건 못 참겠더라고요."

"터치라 함은, 일반적으로 생각하는 그런 종류?"

끄덕이고 보니, 세민의 문자를 확인하던 때처럼 도흔의 왼쪽 눈썹 끝이 살짝 올라가 있었다. 뭔가 거슬릴 때 자기도 모르게 짓는 버릇인 듯싶었다.

"대놓고 그러면 바로 항의했을 텐데, 교묘하게 지능적으로 그래서 긴가민가, 했어요. 내가 괜히 예민하게 구는 건가, 매번 그러게 만드는 거죠."

"악질이네."

욕을 해 주는 도흔이 든든했다.

"맞아, 악질이에요. 번역료 아끼려고 외서 번역도 늘 나한테 맡기곤 했거든요. 그렇다고 따로 번역료를 챙겨 준 것도 아니고. 그날도 번역서 때문에 야근하고 있었는데, 퇴근했던 대표가 술 냄새를 풍기며 들어와서는 옆에 앉아서 노골적으로 만지려고 들잖아요."

"가만 뒀어?"

"가만 안 뒀죠. 바지에다 커피를 쏟아 버렸더니 펄쩍펄쩍 뛰면서 난리가 난 거예요. 일부러 그런 거 아니냐면서 성질을 부리기에 맞다고 말해 줬죠."

"일부러 그랬느냐고 묻는다는 건, 자백인 셈인데."

"그러니까 말예요. 그만두겠다 말하고 나오는데, 등에다 대고 악담을 퍼붓는 거예요. 앞으로 출판사는 절대 못 들어갈 거라고. 자기가 그렇게 만들고 말 거라고."

"죽여 버릴까?"

세연은 웃었다. 그럴 수 없고 그래서도 안 되지만 말만으로도 속이 후련해지는 기분이었다.

그만두고 나온 뒤에 여러 출판사의 문을 두드려 봤지만 면접도 못 보고 서류에서 떨어지기 일쑤였다. 그때의 암담했던 마음과 좌절감을 생각하면 지금은 비교할 수 없이 좋은 시절이라고 말할 수밖에.

"딱 열두 번째 떨어지고 나니까, 정말 그 인간이 손을 써 둔 건가? 이쪽 업계에서 취직하는 건 정말 가망이 없는 건가? 싶어지더라고요."

"체념하고 포기하게 만드는 거. 그게 아주 악질인 거야. 의지를 없애고 희망의 끈을 잘라 버리는 거니까."

세연은 동의하며 끄덕였다. 체념했었으니까. 포기했었으니까. 의지도 사라졌고, 희망도 멀기만 했으니까.

"김민철 작가가 쓴 책 중에 '모든 요일의 기록' 도 있다고 했잖아요. 거기 보면 50번 넘게 떨어졌다는 얘기가 나와요."

"김민철, 본인이?"

"네. 지금 회사에서 카피라이터로 일하기 전에요. 그 부분 읽고는 나를 돌아보게 되고 생각이 좀 달라지더라고요. 출판사 들어가는 거 포기한 뒤론 그 대표 탓만 했는데, 사실은 그것 때문이 아니었는지도 모르겠다고. 내가 좀 더 끈질기게 시도하지 않았던 건 아닌가. 너무 일찍 포기했나, 후회도 되고요."

"자책하지 마. 살다 보면 포기를 위한 명분이 필요할 때도 있어.”

세연은 도흔을 돌아보았다. 도흔의 시선은 숲으로 닿아 있었다. 포기라는 건 모르고 살아온 남자일 것 같은데 포기를 위해서 명분까지 필요했을 상황이 무엇이었을까.

“그런 적, 도흔 씨도 있어요?”

“있었지.”

언제였는지 물어볼까. 물어보면 순순히 답해 줄까. 갈등을 덮은 것은 별안간 울린 휴대폰 진동음이었다. 세연의 휴대폰을 꺼내 들고 발신자를 확인한 도흔이 왼쪽 눈썹 끝자락을 치켰다.

“또 오빠예요?”

“한이야.”

“한이 왜 나한테.”

묻다가 말았다. 이 집에서는 도흔이 전화를 꺼 둔다는 게 생각나서였다. 도흔에게 전해야만 할 무슨 급한 일이라도 생긴 걸까, 걱정이 됐다. 아니나 다를까 한의 전화를 받고 있는 도흔의 표정이 심상치 않았다.

“알았어.”

짧게 대답하곤 전화를 끊고 난 도흔이 휴대폰 화면을 열었다. 얼핏 넘겨다보니 포털 사이트 메인 화면이었다. 두어 번 터치해서 기사를 보며 그의 표정이 눈에 띄게 굳었다.

"무슨 일이에요?"

"가 봐야겠어."

"지금요?"

도흔이 턱을 끄덕였다. 화가 난 것도 같고, 그 화를 참고 있는 것도 같고. 가기 싫은 것도 같고, 마음이 급한 것도 같고. 성가신 것도 같고, 걱정스러운 것도 같고.

무슨 일인지 궁금하기 짝이 없지만 말해 달라고 떼를 쓸 순 없으니 지금은 보내야 했다.

"가요."

"한이 널 데리러 올 거야."

"아니, 난 여기 있을래요."

도흔의 눈을 보며 세연은 의지를 분명히 밝혔다.

"오늘은 밤까지 여기 있을 거라고 아까 말했잖아요. 무슨 일인지는 모르지만 가서 일 봐요. 일 보고 나서 올 수 있으면 다시 오고. 못 와도 괜찮아요."

"다시 오긴 힘들 거야. 기다리지 마."

"괜찮다고 했잖아요. 휴가 온 것처럼 편안히 쉬고 있을 테니까, 내 걱정은 말고 얼른 가요."

도흔이 세연의 머리를 끌어당겨 그의 품에 들었다. 심장이 뛰는 소리가 세연을 기다리고 있었다. 도흔에게 머리를 파묻은 채로 세연은 두 팔을 뻗어 그의 허리를 감아 안았다. 짧지만 깊은 포옹이었다.

"전화할게."

포옹을 풀고 휴대폰을 돌려주며 도흔이 말했다. 세연은 맑은 표정으로 고개를 끄덕였다.

도흔이 없는 집은 적막했다.

세연은 발코니 테이블에서 빈 잔들을 주방으로 가져와 씻어 놓고, 냉장고 안을 들여다보았다. 음료와 주류만 가득했다. 냉동고는 비어 있고, 야채 칸에도 과일만 채워져 있지 이렇다 할 식재료는 보이지 않았다.

지난번 도흔과 저녁 식사 때의 기막히게 맛있던 스테이크는 갑자기 어떻게 준비되었던 것인지 새삼 의아해졌다.

거실로 나온 세연은 휴대폰을 열고 포털 사이트의 검색어 순위를 살폈다. 기업과 관련된 인물이나 이슈는 보이지 않았다. 주로 연예인들의 이름이거나 물의를 일으킨 정치인이거나 사회를 떠들썩하게 만든 범죄와 관련된 것들이었다. 메인에 걸려 있는 뉴스들도 마찬가지였다.

잘못 짚은 것일지도 모르겠다. 도흔이 재벌가의 사람일 거라는 짐작.

터무니없는 추측은 아니라고 생각했는데. 세민의 회사 인사팀에 영향을 끼칠 수 있는 지위. '그쪽 회사'라고 했으니 같은 회사는 아니겠고, 세민의 회사와 인맥이 닿는 대기업 쪽이 아닐까 싶었는데.

도흔의 실체는 여전히 오리무중. 목요일의 시간에 존재하던 그를 즉시 현실 세계로 달려가게 만든 일은 도대체 무엇일까?

세연은 검색어들을 다시금 살펴보았다. 하나씩 클릭해 찬찬히 들여다보다가, 아까 세민한테서 온 문자가 생각났다. 도흔이 볼 필요 없다고 했던 그 문자를 확인했다.

〈작은아버지 소식 이제야 들었다.

죗값 어쩌고 했던 걸 봐선 너도 알고 있었던 모양인데, 너 그러는 거 아니다.

돌아가시고 나서 후회하지 말고 네 선에서 할 수 있는 걸 해 봐야 하지 않겠니?

그게 딸이자 인간으로서의 도리가 아닌가 싶다.〉

머리에 열이 확 올랐다. 도흔의 말이 맞았다. 읽지 말았어야 했다. 세연은 울화를 누르며 세민에게 답을 보냈다.

〈후회하든 안 하든 내 몫이니까 상관하지 마세요.

그리고 저 그 사람 딸 아니에요.〉

곧장 세민한테서 전화가 왔다.

"그 사람 얘기 하려거든 전화하지 마세요. 문자도 보내지
마시고요. 이 말 하려고 전화 받았어요."

—아버지한테 그 사람이라니. 너 정말 속이 많이 상했나
보다. 아무리 그래도 그러면 안 되는…….

세연은 세민의 말을 끊고 들어갔다.

"각서 같은 것도 안 쓸 거예요. 나랑은 상관없는 일이니
까. 각서를 쓰든 공증을 하든 그쪽 식구들끼리 알아서들 하
시고 앞으로는 그런 일로 저 부르지 마세요."

—각서 얘긴 내가 꺼낸 것도 아닌데 왜 나한테 그래?

"먼저 꺼내진 않았지만 오빠도 세경 언니 의견에 잠정적
으로 동의한 거나 다름없어요."

—잠정적 동의라니? 내가 언제 그랬다는 거야?

"제가 각서 써 주겠다는 말 세경 언니한테 전하라고 했을
때, 오빠 뭐라고 했어요? 그런 거 쓸 필요 없다고 딱 부러지
게 말했어요? 세경 언니한테도 알아듣게 타이르겠다고 말했
어요? 안 그랬잖아요. 은근슬쩍 다른 얘기로 넘어갔잖아요.
그게 잠정적 동의가 아니고 뭐예요?"

허를 찔린 듯 대꾸도 못하는 세민이 한심하면서도 서글펐
다. 그래도 최소한의 양심은 있겠지, 생각했다. 아홉 살이나

위인 사람한테 너무 내질렀나 싶기도 했다. 어쨌든 해야 할 말을 했으니 이쯤에서 마무리를 해야겠다.

"더 하실 말씀 없으시면 그만 끊을게요."

―잠깐만! 잠깐만, 세연아! 너 그렇게 갑자기 안면을 바꾸면 어떡하니? 엄마 돌봐 주기로 약속한 건 어쩌고 이제 와서 그러면 우린 어떡하라는 거야?

절로 한숨이 나왔다. 미안해서 할 말을 찾지 못하고 있는 줄 알았다. 그런데 그게 아니라 자기 발등에 떨어진 불을 걱정하느라 그랬던 거였다.

"그것밖에 없죠?"

―뭐?

"오빠가 걱정하는 건 그거밖에 없냐고요. 제가 어떤 마음일지는 안중에도 없고, 할 말 안 할 말 가리지도 않고 해 버리고."

―작은아버지 일 때문에 그래? 오빠로서 그 정도 말도 못하니? 너 정말 나중에 후회 안 할 자신 있어? 후회 안 하면 그게 인간이야? 너 진짜 그런 애였어? 실망이다.

더는 듣고 있을 수 없었다. 생각해 주는 척하면서 마음을 후벼 파는 목소리조차 듣기 싫었다.

"큰엄마 돌보기로 한 일에 대해선 걱정 안 하셔도 돼요. 오빠를 위해서가 아니라, 내가 하고 싶어서 하려는 거고 큰엄마가 가여워서 그러는 거니까요. 하나뿐인 걱정 해결됐으니 이제 더는 전화 하실 일 없겠네요. 끊을게요."

최대한 침착하게 말한 다음 전화를 끊었다.

후회 안 할 자신 있냐고? 그런 자신 같은 건 없다. 후회하게 된다 한들 오롯이 감당하려 마음 다졌을 뿐이니. 그러므로 누구도 따져 물을 자격 없다.

울지 않기 위해 세연은 이를 악물었다.

여기는 숲속의 집. 지금은 목요일의 시간.

세상은 저 멀리에. 혼자 있어도 도흔과 같이.

도흔의 자취가 숨 쉬는 공간이니. 세상과의 단절을 위해 도흔이 마련해 둔 시간이니.

세연은 휴대폰 전원을 꺼 두고 실내 정원으로 나왔다. 도흔의 배려가 담긴 알 모양의 의자가 세연을 기다리고 있었다. 거기에 몸을 떠맡긴 채 하늘을 올려다보았다.

새파란 하늘빛이 마음을 다독여 주었다. 이곳에서 겪었던 도흔과의 기억들이 나오려는 눈물을 잠재워 주었다.

저녁 무렵 전화벨이 울렸다. 콘솔 위에 놓인 유선 전화기에서 나는 소리였다. 다급히 달려가 받았더니 한이었다.

―문자 드렸는데 못 보셨습니까?

"아. 휴대폰을 꺼 놔서요. 죄송해요. 무슨 일이에요?"

—문 앞입니다. 잠깐 나오세요.

　세연은 현관으로 나갔다. 문을 열자, 한이 세연에게 두툼한 쇼핑백을 내밀었다.

　"뭐예요?"

　"도시락입니다."

　"도흔 씨가 보낸 거예요?"

　"네."

　쇼핑백에 찍힌 호텔 로고가 눈에 들어왔다. 도흔이 보냈다고는 하지만 그는 지시만 하고, 직접 움직인 사람은 한일 터. 근방에서 대기하고 있었을 텐데 도시락 하나 때문에 시내의 호텔까지 갔다가 다시 이곳으로.

　"저 때문에 한 비서님이 고생이 많네요. 죄송해요."

　"이럴 때는 고맙다고 하는 겁니다."

　말끝에 마주친 눈길에서 세연은 신뢰를 느꼈다. 도흔에게 가장 믿을 만한 사람이어서 그럴 테지만, 굳이 건네주는 이 한마디가 마음을 따뜻이 데웠다.

　고마워해야 할 일에 왜 미안함을 먼저 느끼는 건지. 순수하게 감사를 전하면 될 상황에 어째서 죄송하다는 말부터 앞세우게 되는 것인지. 평범하지 않게 살아온 날들이 은연중에 심어 준 정서가 아닐는지.

　덤덤한 어조로 그걸 교정해 주는 한이 고마웠다. 더는 무채색으로만 보이지도 않았다. 도흔에게 물들어 가는 마음의 속도만큼 한에게도 친밀감이 드는 것은 한이 비서이기 이전에 그의 친구이기 때문이리라.

세연은 잔잔한 미소로 인사했다.

"고맙습니다."

별다른 대꾸 없이 고개만 숙이고는 돌아서는 한에게 도흔의 안부를 물었다.

"괜찮은 거죠?"

한이 세연 쪽으로 되돌아섰다.

"말 안 해 줄 거 알지만 걱정이 돼서요. 바로 가 봐야 했던 그 일, 도흔 씨한테 해당되는 문제는 아닌 거겠죠?"

"네, 그런 건 아닙니다."

확연한 한의 대답에 맘이 놓여 툭 내뱉고 말았다.

"다행이다."

방금 한의 눈빛에 스쳐 간 것은 무엇일까. 공감일까, 끝을 알고 있는 자의 연민일까.

"그럼 전 맘 편히 저녁 식사를 해야겠네요."

쇼핑백을 들어 올리며 산뜻하게 말하자, 한이 다시금 묵례를 하고 돌아섰다. 편백나무가 양쪽으로 늘어선 길을 꼿꼿하게 걸어가는 한의 뒷모습이 보이지 않게 될 때까지 세연은 그 자리에 서 있었다.

주방 옆 다이닝룸의 식탁에 앉아 한이 가져다준 도시락으로 저녁 식사를 했다. 처음 먹어 본 호텔 도시락은 최상의 맛이었다.

식사 후엔 서재에서 음악을 들었다. 서가엔 책들도 꽤나 많아 손에 잡히는 대로 한 권을 펼쳐 들었으나 활자가 눈에 잘 들어오지 않았다. 페이지마다 어른거리는 도흔의 얼굴 때문이었다.

음질이 환상적인 오디오 곁에 CD들이 빼곡히 들어찬 장식장이 있었다. 전부 클래식이었는데 그중에서 유난히 튀는 것들이 몇 장 보였다. '레테'라는 이름의 밴드였다. 음반을 여러 장이나 냈는데도 이름이 귀에 설은 걸로 봐선 인디밴드인 모양이었다.

클래식 이외에 도흔의 음악 취향이 궁금했다. 세연은 듣고 있던 베토벤을 빼고 레테 CD를 넣었다. 제법 긴 전주에 이어 남자의 목소리에 실린 노래가 흐르기 시작했다. 괜찮았다. 멜로디도 멜로디지만 가사가 특히 더 그랬다. 저만치 비켜선 곳에서 뇌까리듯 담담하면서도 세련된 분위기가 독특했다.

두 번째 곡도, 세 번째 곡도 좋았다. 노래 뒤로 어우러지는 밴드의 연주가 화려하지 않은데도 매 곡마다 심금을 울리듯 파고들었다.

세연은 들고 있던 CD로 눈길을 내렸다. 멤버는 남자로만 넷. 유채 물감을 듬뿍 사용한 그림으로 표현되어 있어서 한 사람 한 사람의 얼굴을 또렷이 구분하기 어려웠다. 뒷면에 각 멤버들의 이름이 있었다.

보컬, 기타, 베이스, 드럼. 그중에서 베이스의 이름에 눈길이 붙박였다.

고도

아까 검색어 순위에서 봤던 기억이 났다. 휴대폰을 열고 포털 사이트로 다시 들어가 보았지만 검색어 순위에선 이미 사라져 있었다.

검색창에다 '베이시스트 고도'를 치는데, 귀에 익은 발자국 소리가 들려오는 것 같았다. 음악을 끄고 귀를 기울였다. 목표를 향해 거칠 것 없이 다가드는 저 걸음걸이, 도흔이었다.

세연은 뛰다시피 걸어 서재를 나섰다. 복도 저 끝에서 타이를 풀어내며 걸어오는 도흔이 보였다.

"도흔 씨."

도흔의 걸음이 멈췄다. 세연이 다가갈 때, 그가 손에 쥔 타이를 바닥으로 내던졌다. 그리고 세연보다 빠른 걸음으로 다가와 그녀를 거칠게 껴안았다. 심장의 박동도 그의 손길만큼이나 거칠었다.

시작이라고, 세연은 생각했다. 아니, 느꼈다. 마구 두근거렸다. 머리끝에서부터 발끝까지 달콤한 두려움에 휩싸였다.

두 팔로 세연을 가뿐히 안아든 도흔이 등으로 문을 밀고 침실로 들어섰다. 밤이 깊어 가는 시간, 방 안은 어두웠다. 어둠 속에서 세연의 몸이 침대 위에 내려졌다. 부드러운 손길은 아니었다. 그렇지만 설레었다.

세연을 내리누른 채로 도흔이 사이드테이블의 스탠드를 켰다. 얼굴이 보였다. 조금 화가 난 것도 같은 얼굴로 그가 상의를 벗어 던지고, 셔츠 단추를 풀었다. 스탠드의 어스름한 불빛이 벗은 그의 상체를 비췄다. 나무랄 데 없이 잘 관리된 몸이었다.

역시 좀 거친 손길로 도흔이 세연의 원피스를 끌어올렸다. 단숨에 그의 눈길 아래 드러난 맨몸이 수줍어 세연은 고개를 옆으로 돌렸다. 등으로 파고든 남자의 손이 브래지어를 벗겨 냈다. 숨 쉴 틈도 없이 가슴으로 입술이 내려왔다. 더운 숨결도 함께였다. 혀의 감촉이 전율을 일으켜, 세연은 한탄하듯 높은 소리를 뱉어 내고 말았다.

허벅지를 쓸고 내려간 도흔의 손길이 거침없이 팬티를 끌어내렸다. 세연은 거의 본능적으로 다리를 오므렸다. 그러나

271

도흔은 그대로 두지 않았다. 입술이 먼저, 숨결과 혀가 다음 순서였다. 끔찍하리만치 아찔한 감각이 다리 사이로 휘몰아쳤고, 세연은 높다란 숨을 터뜨렸다.

세연의 몸을 장악하며 올라온 도흔이 입술로 귓불을 품었다. 마음껏 어지러웠다. 양 손목이 도흔에게 붙잡혀 있었으므로 어디로도 달아날 수 없었다. 이리저리 고개를 뒤챌 때마다 목덜미를 비롯해 드러난 살갗의 모든 곳이 도흔에게 점령당했다.

이미 충분히 젖어 버린 몸의 길 안으로 도흔의 몸이 들어찼다. 단번에 가장 깊은 데까지 채워졌으므로 여전히 도흔에게 두 손을 사로잡힌 채로 세연의 입이 벌어졌다. 내려다보는 도흔의 눈빛에서 세연은 끝 모를 허기와 갈증을 읽었다.

언어 따위는 존재하지 않았다. 한 몸이 된 상태에서 밀어 같은 것을 들려 줄 마음은 없다는 듯 도흔은 곧장 세연을 밀어붙였다. 건조한 듯 강렬했다. 이기적이면서도 뜨거웠다. 세연은 미칠 것처럼 달아올랐다.

함부로 터져 나오려는 소리를 가두려 앙다문 입술을 도흔이 혀로 쓸어 열었다.

"참지 마."

그가 말했다. 물기 없이 살짝 갈라진 목소리였다.

세연은 눈으로만 끄덕였다. 남자의 몸이 다시금 강인한 움직임을 시작했다. 속살을 가르며 파고들 때마다 참을 수가 없었다. 도흔이 열어 놓은 입술에서 가파른 소리들이 터져 나왔다.

한 몸이 다른 몸에게 걷잡을 수 없게 스며들면서, 마침내 시간이 부서졌다. 부서진 시간의 끝에서 세연의 두 눈엔 결국 눈물이 맺혔다.

부서졌던 시간이 제자리로 돌아온 실내는 오직 고요했다. 시간이 웬만큼 흐른 것 같은데도 정지되어 있는 한 점에 영원히 머물러 있는 느낌마저 들었다.

맨몸의 세연은 맨몸인 도흔의 품에 완벽히 포개어진 채로 안겨 있었다. 이따금 뒷목과 어깨에, 그리고 등에 도흔의 더운 숨결이 닿곤 했다.

"이런 모습이었구나."

베개 삼아 내어 준 도흔의 팔과 손가락을 만지작거리며 가만히 말하자 그가 나른하게 반문했다.

"오늘 내내 이런 모습을 기대했던 거 아니었어?"

맞아요, 라고 말하지 못하겠다. 숨기듯 미소만 짓고 있는데 얼굴을 보지 않고도 그가 눈치채 버렸다.

"수줍어한다, 진세연."

"내가 모르던 내 모습을 알게 됐어."

"참을 수 없어."

세연은 몸을 뒤채어 도흔과 마주 보게 돌아누웠다. 물음을 담고 쳐다보는 세연에게 도흔이 말했다.

"다른 놈이 그런 네 모습을 보는 거."

"안 보게 하면 되잖아요."

침묵하는 도흔의 쓸쓸한 응시가 맘을 저몄다. 세연은 두 손으로 도흔의 얼굴을 감싸며 입을 맞추었다.

"안 보게 할게요."

덤벼들 듯 또 한 번 입을 맞추곤 약속했다.

"당신 말고는 그 누구에게도 못 보게 할게요."

"그런 약속은 하는 거 아냐."

"내 맘이에요. 당신이 세상의 돈을 다 준다 해도 내 마음까지 가질 수는 없어. 그러니까 잔말 말고 안심이나 하란 말이에요."

"잔말 말고 안심이나 하라고?"

어이없다는 듯 웃으며 되짚는 도흔에게 세연은 웃음 고인 눈으로 끄덕여 보였다.

"돌아 버리겠다."

나직이 중얼거리는 도흔에게로 세연은 다시 한번 입술을 댔다. 이번엔 그냥 물러나오지 못했다. 도흔이 세연의 입술을 가두었다. 길고 짙은 키스였다.

몸과 몸이 빈틈없이 맞닿아 있었으므로 세연은 도흔이 자신을 원하고 있음을 알았다. 갈망하는 그의 몸을 자신이 간절히 원하고 있다는 것 또한.

세연은 몸을 한껏 열어 도흔을 받아들였다. 그를 깊이 껴안았다. 남자의 거친 동작들 끝에선 지극한 환희가 세연을 기다리고 있었다.

두 번째 일치 후에 세연은 기력이 완전히 소진되어 버린 채 잠이 들었다. 꿈도 없는 잠에 혼곤히 떠밀려 갔다.

눈을 떴을 땐 푸르른 새벽.

세연은 혼자였다.

따뜻하던 곁은 비었고, 넓은 침대에도 방 안 어디에도 도흔의 흔적은 한 톨도 없었다. 사막의 모래 폭풍 같던 지난밤 그가 벗어 던졌던 것들이 말끔히 사라져 있었다.

도흔과의 첫 번째 밤, 여섯 번째 목요일이 끝나 버렸다.

<u>12화</u>
중독

금요일.

하루가 너무 길었다.

달팽이가 기어가듯 더디기만 한 시간들 속에서 세연은 내내 도흔을 생각했다. 내내 밤을 기다리면서도 10분에 한 번씩 휴대폰을 들여다보곤 했다. 밤이 오기 전에 도흔이 전화를 걸어올 것만 같았다.

마음이 갈피를 못 잡고 있던 늦은 오후, 남자 친구랑 데이트한다고 신나게 나갔던 순주가 한 시간 만에 시무룩해져 돌아왔다.

"왜? 다퉜어?"

끄덕이곤 순주가 카운터 옆 의자에 털썩 앉았다. 세연은 순주가 좋아하는 아이스 캐러멜 마키아토를 만들어 주었다.

"꽁냥꽁냥 커플께서 어쩐 일로 다투셨어?"

"걔가 그렇게 꽉 막힌 앤 줄 몰랐어요."

"어떤 면에서?"

"언니. 내가 레테 팬이거든요."

"레테?"

어제 숲속의 집 서재에서 들었던 음악들이 스쳐 갔다. 유화 같던 CD 케이스 표지와 베이시스트의 이름 '고도'도 떠올랐다.

"언니 잘 모르죠? 레테라고 유명한 인디밴드 있어요."

"알아. 유명한지는 몰랐지만. 근데 레테가 왜?"

"레테 멤버 중에 고도라고, 개멋진 베이시스트가 있어요."

"하하. 개멋진?"

웃으면서도 순주가 '개'를 남용하는 거 아닌가 싶은 생각이 슬쩍 들었는데, 그런 생각 저변엔 도흔이 있었다. 접두사처럼 강조하는 어휘 '개'는 도흔을 수식할 때만 써야 마땅할 것 같은 마음이랄까.

"진짠데? 진짜 개멋있단 말예요."

남자 친구랑 다투고 들어왔으면서도 좋아하는 밴드 멤버를 들먹이며 나름 심각한 순주가 귀여웠다.

흑 아니면 백. 세연은 그런 식의 극단적인 분류나 판단은
싫어하는 편이었다. 하지만 선뜻 대답을 못 하는 이유는 그
래서만은 아니었다. 죗값이라는 말이 불러낸 아빠 생각에 발
목이 묶여 버린 탓이 더 컸다.

"언니가 망설이는 건 아직 고도의 마성에 빠져들기 전이
라 그런 거예요. 한 번 보기만 하면 언니도 고도한테 빠져들
지 않고는 못 배길 걸요?"

순진하게 단정하는 순주에게 세연은 미소만 지어 보였다.

"볼래요? 작년 여름 록 페스티벌 때 같이 찍은 사진 있는
데."

"같이 찍었다고?"

"그렇다니까요!"

남자 친구하고의 일은 그새 잊었는지 제 휴대폰을 꺼내서
사진을 찾는 순주 얼굴에 자부심이 가득했다.

"여기 있다."

순주가 세연의 코앞에 휴대폰을 들이댔다. 사진을 본 세
연은 잠깐 멍해졌다. 사진 속에 들어 있는 두 사람 중 하나는
분명 순주였다. 순주 말에 따르자면, 그 옆에서 사뭇 반항적
인 표정으로 서 있는 남자가 고도일 텐데.

닮았다. 도흔과. 강인한 턱과 입매가. 서늘한 눈빛과 눈썹
이. 얼굴에 진하게 배어 있는 고독의 분위기가. 그러나 도흔

보다는 확실히 어려 보인다. 도흔의 5년 전 버전이라면 그럴 듯하겠다.

"이 사람이 고도야?"

"완전 멋있죠?"

"그러니까 이게 작년 여름이라고?"

"네. 올여름에도 록 페스티벌 열릴 텐데, 이번 일 때문에 레테가 아예 못 나오는 거 아닌지 몰라요. 흑흑."

시시때때로 도흔을 생각하다 보니 아무 남자나 그와 겹쳐 보이는 거라고 자책하려 했지만, 그렇게만 넘기기엔 사진에서 눈을 떼기 힘들 정도였다.

"고도 이 사람. 나이랑 가족 관계 같은 거 혹시 알 수 있을까?"

"거 봐요, 언니. 내가 뭐랬어요? 한 번 딱 보기만 하면 고도의 마성에 빠져들고 말 거라고 했죠? 나이는 스물아홉이고요. 지난번 콘서트 때 고도가 자기는 혼자라고 했어요."

"외아들이라는 뜻이야?"

"고아라는 뜻 아닐까요? 난 그렇게 이해했는데. 눈빛에서 외로움이 철철 흐르잖아요."

"고도란 이름은 예명이겠지?"

"아마 그럴 걸요? 근데 본명은 아무도 몰라요. 레테 멤버들 다 사생활 공개를 안 하기로 유명해서. 그래서 더 매력 있지만요."

세연은 사진을 좀 더 확대해서 들여다보았다. 가만 뜯어보니 눈매가 도흔과는 달랐다. 도흔은 무쌍인데 반해, 고도의 두 눈엔 가늘게 진 쌍꺼풀이 돋보였다. 얼굴형도 도흔보다는 동그란 편이고 야성이 강한 그에 비해 이목구비가 오목조목했다.

역시 지난밤의 여파일까. 보자마자 도흔을 떠올렸던 것. 분위기가 흡사하다 느꼈던 것. 이러다 길거리의 남자들이 다 도흔으로 보이는 지경에 이를지도 모르겠다. 남자들의 얼굴에서 도흔과 닮은 점부터 찾아내게 될지도.

참 곤란하지만, 싫지만은 않은 이 몰입의 상태를 일컬어 사람들은 중독이라고들 하는 걸까. 거부할 수도, 벗어날 수도 없는. 스스로도 어찌할 수 없는 그 단계에 이르렀을 때 중독을 의심해 봐도 되는 걸까.

발각되는 순간 나락으로 떨어질 것을 알면서도 마약의 유혹을 떨쳐 버리지 못하는 사람들처럼. 불법인 줄 알면서도 대마초 따위에 손을 대고 마는 그들처럼.

"근데 이상한 게요, 언니. 어제 실검에 오른 지 두 시간 만엔가? 검색어 순위에서 고도 이름이 사라졌더라고요. 레테나 고도로 검색해 보면 대마초 관련 기사가 뜨긴 하는데, 오늘은 그마저 차츰 줄어드는 추세고요."

도흔의 표현대로 하자면 힘 있는 누군가가 뒤에서 손을 쓴 걸까?

검색어 삭제나 조작이 풍문에만 머물지 않고 공공연한 비밀이 되어 버린 시대이니 불가능하지야 않을 테지만. 과연 누가 그런 지시를 내리고 즉각 실행에 옮기도록 할 수 있을까. 아마도 고도와 아주 가까운 사람?

"뭐, 검색어 지우고 기사 내린다고 없었던 일로 되는 건 아니지만. 팬들 사이에선 이래저래 말들이 많은가 봐요. 고도 뒤에 누가 숨어 있나? 고도가 재벌 집 사모님한테서 스폰을 받고 있는 건 아닌가, 등등. 물론 난 그런 건 절대로 안 믿지만요."

"'고도를 기다리며'의 그 고도일까?"

"고도를 기다리며? 그게 뭐예요?"

"사무엘 베케트의 희곡이야."

"외로운 섬. 그래서 고도인 줄 알았는데."

"그럴 수도 있겠네."

"아 참, 언니 컨디션 안 좋다고 했죠. 이제 들어가요. 저녁까진 내가 있을게요."

지난밤 온몸에 새겨진 도흔의 숨결 때문에 몸살이 오기 직전의 느낌이긴 했다. 이마엔 미열도 떠돌았다. 그렇지만 세연은 몸보다는 마음이 더 흐릿했다. 뿌리를 내리지 못한 식물처럼 어딘가에 둥둥 떠 있는 기분. 하루 내내 그림자처럼 따라다니는 기다림 탓이거나, 중독성의 그리움 때문이거나. 둘 중 어느 쪽이든 진을 빼는 건 같았다.

"언니 목 아파요? 감기 오려나 보다."

순주의 말에 세연은 목을 싸매고 있던 스카프를 의식하곤 뺨이 더워져 왔다. 장미 꽃잎을 짓이겨 놓은 듯한 키스 마크들을 가리려는 의도였는데, 순주에겐 컨디션 난조의 증명으로 여겨졌나 보았다.

감기 옮기지 말고 얼른 집에 들어가 쉬라며 떠미는 순주 등쌀에 세연은 못 이기는 척 가게를 나섰다.

밖은 후덥지근한 초여름 날씨였다.

머지않아 장마가 닥쳐올 것이다. 올해는 장마가 짧았으면 좋겠다. 습기로 눅눅해질 반지하의 방을 걱정해서는 아니었다. 햇빛만이 투명한 날들이었으면 좋겠다. 남은 목요일들 모두가 그랬으면.

밤이 왔다.

도흔의 부재를 확인한 새벽부터 기다려 온 시간. 휴대폰이 세연을 부르며 울었다.

발신자의 이름은 도흔.

두 글자를 보는 것만으로도 설레었다. 설렘을 감추려 조금 기다렸다 받았다.

"여보세요."

—도흔 씨, 하고 부를 줄 알았는데. 어제처럼.

도흔이 '어제'를 입에 올리니 또 뺨이 달아올랐다. 이마를 괴롭히던 미열도 더 심해지는 듯했다.

"어제……. 내가 그랬었나?"

—복도에서.

기억났다. 서재에서 발자국 소리를 듣고 복도로 나왔을 때, 도흔을 보곤 그랬었다. 도흔 씨, 하고 불렀었다. 많은 것들이 담긴 부름이었을 테다.

다시 와 줘서 기쁘다는 말. 이제부터 오롯이 당신의 시간이라는 의미.

그럼 오늘 밤에도.

"도흔 씨."

고요히 번지는 숨소리가 들려왔다.

세연은 지금 도흔의 입가에 번져 가고 있을 웃음을 상상했다. 도흔을 따라 고요히, 세연도 함께 웃었다.

—피곤하지?

"괜찮아요. 잠도 거의 못 자고, 도흔 씨가 더 피곤했을 것 같아."

—나는, 일이 손에 잡히지 않았어.

나도 그랬다고 말하고 싶었다. 오늘 내내 기다렸다고도 말하고 싶었다. 그랬다간 마음의 파도가 도흔을 덮쳐 이 순간이 사라질까 두려웠다. 그래서 세연은 산뜻하게 탓했다.

"혼자 몰래 가 버려서 그렇잖아요."

—간다고 인사 한마디쯤 할까도 싶었는데, 코를 골며 자고 있더라고.

"내가요? 설마. 나 진짜 코 골았어요?"

대답 대신 낮은 웃음이. 세연은 안도했다.

"거짓말이구나."

—코는 안 골았고, 아주 곤히 잤어. 그래서 깨울 수가 없었어.

"그래도 깨우지."

—울었어?

나직이 스며드는 어조 때문일까. 마음이 뭉클해져왔다. 애써 맘을 다잡고는 차분히 대꾸했다.

"어린애 아니라고 했죠."

—울어야 할 때 참지 말고 우는 법을 가르쳐야겠어.

"참지 마……."

어젯밤의 그 목소리가 여운처럼 세연 곁을 맴돌았다. 그 순간 완벽히 도흔에게 속해 있던 자신의 모습을 떠올리며 목덜미에 열기가 차올랐다.

—나오고 싶지 않았어. 곁에 있고 싶었어. 안고 싶었어. 네가 싫다고 해도. 지쳤으니 그냥 좀 놔두라고 투덜대도.

"나 안 그랬을 걸요?"

그러니까 다음 목요일엔 혼자 두고 가 버리지 말라는 말을 하고 싶었다. 다음 목요일이 오기까지 기다리는 시간들이 너무도 길다는 말도 하고 싶었다. 가슴속에 넘쳐나는 말들이 하도 많아서 오히려 아끼게 됐다.

—착하네.

누이동생 토닥이듯 건너오는 말에 다정한 웃음이 배어 있었다.

"도흔 씨, 맏이죠?"

—질문 타임이야?

"동생은 하나? 둘? 아님 일곱쯤?"

웃음소리와 더불어 도흔이 대답을 주었다.

—둘.

"둘이구나. 하나는 도영이랬고, 또 하나는요?"

웃음만 지을 뿐 이내 답이 건너오지 않는다.

"남동생이죠? 도영."

—남동생이야.

"그럼 다른 하나는 여동생?"

여전히 낮은 웃음만.

"어쩐지 여동생이 하나쯤은 있을 것 같은 분위기야. 동생들은 몇 살이에요?"

─호구 조사 그만해.

"취향 조사는 해도 돼요?"

─어떤 것에 대한?

"음악. 도흔 씨 기다리면서 서재에서 음악 듣다가 CD 구경했거든요."

─그럼 취향 파악 끝냈겠네.

"클래식 마니아라는 건 알겠는데요. 난데없이 레테 CD는 뭐예요? 하나도 아니고 여러 장이던데. 도흔 씨 레테 팬이에요?"

─레테를 알아?

"어제 처음 알게 됐어요. 음악 좋던데요?"

─나쁘진 않지.

"나쁘진 않지? 겨우 그 정도?"

그 정도일 뿐인 사람이 CD를 다 모은다고? 의아할 수밖에 없었다.

"레테 CD들, 도흔 씨가 산 거예요?"

─선물 받았어.

"누구한테서?"

—동생한테서.

"어떤 동생? 도영? 이름 모를 여동생?"

—진세연.

도흔이 이름을 부를 땐 늘 헤아릴 수 없는 깊이가 담긴다. 그래서다. 마음이 이토록 출렁거리는 이유는. 매번 숨을 멈추게 되는 까닭은.

"……왜요?"

한 템포 늦은 대답이자 물음에 도흔이 말했다.

—네 얘기를 해. 레테 말고 너. 너를 듣고 싶어, 나는.

두근거렸다. 또 대책 없이. 눈앞에 그가 서 있는 것처럼. 타이를 풀어내며 빠른 걸음으로 다가와 품에 깊숙이 들이던 그 순간처럼.

날뛰는 두근거림이 전화 저편으로 흘러들까 봐 세연은 잠시 휴대폰을 내려놓고 심호흡을 해야 했다. 마음이 웬만큼 다스려지고서야 귓가로 도흔을 다시 불러들였다.

"도흔 씨."

—말해.

"주말엔 뭐 하고 지내요?"

—내일 스케줄을 알고 싶은 거야?

"아마도?"

—주말엔 반드시 집에서 쉬어야 한다는 게 한의 주장이
지.

"권유도 아니고 주장? 지나치게 충직한 비서님이시네요."

—과로사라도 할까 봐 걱정되는 모양이야.

"워커홀릭이구나, 도흔 씨는."

—당분간은 처리해야 될 일들이 많아.

"언제쯤 여유가 생기는 걸까요?"

—한 달쯤 지나면?

한 달. 남은 네 번의 목요일이 지나간 후. 그땐 여유가 생
겨도 함께 나눌 시간이 남아 있지 않을 텐데…….

"어제 나갔던 일은 어떻게 됐어요? 잘 처리됐어요?"

—정리 중이야.

"정리 가능한 일인가 봐요. 다행이다."

—진세연.

"네……?"

—내일 밤에 잠깐 볼까?

"어디서요?"

—데리러 갈게.

데리러 갈게, 데리러 갈게, 데리러 갈게…….

도흔의 말이 가슴속에서 메아리쳤다. 한을 보내지 않고 직
접 오겠다는 말. 만남에 다른 누구도 개입시키지 않고 오로

지 둘이서만.

세연은 날아오르려는 마음을 지그시 누르며 대답했다.

"좋아요."

—기분 나쁘지 않아?

"어째서요?"

—남자가 밤에 보자고 하는 거. 목적이 빤히 보이는 수작
이잖아.

"그게 나쁜가?"

도흔이 웃음 지었다. 세연도 함께 웃었다.

음흉한 속내를 숨겨 놓고 겉으론 그렇지 않은 척, 배려해
주는 척 번드르르한 말을 앞세우는 것보다는 이편이 훨씬 낫
다고 생각하면서. 정직한 욕망에 충실해지는 것. 시한부의
관계에서만 적용되는 자세는 아닐 거라고도 생각하면서.

웃음 끝에 세연은 장난조로 말했다.

"내일은 목요일이 아니니까 시간 외 수당이라도 받을까
봐요."

—얼마를 원해?

받아 주는 도흔의 목소리에도 짓궂은 생기가 맴돌았다.

"많을수록 좋겠죠?"

—솔직해졌는데?

"돈을 경멸하는 나쁜 버릇, 이젠 버렸거든요. 대개 시간이

약이라고들 하지만, 돈이 약이 되는 경우가 더 많은 것 같아
요."

　—그러니까 처방전은 됐고, 약이나 제대로 달라는 거지?

　"그보다는, 도흔 씨가 주는 처방전에 중독이라도 되면 나
중에 몹시 곤란해질 거니까요."

　가시를 품고 한 말은 아니었는데도 말 속에 포함된 단어들
이 멋대로 날개를 달아 버릴 때가 있다. '중독'이라든가, '나
중에'라든가, '곤란'이라든가. 의미가 확장되며 무거운 깊이
를 가져 버릴 때 말이다.

　—중독이라……

　아니라고, 아직 거기까지는 도달하지 않았다고, 그럴 가능
성조차 없다고, 그러기에는 우리한테 주어진 시간이 모자라
도 한참 모자란다고, 서둘러 말을 주워 담고 싶었지만.

　마음이 거부했다. 세연의 심장을 지배하는 더 힘센 마음이
있었다. 중독이란 그래서 무서운 것일 테다.

　얼마간의 침묵을 지우며 도흔이 말했다.

　—내일, 전화할게.

　담담한 어조였다. 세연 또한 담담히 대답했다.

　"기다릴게요."

토요일 밤, 가게 문을 닫기 직전에 도흔이 왔다.

순주는 미리 보내 놓은 뒤였으므로 통유리를 사이에 두고 안과 밖에서 단둘이 마주 섰다. 면바지에 캐주얼한 반소매 셔츠를 입은 도흔이 새로웠다. 세연은 웃었다. 골목에 선 도흔의 입가에도 웃음이 어렸다.

문밖으로 나온 세연은 칭찬부터 했다.

"스타일 좋은데요? 슈트만 잘 어울리는 줄 알았더니 이런 모습도 있었어."

"한을 따돌리느라 입고 있던 그대로 나온 건데 스타일은."

"흠. 집에서도 이렇게 입고 있단 말이죠?"

"이렇게?"

"개멋지게."

순주의 표현을 빌려 말하자 도흔이 웃었다. 활짝 터지는 웃음은 아니지만 그래서 더 마음이 간다. 어딘가 절망을 숨겨 놓은 듯한, 어딘가 슬픔이 살고 있는 듯한.

만약 처음부터 얼굴을 보았다면 반해 버렸을지도 모른다. 제안서로 여자를 낚는 남자한테 한눈에 반해 버리고선 그런 자신에게 환멸을 느꼈을지 모른다. 그러니 결과적으론 스카프가 제 역할을 톡톡히 한 셈일지도 모르겠다.

"근데 한이랑 같이 살아요?"

"주말에만 우리 집에 와 있어."

"주말의 휴식을 주장하며 보초 서는 거구나."

끄덕이듯 미소 짓고는 도흔이 물었다.

"집은 어디야?"

세연은 턱으로 골목 안쪽을 가리켜 보이며 대답했다.

"저 안으로 더 들어가야 돼요."

"밤에 위험하지 않아?"

"낮에도 썩 안전하진 않아요. 가끔 이상한 것들이 출몰해서. 길 위에 절반쯤 걸쳐 있는 창으로 방 안을 들여다보는 것들도 있고. 그래서 그 좁은 창에다 사계절 내내 커튼을 내려놔요."

걸음을 떼며 도흔이 말했다.

"시간 외 수당 말인데."

지난밤 통화의 연장으로 생각한 세연은 장난치듯 받았다.

"진짜로 주려고요? 얼마나 줄 수 있는데요?"

"집을 사 줄까?"

"미쳤어요?"

깜짝 놀라 묻는 세연에게 아랑곳없이 도흔이 웃음 지었다. 조용한 웃음만 보고는 농담인지 진담인지 헤아리기가 어려웠다.

"웃자고 한 말을 진지하게 받으면 어떡해요?"

"요즘은 아이들 꿈이 건물주라고들 한다지."

"내 꿈은 아니거든요?"

"커피숍 건물, 재건축 들어갈 계획이라던데."

지난번에 건물주 박 사장을 단속하면서 들었나 보았다.

"그렇대요. 그래서 나한테도 자꾸만 나가라고 그랬던 거고
요."

"4층 정도로 올리면 괜찮겠어."

"그러려고 새로 지으려는 걸 테니까 아마 그러겠죠."

골목 전체에 재건축 바람이 불고 있어서 몇 년쯤 후엔 아
기자기한 맛이 싹 사라져 지금과는 딴판이 되어 있을 터였
다.

"'오후에'. 누가 지었어?"

커피숍 이름을 말하는 거였다.

"내가 지은 거 아니에요. 원래부터 그 이름이었는데 가게
분위기나 골목이랑 어울리기도 해서 그대로 물려받은 거예
요."

"나중에, 뭘 하고 싶어?"

나중에.

어젯밤의 통화 때 했던 말이 역시 무거운 추처럼 가슴에
남아 있었던 걸까.

나중에, 열 번의 목요일이 다 끝난 뒤에.

우선은 큰엄마 집으로 들어가야 하겠지. 2년 동안은 약속한 대로 큰엄마를 돌보다가, 그다음에는 오랫동안 꿈으로만 간직해 왔던 혼자만의 여행을 떠나겠지.

그런 실질적인 '나중에' 대신에 세연은 '지금'만 생각하고 싶었다. 도흔과 같이 걷는 이 밤, 불빛이 은은한 골목길을. 지금 이 순간만을.

"나중 말고 지금, 꼭 하고 싶은 게 있어요."

"뭔데? 말해 봐."

"뭐냐 하면요. 지금 내 옆에 있는 남자랑 손잡고 걷기."

"그런 건 해 본 적 없는데."

"진짜요? 진짜 여자랑 손잡고 걷는 거 한 번도 안 해 봤어요? 그럼 여자랑 같이 걸을 때 늘 이렇게 데면데면, 옷깃 하나 안 스치게 거리 두고 걸었다는 거예요?"

"여자랑 같이 밤길을 걸어 본 적도 없어."

"세상에. 도흔 씨 진짜 재미없게 살았구나."

말이야 놀리듯 가볍게 했지만, 사실상 이런 길을 걸을 일 자체가 없는 삶을 살아온 사람이란 생각에 거리감이 느껴지려 했다.

아마 이 남자는 버스나 전철도 타 본 적 없겠지. 대중교통을 이용하는 이들의 소박한 하루하루와 고달픔도 모를 테지.

"너는?"

"나요? 나 뭐?"

"남자랑 같이 밤길을 이렇게."

없다. 도흔과는 다른 이유겠지만 아무튼. 밤길을 같이 걷고 싶은 남자도 없었다. 같이 걸으며 이렇게 두근거리는 남자는 도흔이 생애 처음이다. 그러나 세연은 앙큼하게 거짓말을 했다.

"있어요, 난."

"기분 나쁘네."

"손잡고 걸어 본 적은 없지만."

그 즉시 손 하나가 도흔에게 사로잡혔다. 도흔의 손은 크고, 악력은 뜨겁도록 강했다. 심장이 함부로 뛰어댔다. 조금만 더 걸어가면 골목을 벗어나게 되는 게 아쉬워 되돌아 안으로 들어가고 싶었다.

"손잡고 걸으니까 연애하는 것 같아."

"연애하는 거야."

"진짜요?"

"아니면 뭐야?"

"그럼 시간 외 수당 같은 거 다신 말하지 마요."

"알았어."

"알았어, 라고 그가 말했다."

"뭐야, 그게?"

"다이어리에 그렇게 쓸 거예요."

고요한 도흔을 올려다보았다. 미소 짓고 있을 줄 알았는데, 그렇지 않았다. 이를 굳게 악문 듯 턱과 뺨이 단단해져 있었다.

세연은 얼른 그를 외면했다. 입안의 속살을 깨문 채 앞만 바라보았다. 어느새 골목길이 끝나고 휘황찬란한 도시의 거리가 눈앞에 나타났다. 길가에 세워 둔 도흔의 차가 보였다. 이제 꼭 잡았던 손을 놓아야 할 때였다.

도흔이 차 문을 열었다. 조수석 쪽이었다.

세연은 의아해졌다. 어젯밤에 '잠깐 볼까?' 라고 말했던 도흔이었으므로. 게다가 집에서 입고 있던 그대로 나왔다 했기에 그야말로 잠깐 나온 거라 생각했던 것이다.

물끄러미 보고 있는 세연에게 도흔이 말했다.

"타."

"가려던 거 아니었어요?"

"오늘 밤 내 목적은 너를 안는 거야."

단도직입적인 도흔의 말. 숨이 멎을 것만 같았다.

세연은 차에 올랐다. 문을 닫아 주고는 도흔이 운전석으로 왔다. 차 안에서 도흔과 단둘이. 도흔의 체취가 세연을 휘감아 숨을 쉬기가 어려웠다.

차가 출발했다. 이 밤에 달려가기에 숲속의 집까지는 너무 먼 길이라 세연은 약간 걱정스레 물었다.

"어디로 가요?"

"호텔."

"아……."

"싫어?"

"아뇨."

"내키지 않으면 말해."

"아니라고 했잖아요."

"목소리가 좀 가라앉은 것 같아서."

"애써 누르느라 그러는 거예요."

"애써 뭘 누르는데?"

"우와, 신난다. 그럴 순 없잖아요."

대꾸 없는 도흔을 돌아보았다. 입술에서 뺨으로 웃음이 물들어 가고 있었다. 다행이라고, 세연은 생각했다. 그가 이를 악물지 않아서, 마음을 얼리려 애쓰고 있지 않아서 참 다행이라고.

"이 타이밍에 고백 하나 하고 싶어졌어요."

"해 봐."

"사실은, 가진 것 중에서 제일 예쁜 걸로 골랐어요."

"뭘?"

"속옷."

하하, 도흔이 웃었다.

성공했다. 그를 웃게 하는 것. 소리를 이루는 웃음이 기뻤다. 그래서 세연도 웃었다. 조금 수줍게, 조금 아릿하게.

시작은 백허그였다.

도시의 야경이 발 아래로 내려다보이는 스위트룸 창가에서 세연은 도흔의 품에 아늑하게 사로잡혔다. 한 몸처럼 포개어진 채로 유리에 비친 도흔을 보았다. 그는 먼 섬으로의 비상을 앞둔 독수리 같았다.

"여기에선 세상이 다 반짝거려 보이네요."

"밤이라서 그래."

밤이어서 온통 어둡기만 한 세상도 많다고는 말하지 않았다. 여기는 현실 속에 실재하는 환상의 공간. 지금부터 도흔의 시간으로 스며들면 문득 문득 복병처럼 침범하던 시름은 다 잊힐 것이다.

세연은 자신을 단단히 가둔 도흔의 팔을 풀어내고 몸을 돌려 그와 눈을 맞추었다. 입술이 내려왔다. 머리가 하얗게 비어 버릴 만큼 날카롭고도 눈부신 키스였다.

가진 것들 중에서 가장 예쁜 속옷은 도흔의 눈길 아래 오래 버티지 못했다. 폭신한 침대 위에서 거침없는 그의 손길에 의해 금세 벗겨져 버렸다.

말갛게 벗겨진 몸 곳곳에 도흔의 더운 숨결이 새겨졌다. 빈 몸 가장 깊은 데가 오늘도 도흔으로 가득 채워졌다. 가쁜 숨소리가 쾌적한 실내에 폭죽처럼 터졌다. 폭풍이 휩쓸고 간 자리로 곧 두 번째 폭풍이 몰려왔다.

탈진해 쓰러질 듯 엎드린 세연에게 도흔이 탄산수를 가져다주었다. 세연은 시트를 가슴께까지 끌어올리고 앉아 그와 한 병을 나누어 마셨다. 사막에서 아껴 마시는 물처럼 달고 시원했다.

도흔이 엉클어진 세연의 머리칼을 쓸어 넘겨 주고는 드러난 이마에 입술을 눌렀다. 그의 입술은 조금 건조하고 아직도 뜨거웠다. 그 열기에 기대어 세연은 지금의 소망을 건네어 보았다.

"오늘은 토요일이니까 아침까지 같이 있어도 되겠다."

그러나 기대를 배반하는 답.

"가야 돼."

"내일은 출근 안 하잖아요."

"일이 있어."

"아침부터?"

"일요일 아침 식사는 온 가족이 함께. 아버지의 오래된 습관이야."

도흔이 가족과 아버지를 거론하는 건 처음이었다. 핑계일리는 없지만, 오래된 습관으로 불리는 가족의 전통이 세연에게는 어쩐지 다른 나라의 일처럼만 느껴졌다.

"그렇구나. 도흔 씨네 집에서는 일요일 아침마다 온 가족이 식탁 앞에 모여 앉는구나. 무슨 일이 있어도 그래야만 하는 거구나."

서운한 마음을 숨기지 못한 채로 읊조리고 말았다.

"아버지의 습관을 썩 좋아하진 않지만, 그 시간은 아버지의 아내이자 우리 집안의 안주인으로서 어머니의 존재 가치를 확인받는 자리이기도 해."

짧은 설명 속에서 많은 것들이 다가왔다. 여태 보여 준 적 없던 세계. 도흔이 속해 있는 현실의 공간.

그곳에서 그는 아버지의 법칙을 그다지 좋아하지 않는 아들이며, 반대로 어머니에게는 애정 이상의 연민을 갖고 있을 뿐만 아니라 어머니의 지위에 걸맞은 권위까지도 부여하고 싶어 한다는 사실.

그 이면에는 얼마나 복잡다단한 사연들과 진실들이 살고 있을까. 도흔의 영혼이 품고 있을 희로애락의 세월들은 또 얼마나 아득할까. 어머니를 위해서 일요일 아침마다 자리를 지키는 아들의 마음이란 어떤 빛깔일까.

"기왕이면 저녁 식사로 하시지. 일요일마다 늦잠도 못 자겠다."

"그거 아니라도 늦잠은 자 본 적 없어."

"한 번도요?"

"음."

"어릴 때도?"

"어릴 때부터."

"아하. 도흔 씨는 바른 생활 소년이었구나. 아니다, 이젠 바른 생활 청년인가?"

"여자한테 열 번의 목요일을 제안하는 걸 바른 생활이라고 할 순 없을 텐데."

입가에 비릿한 미소를 띤 채 대꾸하는 도흔을 보며 세연은 맘이 아렸다. 한편으론 본 적 없는 도흔의 집 일요일 아침 풍경이 눈앞에 그려졌다.

새하얀 식탁보가 정갈하기 짝이 없는 식탁. 다섯 식구가 아버지를 중심으로 모여 앉아 아침 식사를 할 때, 넓디넓은 정원 어딘가에서 이따금 예쁜 새가 지저귈지도.

휴일 아침이라 해도 흐트러진 옷차림을 한 사람은 하나도 없을 것 같다. 흑백으로 단정하게 차려 입은 도우미가 조용히 오가며 식사 시중을 들고, 우아한 자태의 어머니는 자애로운 미소로 가족들과 눈길을 맞추겠지.

대화는 시종일관 나직나직 이어지며 때때로 흐르는 웃음소리 또한 왁자하진 않을 것 같다. 음식은 언제나 따뜻하고 식사가 다 끝날 때까지 먼저 자리를 뜨는 결례를 범하는 이는 없을 테다.

마치 영화 속의 한 장면처럼 매끈하게 아름다운.

그 그림 속에 편안히 자리 잡은 도흔을 상상하며 세연은 다시금 거리감을 느낄 수밖에 없었다. 그렇지만 차이가 너무도 또렷해서 오히려 수긍하게 되는 그런 감정을.

"어쩌면⋯⋯."

"어쩌면?"

"내가, 도흔 씨 생애 최초이자 마지막 일탈일지도 모르겠다는 생각이 들었어요."

"일탈⋯⋯."

"어차피 곁에 둘 수 없는 여자라서 딱 열 번으로만 한계를 정해 둔 거죠. 열 번의 만남으로만 만족할 것. 그 시간들이 끝난 다음엔 헛된 열망들일랑 기억에서 말끔히 지워 버리고, 지금까지 살아왔던 세계 안에서 평온히 살아가려고."

"지독하게 전형적인 접근인데?"

웃음 짓는 도흔을 따라 세연도 웃으며 말했다.

"드라마를 너무 많이 봤나 봐."

드라마를 즐겨 보는 편은 아니지만, 생의 비루한 클리셰들을 드라마만큼 적나라하게 표현해 주는 매체도 없지 않을까.

그렇지만, 그렇다고는 해도, 살짝 비틀 수도 있지 않을까.

모든 전형적인 것들에 실금이나 작은 구멍쯤은 낼 수 있지 않을까.

"도흔 씨."

"말해."

"다이어리에 내 얘기를 써도 돼요?"

목요일의 시간들을 기록하는 것 말고도 다른 이야기들이 더해져도 되는지를 묻고 있는 거였다. 김민철의 책 제목처럼 '모든 요일의 기록'으로. 도흔을 만나지 않았던 날들의 이야기들까지도.

풀어 듣지 않고도 질문의 맥락을 이해한 듯 도흔이 대답했다.

"돼. 많을수록 좋겠지."

"내 이야기는 목요일의 기억이 아니잖아요."

기억하기 위해서라고, 다이어리를 쓰게 하는 이유가 기억이라 했던 도흔을 일깨우는 말이었다.

"너무 짧으니까."

"……뭐가요?"

알면서도 물었다.

"너를 만나는 시간들이. 목요일의 기억들만으로는 너무 짧으니까."

"늘리면 되잖아요."

"……."

"더 길게 늘리면."

침묵하는 도흔이 안타까워 세연은 조그만 돌멩이를 던지듯 물었다.

"안 되는 이유를 100가지쯤 갖고 있나 봐요?"

"100가지라니."

말끝에 딸려 오는 웃음소리가 어째서 쓸쓸하게 느껴지는걸까.

"그중에서 한 가지만 대 봐요."

"한 가지만 대면. 용서해 줄 거야?"

용서라는 말이 가슴에 아리게 박혔다. 용서를 받아야만 될만큼 파기하기 힘든 이유인 건가. 길게이든 짧게이든 열 번에서 더 늘인다는 건 결코 불가능한 일이라는 뜻인가.

그렇다면 코너로 몰아붙이지는 말아야겠지. 마음이 아려도, 아리다 못해 아파 와도. 어쩌면…… 더 아리고 더 아픈사람은 이 남자일지도 모르니까.

세연은 짐짓 씩씩하게 말했다.

"용서는 안 해 줄 거지만, 다이어리는 열심히 쓸게요."

"열심히."

"그럼요, 아주 열심히. 3억짜리 프로젝튼데 소홀할 순 없죠."

도흔의 나지막한 웃음소리가 아린 자리를 메웠다. 비어 있던 몸속을 가득 채우던 첫 밤처럼. 빈틈없이 몸을 겹쳐 오던 오늘 밤처럼.

세연도 맑게 웃었다. 도흔에게 건너간 웃음소리가 비어 있을 그의 마음을 다 채우도록.

어둠이 채 가시지 않은 새벽녘, 곁의 도흔이 천천히 몸을 일으켰다. 세연의 이마에 입술을 누르고는 그가 가만히 인사했다.

"잘 자."

세연은 아무 대꾸도 하지 않았다. 눈 감은 채 잠든 척했다. 그가 옷을 입으며 내는 기척들, 문을 향해 멀어지는 발걸음도 소리로만 들었다.

문이 열릴 때, 머뭇거리듯 잠시 틈을 두고서야 문이 닫힐 때, 세연은 그제야 눈을 뜨고 속삭였다.

"잘 가요."

도흔이 떠났다.

세연은 일어나 침대를 빠져나왔다. 가방에서 다이어리를 꺼내어 제안서를 받았던 날부터 차례로 읽어 내려갔다. 목요일마다의 기억들이 새록새록 찾아들었다.

작가들이나 쓸 법한 넓고도 튼튼한 책상 앞에 앉아 여섯 번째 목요일을 촘촘히 쓰고 나니 아침이었다.

희뿌옇게 밝아 오는 도시와 저 멀리 곡선으로 이어지는 산의 능선들을 바라보다가, 여섯 번째 목요일의 마지막 부분에다 긴 추신처럼 편지를 덧붙여 썼다.

눈을 뜨기도 전에, 무의식중에도 손을 뻗어 만졌어.
당신이 누웠던 자리. 당신이 있어야 할 자리를.
날마다 함께 잠들었던 것처럼.
없어서 반짝 놀라 눈을 떴어.
날마다 둘이 같이 잠에서 깼던 것처럼.

도흔 씨.
당신에겐 아직도 내가 모르는 모습들이 많겠죠.
내게는 보여 주지 않은 모습들을,
끝내 보여 주지 않을 모습들을 보고 싶다고 말하면
당신은 또 거기까지, 라고 선을 그을까.

그래도 그건 내 맘.

당신은 절대 가질 수 없는.

그리고 앞으로도 가질 수 없을.

전적으로 내게 속한 마음이니까.

그러니까 당신도 어쩌지 못하는 거라고 말하고 싶지만.

언젠가

내가 없는 어느 날에

이 다이어리를 읽을 당신이

나를 생각하며 많이는 아프지 말았으면 해.

그랬으면 해요.

13화

일곱 번째 목요일

일곱 번째 목요일 오후, 숲속의 집에선 지난 여섯 번의 목요일들과는 다르게 어떤 변화가 감지됐다.

집의 내부가 지금까지와는 달리 환했다. 창마다 커튼이 내려져 있어 어둑어둑하던 실내에 빛들이 가득했다. 간접 조명만이 은은해 늘 저녁 같던 복도에도 자연광이 흘러들어 와 있었다.

무엇보다도 세연을 놀라게 한 것은 집 안에 도흔 외의 사람들이 존재하고 있다는 것이었다. 부산스럽지 않으면서도 민첩하고 바지런한 기척들은 주방 쪽에서 들려오는 중이었다.

누구인지 모를 사람들 앞에 자신을 드러내도 괜찮은 건지, 보이지 않게 방으로 들어가 있어야 하는 건지, 어찌할 바를 모르고 있는 세연 앞에 도흔이 나타났다.

"누가 와 있나 봐요?"

목소리를 낮춰 묻자, 도흔이 엷은 웃음을 머금고 대답했다.

"내가 부른 사람들이야. 괜찮아."

이 집에 드나들 수 있는 누군가와 뜻하지 않게 동선이 겹쳐 난감해진 상황은 아니어서 다행이지만, 도흔이 불러들였다는 이들이 누구인지 궁금했다.

"누군데요? 왜?"

"궁금하면 들어가서 봐."

세연은 미소를 띤 채 고개 저었다. 그럴 줄 알았다는 듯 도흔이 세연을 현관 쪽으로 이끌었다. 미리 지시가 있었는지 주방에서도 나와 보는 사람은 없었다.

도흔과 함께 집을 나서자마자 물었다.

"집에 무슨 문제라도 생긴 거예요?"

"이를테면?"

"음……. 수도관이 터져 주방이 물바다가 되었다거나. 간밤에 배고픈 도둑이 몰래 들어와서 냉장고를 통째로 털어갔다거나."

도흔이 웃었다. 낮게 터지는 웃음소리가 듣기 좋았다. 세연도 웃었다. 도흔을 따라 걸으며 또 물었다.

"진짜 누구예요? 사람들, 이라고 했잖아요."

"관리인 부부."

"아."

이런 외진 곳에, 더구나 사람이 항시 머물지도 않는 집이니 주기적으로 관리를 해 줄 사람이 필요하긴 하겠다. 올 때마다 갓 청소를 완료한 듯 깨끗했던 것도 그들의 손길 덕분이었나 보다.

"근데 관리인 부부가 주방에서 뭘 하고 있는 걸까요?"

"저녁 식사 준비를 하겠지."

"도흔 씨가 시켰어요?"

"음."

"그럼 오늘은 둘이서 같이 저녁을 먹을 수 있겠구나."

"진수성찬이 될 거야."

"진수성찬이라니. 신난다. 오늘 내 생일인가?"

장난스럽게 말했더니, 도흔이 툭 던졌다.

"내 생일이야."

세연은 걸음을 멈추고 도흔을 쳐다보았다. 도흔의 입가엔 여전히 엷은 미소가 머물러 있을 뿐이었다.

"스스로 생일 밝히는 사람치곤 너무 덤덤한데요?"

"생일 없는 사람은 없으니 특별할 것도 없지."

"그럼 끝까지 말하지 말지?"

웃음을 담고서 놀리듯 말하자 도흔 역시 웃으며 대답했다.

"그럴 생각이었는데, 갑자기 말하고 싶어졌어."

세연이 생일을 들먹이지 않았더라면 그는 오늘이 다 가도록 말하지 않았을지도 모르겠다. 그건 그것대로 좀 쓸쓸한 일일 테지만. 나중에도 기억하게 될 날짜를 갖게 되었다는 것, 그 또한 마냥 즐거운 일만은 아닐 테지만.

지금은 그저 이 순간에 집중할 것. 함께할 시간이 얼마 남지 않았으니, 열심히 즐거워질 것. 둘이서 같이.

"축하해요."

"알았어."

"뭐예요, 그게. 고마워, 해야죠."

웃으며 타박하는 세연에게 도흔이 반박했다.

"선물도 안 주는데 고마울 것까지야."

"참 나. 선물 받고 싶었으면 미리 말을 했었어야죠."

부러 툴툴댔지만 진심이기도 했다. 취향도, 살아온 날들도, 좋아하고 싫어하는 것들에 대해서도 잘 모르면서 과연 선물을 제대로 준비할 수 있었을까 싶지만. 그래도 마음을 담은 어떤 걸 건넬 수 있었다면 좋았을 것이다.

"도흔 씨는 여름에 태어났구나."

"진세연은 겨울."

"알아요?"

"그런 것쯤은 쉬워."

"하긴. 충직한 비서님도 있는데 생년월일 쯤 알아내는 거야 장난이겠죠."

"뭘 받고 싶어? 생일에."

마음이 퉁 내려앉는다. 여름에서 겨울까지는 아직 멀고도 먼데. 어째서 그런 질문을 던지고 있는 걸까, 이 사람은. 입에 발린 말 같은 건 하지 않을 사람인데, 이 남자는.

"생일 같은 거 크게 의미 두지 않고 살아와서. 특별히 받고 싶은 선물도 없어요."

"후회하지 말고 말하지?"

"말만 하면 다 이루어 주려고요?"

"하늘에서 별을 따다 달라, 뭐 그런 것만 아니라면."

아마도 그런 것일 거라고, 세연은 말할 수 없었다. 하늘에서 별을 따올 수 없듯이 당신과의 목요일들을 더 늘릴 수 없다는 걸 알고 있다고 말할 수 없으므로.

"난, 별보다는 달이 더 좋아요."

"달……."

매일 똑같이 반짝이는 것들보다는, 날마다 조금씩 몸을 바꾸며 밝아졌다 어두워졌다 빛의 질감이 달라지는. 외로워 지친 어느 날에도 어둔 밤하늘에 아련히 떠서 그 외로움을 고요히 지켜봐 주는. 이따금 낮에도 뜨는, 달.

도흔.

당신은 내 가슴에 뜬 달이 되겠지. 어느 날은 가득 부풀었다가 어느 날은 날씬하게 줄어들었다가. 내 가슴 안에서 날마다 크기와 밝기를 조금씩 바꾸어 가겠지. 그리고 또 언젠가는 월식의 날도 닥쳐오겠지.

아릿한 생각들에 잠식되어 걷는 동안, 차가 들어오는 도로를 지나고 편백나무 숲길로 접어들었다. 무성한 나무들이 햇볕을 가려 천천히 걷기에 편안했다.

팔짱을 낄까, 살며시 손을 잡아볼까, 망설이고 있는데 도흔에게서 손이 다가들었다. 여자의 손 하나쯤 감쪽같이 숨어들게 크고 넉넉한 손. 세연은 얼마간 그 손안에 갇혀만 있다가 꼼지락거려 손깍지를 꼈다.

점점, 점점, 조여 오는 힘. 손마디가 아플 만큼이었지만 좋았다. 벗은 몸을 탐하던 모습 같아서. 설레고 또 설레어서 그대로 두었다.

"이루어졌다."

돌아보는 도흔에게 덧붙였다.

"이 숲길을 같이 걷고 싶었거든요."

도흔이 걸음을 멈추고 세연에게로 돌아섰다.

서로에게 얽혀드는 눈길이 깊고. 숲의 향기는 싱그럽고. 깍지 낀 두 손은 뜨겁고.

도흔이 남은 한 손으로 세연의 머리를 감싸 그의 품으로 들였다. 도흔의 품속에서 세연은 눈을 감았다. 숲은 시야에서 사라지고, 심장 뛰는 소리만이 귓가에 가득했다.

숲길에서의 산책을 마치고 집으로 돌아왔을 땐 초저녁이었다. 여름 해는 길어 바깥은 아직도 환하기만 했다.

저녁 식사 준비가 다 되었는지 확인한다며 도흔이 먼저 집 안으로 들어갔다. 관리인 부부와 마주치면 불편해할까 봐 배려하는 거라고 생각했으므로 세연은 혼자 문밖에 남았다.

여러 번 왔어도 집 외부를 구경하는 건 처음이라 한가롭게 거닐며 둘러보고 있는데, 갑자기 문이 열리더니 안에서 사람이 둘 나왔다. 60대 초반쯤으로 보이는 두 남녀가 관리인 부부임을 세연은 이내 알 수 있었다.

사람을 보고도 모른 척할 수는 없어 세연은 고개 숙여 인사했다. 문 앞에 선 그들도 세연을 향해 공손히 허리를 숙였다. 그대로 지나쳐 집 뒤편으로 가려던 세연은 문가로 나온 도흔을 보곤 걸음을 멈추었다.

도흔이 부부의 어깨에다 손을 하나씩 얹었다. 부부가 도흔을 돌아보자, 도흔이 두 손을 가슴께로 들어 올려 허공에다 그림을 그리듯 움직이기 시작했다. 수화였다.

전화로 식사 준비 여부를 묻거나 퇴근을 지시하지 않고 도흔이 직접 들어가서 확인한다는 게 좀 의아했는데 그래서였나 보다. 듣지 못하는 사람들이라서.

어떤 말은 보이고 어떤 말은 잘 안 보였다. 확연히 보이는 말은 '좋아한다'와 '여자'였다. 자신을 지칭하며 하는 말 같아서 세연은 두근거렸다. 그런 말을 왜 저 사람들한테 하고 있나, 해도 되는 건가, 걱정스럽기도 했다.

도흔의 수화를 경청하며 부부는 연방 끄덕였다. 손의 말을 마친 도흔이 두 손을 내렸을 때에야 남자가 수화로 무어라고 말했다. 세연 쪽에선 남자의 말이 보이지 않았다.

몸을 돌린 부부가 대여섯 개의 계단을 내려와 다시금 세연에게 깊숙이 허리를 숙였다. 세연도 그들에게 고개 숙여 또한 번 인사한 다음, 수화로도 '고맙습니다' 하고 인사를 드렸다.

열린 문 너머의 주방에서 맛있는 음식 냄새가 흘러나오고 있었으므로 그들의 노고에 대한 감사를 표한 것이었다. 서로 닮은 부부의 얼굴에 놀라움과 온화한 웃음이 차례로 스쳐 갔다. 세연도 잔잔히 미소 지었다.

관리인 부부가 가고 난 뒤에 세연은 계단을 뛰어올라 도흔 앞에 섰다.

"잘하던데요? 바쁘신 분께서 수화는 언제 배웠어요?"

"너도 하잖아."

"난 잘 못해요. 고등학교 때 수화 동아리에서 잠깐 배운 게 다거든요."

"그래서 무대에서 엉망이었던 거였어."

"엉망까진 아니었을 걸요?"

웃음을 머금고서 놀리듯 말하는 도흔에게 투덜대고 보니, 축제의 봄날이 떠올랐다.

도흔이 세연을 두 번째로 보았다던 그날. 서툰 손길로 공연에 참여했던 그 순간. 먼발치에서 바라보던 도흔에게 혹여 눈길이 닿았을 수도 있을까.

"대타로 급히 투입돼서 그랬던 거였어요."

"엉망이었던 거 인정?"

"인정. 맞다! 나 혼자만 엉망이어서, 그래서 그날 도흔 씨 눈에 띄었던 건 아닌지 몰라."

"그럴지도."

사람들로 넘쳐나는 축제의 캠퍼스에서 석 달 전의 졸업식 날 잠깐 봤던 여자를 한눈에 발견해 내기란 쉽지 않은 일. 그렇다면 서툴기 그지없던 수화가 도흔의 시선을 불러들이는 데에 결정적인 역할을 했다고 봐도 무방하겠다.

"이 시점에서 질문 하나. 두 번째로 본 그 봄날 이후로, 나를 또 보려는 혹은 만나려는 시도 같은 거 안 해 봤어요?"

"안 했어."

살짝 서운해지려는 마음을 누르며 이유를 물었다.

"왜요?"

"왜냐하면……."

정답이 아니라 그럴듯한 대답을 고르는 것 같은 모습에 조바심이 들었다.

"왜냐하면?"

"어차피 곁에 둘 수 없는 여자니까."

호텔에서의 토요일 밤, 세연이 했던 표현 꼭 그대로였다. 세연은 맥이 빠졌다.

"남의 말로 돌려막기 있어요?"

도흔이 웃었다. 소리 없이 번져 가는 웃음이 외로워 보였다.

외로움이 보이면 마음이 걸어간 거라는 구절을 책에서 본 적이 있었다. 마음이 급속도로 걸어가고 있다는 것은 이미 알고 있지만, 이 남자의 외로움에 대해서는 알지 못한다. 아마도 영원히 알지 못할 것이다.

그러므로 다시금 지금에만 집중하자. 미래는 미래의 것으로 밀어 두자. 지금은 현재의 기쁨을 확인하자.

"그래서, 아까 저분들한테는 뭐라고 한 거예요?"

"식사 준비하느라 고생하셨다고."

"그리고요?"

"특별 보너스를 드리겠다고."

"그리고 또?"

"너는 내 비밀이라고."

"흠. 그런 말까지 해도 되는 분들인가 봐. 지켜 줄까요?"

"입이 무거운 분들이거든."

그 사람들이야 당연히 그럴 수밖에 없겠지만, 도흔의 태연한 어조에 웃음이 났다.

"또요?"

"또 뭐?"

"그분들한테 또 뭐라고 말했냐고요."

"그게 다야."

"아니던데. 다른 말도 하던데?"

"무슨 말?"

"좋아한다고."

웃으며 도흔이 대수롭지 않다는 듯 대꾸했다.

"좋아하지."

"누구를요?"

설렘과 기대로 건넨 물음에 대한 도흔의 대답은 엉뚱한 것이었다.

"생일에 먹는 미역냉국을."

세연은 매콤한 눈으로 도흔을 쳐다보았다. 절로 도톰해진 입술에 도흔이 가볍게 입을 맞추었다.

"음식 다 식겠다. 들어와."

"생일이라니까 봐줄게요."

"선물도 줘야지."

"뭘 받고 싶어요?"

"너."

돌연 가슴이 뛰었다. 웃음기가 사라진 대답. 그 한마디가 그의 깊은 눈빛과 어우러지며 세연에게 달콤한 어지럼증을 불러들였다.

"어지러워지려고 하잖아요."

눈길을 내리고는 말하자, 도흔이 세연의 머리를 감싸 그의 품으로 들였다. 남자의 심장 뛰는 소리가 두근거림을 달래기는커녕 더 재촉했다. 그래도 좋았다. 그래서 더 설레었다. 발밑에 문턱을 경계선처럼 둔 채로 도흔의 품에 머리를 기대고는 소망을 말하듯 중얼거렸다.

"이렇게 다정한 처방전, 아무한테나 남발하면 미울 거예요."

"너한테만."

"약속받고 싶다."

"약속."

끝이 정해진 관계에서 약속이란 말만큼 허망한 말이 또 있을까. 그럼에도 지금은 좋다. 그냥 기쁘다.

세연은 품에 갇혀 있던 두 팔을 빼내어 도흔의 목에다 감았다. 발돋움하는 세연에게 도흔이 키스했다. 등허리를 만지는 남자의 손길이 사뭇 뜨거웠다.

한식으로 차려진 저녁 식탁은 도흔의 말마따나 진수성찬이었다.

팥을 넣은 찰밥과 도흔이 좋아한다는 미역냉국을 필두로 갈비찜과 생선구이, 삼색 나물과 각종 전, 종류별 김치들과 젓갈류, 샐러드와 밑반찬들까지 다이닝룸의 너른 식탁 위에 빈 곳이 하나 없을 지경이었다.

"와. 둘이 먹기엔 아까운 생일상인데요?"

"먹어 봐. 맛있을 거야."

도흔의 말대로였다. 손 가는 음식마다 하나같이 다 맛있었다.

"지난번 스테이크도 그럼 그분들께서?"

도흔이 끄덕였다.

"그때 엄청 바쁘셨겠네요. 내 기억엔 그리 오래 걸리지 않았던 것 같은데."

"내가 올 땐 항상 스탠바이 상태니까."

"언제라도 지시만 떨어지면 어떤 음식이건 뚝딱 내올 수 있게요?"

"갑질은 아니니까 마음 쓸 거 없어."

"그래 보이진 않았어요."

관리인 부부와 수화로 대화를 나누는 모습도 그랬지만 그들과 도흔 사이에 상하 관계의 기류는 느껴지지 않았었다. 오히려 먼 친척 어른과 조카 같은 느낌이랄까.

"편안하게 생각하는 분들인가 봐요."

"대숲 같은 분들이지."

가만가만 끄덕이며 세연은 생각했다. 어쩌면 도흔에게는 숨구멍 같은 사람들이겠구나. 그래서 가족에게도 말하지 않을 비밀까지 건넬 수 있는 존재들이구나.

"그래서 생일이면 미역국도 도흔 씨가 좋아하는 냉국으로 만들어 주시고."

"좋아하는 여자라고 말했어."

세연은 젓가락질을 멈추었다. 눈으로 보았던 말이었고, 방향을 짐작했던 말이었다. 그럼에도 도흔의 입에서 말이 되어 나오는 걸 들으니 마음이 먹먹해졌다.

"임금님 귀는 당나귀 귀, 그러듯이."

덤덤히 덧붙인 도흔의 말이 먹먹해진 마음을 할퀴었다. 세연은 따끔따끔해져 오는 목을 다독이려 냉국만 연거푸 떠먹었다.

"술 한잔할까?"

도흔이 물었다. 역시 담담한 어조였다. 세연도 은은한 미소를 지은 채 말했다.

"케이크는 없어도 축하주는 해야겠죠?"

"케이크에 촛불. 그런 거 별로 안 좋아해."

"나도 그런 거 별론데. 그럼 케이크는 가뿐히 생략. 축하주만 해요."

"선물은 받을 거야."

"응, 나도 선물은 꼭 줄 거예요."

"그런 눈빛, 설레잖아."

"식사 중에 설레면 곤란하니까 냉큼 술이나 갖고 올게요."

세연은 식탁에서 일어나 주방으로 왔다. 냉장고를 열고 두 눈에 고이려던 눈물을 냉기로 말렸다. 눈물이 흔한 편도 아닌데, 울컥해질 때도 눈물로 흘러내리지 않도록 잘 가두는 편인데, 도흔을 만난 이래로 울음을 참기가 어려워져만 간다.

"진세연."

도흔의 부름에 세연은 얼른 마음을 추스르고는 다섯 번째 목요일부터 그대로인 소주를 꺼냈다. 소주잔을 찾아 싱크대

상단의 수납장들을 열어 보고 있는데, 몸에 와락 열기가 휘감겼다. 도흔이었다.

"금방 갈 건데 그새 못 기다려요."

"울지 마."

불현듯 코끝이 쨍했다.

"언제는 참지 말고 우는 법을 가르쳐야겠다더니."

등 뒤의 도흔에게선 대답이 없고 몸을 껴안은 힘만 더욱 강해졌다. 지우고 또 지운다 해도 기억으로 각인되어 버리고 말 순간이 하나 더 늘었다. 그럼에도 멈추고 싶은. 시간이 흐르지 않도록 세연을 눈을 감았다.

멈춰 버린 시간을 다시 흐르게 한 것은 현관 쪽에서 울려 대는 묵직한 소리였다. 눈을 뜬 세연은 여전히 두텁게 가두고 있는 두 팔을 풀어내고 도흔에게로 돌아섰다.

"누가 온 거 아니에요?"

잠자코 귀를 기울였으나 소리는 더 이어지지 않았다.

"무슨 소리가 난 것 같았는데."

"여기 있어. 나가 볼게."

끄덕이는 세연을 두고 도흔이 다이닝룸을 나갔다.

세연은 소주와 소주잔 두 개를 식탁에 가져다놓았다. 잔을 채워 놓고 앉아서 도흔이 오기를 기다리는데, 뜰로 연결된 주방 문이 밖에서 확 열렸다. 당당히 들어서는 여자를 본 세연은 반사적으로 일어났다.

"진세연?"

믿을 수 없다는 듯 끝을 올린 부름에 이어 은진이 식탁 쪽으로 걸어왔다. 세연을 뜯어보는 은진의 시선이 복잡하고도 미묘했다.

세연은 피하지 않고 은진을 마주 보았다. 은진이 이곳에 올 수 있는 이유 중에서 가장 온건한 것을 생각하면서.

도흔의 발자국 소리가 점차 가까워지다가 다이닝룸 입구에서 멈췄다. 은진의 시선이 세연을 떠나 도흔에게로 날아갔다. 공교롭게도 세 사람이 선 자리가 길쭉한 삼각형의 세 꼭짓점이 된 모양새였다.

그런 구도가 어쩐지 맘에 들지 않았으므로 세연은 도로 앉았다. 도흔과 은진, 둘 사이에 나누어야 할 말들이 있다면 두 사람의 몫일 터. 끼어들고 싶지 않았지만, 둘의 대화를 위해서 굳이 자리를 비켜 주고 싶지도 않았다.

은진과 도흔이 어떤 관계인지 궁금했다. 방금 생각했던 이유와 부합하기를 바라는 마음도 컸다. 한을 미행했던 날에도 예측했듯이 집안끼리 서로 알고 지내는 사이일 거라는 짐작 말이다. 무엇보다도 은진이 관심 두고 있는 남자는 한이니까.

"도흔 오빠."

이번 부름은 물방울이 똑 떨어지듯 가벼웠다. 은진 특유의 비음 탓에 애교 부리는 것처럼도 들렸다.

"언제 들어왔어?"

건조한 도흔의 물음에 은진이 대답했다.

"토요일."

"토요일. 그런데 왜……."

끊겼던 말이 다시 이어졌다.

"허락 없이 여기 오지 말랬지."

세연은 조금 놀랐다. 은진에게 건너가는 도흔의 목소리가 생각보다 차갑지 않기 때문이다. 그렇다고 하여 따뜻한 것도 아니었지만 평소의 음색을 감안하면 이런 상황에서 훨씬 서늘해야 마땅했다.

지금 도흔의 얼굴을 보고 싶었다. 뭔가 거슬릴 때면 치켜 올라가곤 하던 왼쪽 눈썹꼬리를 확인하고 싶었다. 슬쩍 쳐다보았지만 아쉽게도 세연 쪽에서 보이는 그의 옆얼굴은 오른쪽이었다.

세연은 저도 모르게 도흔이 한 말을 분석하고 있었다.

은진이 국내에 없다던 얘긴 지난번에 한에게 들어 알고 있었다. 한이 아는 일이니 도흔 또한 알고 있었으리라는 것에 무리는 없다.

'그런데 왜'의 의미는 무엇일까. 도중에 말을 뚝 잘라 버린 까닭은 또 무엇일까.

'오지 말랬지'라는 것은 오늘 말고도 은진이 도흔의 의사와는 상관없이 여기에 온 적이 있었다는 뜻. 그래서 은진에게 경고성 발언을 했었다는 뜻이겠지.

"선물 주려고 회사로 갔는데 없잖아. 여기 있을 것 같아서 왔어. 오빠한테 불청객 취급이나 받을 줄 알았으면 안 왔을 거야."

어려워하거나 불편해하는 기색 하나 없이 늘어놓는 은진의 말들에서 세연은 시간을 읽었다. 도흔과 은진 사이에 놓여 있는 세월을.

생일을 정확히 알고 있으며 선물을 들고 회사까지 찾아갈 수 있는. 도흔이 이 집에 와 있으리라는 추측을 쉽게 하고, 불청객 취급받은 데 대한 서운함을 가감 없이 드러내는. 오빠라고 부르며 지극히 자연스럽게 반말을 하는.

짐작보다 더 친밀한 사이일지도 모르겠다는 생각이 들자 마음 한구석이 시렸다. 세연은 잔을 들어 소주를 한 모금 마셨다.

"선물, 놓고 가."

도흔의 목소리가 한결 서늘해졌다. 이쯤 되면 자존심이 상해서 나가 버릴 법도 한데 은진의 반응은 예상과는 달랐다.

"나 배고파."

칭얼거리듯 말하고는 은진이 도흔의 옆자리에 앉아 버렸다. 도흔도 식탁으로 와 그의 자리에 앉았다. 세연과 마주친 그의 눈빛에 곤혹스러움이 담겨 있었다.

"특별한 사이 같아 보이는데, 소개 안 해 줘?"

은진이 말했다. 도흔에게 건너간 말이었지만 세연이 대답했다.

"그런 사이 아니야."

은진을 통해서 여러 사람에게 퍼져 갈지 모를 비밀이 걱정되어서였다. 난감해져 있을 도흔을 위해 한 말이었는데, 일순 도흔의 왼쪽 눈썹이 삐딱해졌다.

"도흔 오빠한테 물었어."

"누구한테 물어도 대답은 같아."

"생일날 단둘이서 여기에. 이게 특별한 사이가 아니면 뭐야?"

"그럼 너는?"

"나?"

"생일날 선물 들고 회사에. 너야말로 도흔 씨하고 특별한 사이인 것 같은데."

은진이 의미심장한 웃음을 짓더니 도흔을 돌아보곤 물었다.

"오빠. 내가 누군지 세연인 아직 모르나 봐?"

도흔이 긴 숨을 내쉬었다. 그리고 은진을 돌아보지도 않은 채 무거운 목소리로 이름을 불렀다.

"은진아."

웃음을 거둔 은진이 세연을 쏘아보았다. 세연도 은진에게서 시선을 떼지 않았다.

은진아, 라는 부름. 싫었다. 언행을 조심하라는, 은진의 태도에 제동을 거는 말투임이 분명했음에도. 은진아, 라고 불렀을 다른 날들이 셀 수 없을 만큼 존재했을 것이기에. 매번 지금처럼 무겁지만은 않았을 것이기에.

"전화하고 올게."

휴대폰을 꺼내 든 도흔이 세연을 보며 말했다. 세연은 눈으로 끄덕여 보였다.

한에게 전화하는 것이라 짐작했다. 스스로 나갈 생각이 없어 보이는 은진을 한에게 데려가라고 할 생각인 거다. 설명해 주지 않았지만 세연은 도흔의 의도를 헤아릴 수 있었다.

도흔이 다이닝룸을 나가자마자 은진이 공격적으로 물었다.

"어장 관리 중이니?"

어이없어 웃음이 났다.

은진의 말에 내포된 핵심은 한일까, 도흔일까. 한의 뒤를 밟아 커피숍에 찾아왔던 그날은 한을 좋아하는 것처럼 말했으면서, 오늘은 도흔에게 마음 있는 여자처럼 굴고 있으니.

어장 관리 중인 건 너 아니냐고 받아치고 싶은 걸 세연은 가까스로 참았다.

"세연이 너, 설마 양다리는 아니겠지?"

거의 비난조에 가까웠다.

세연은 심호흡을 한 다음 은진을 똑바로 보며 말했다.

"말하기 전에 생각부터 해 줬으면 좋겠어."

"생각은 충분히 하고 있으니까 심플하게 대답이나 해 줄래?"

"당연히 아냐."

"도흔 오빠랑은 언제부터 만난 거야?"

"그런 사이 아니라고 했잖아."

"진지한 관계든 섹스 파트너든, 오늘이 있기까지 첫 시작점은 있었을 거 아냐."

마음이 쓰라렸다. 모욕당하는 기분이었다. 섹스 파트너라는 말 때문이었다. 아무렇지 않게 흘려버리기 힘들었다. 시작점을 알게 될 누구의 눈에도 그렇게밖에는 보이지 않을 것이기 때문에.

연인이라고, 내 남자라고, 나를 좋아하는 사람이라고, 자랑하듯 말해 주고 싶었다. 그게 사실이든 아니든 상관없이.

그러나 한순간 치미는 감정으로 비밀을 노출해 도흔을 위험에 빠뜨릴 순 없었다. 세연은 마음을 다스리며 차분히 말했다.

"시작점이든 끝점이든 너한테 말해 줄 필요는 없는 것 같은데."

은진이 인상을 찌푸리며 불쾌감을 드러냈다. 그러거나 말거나 세연은 잔에 남은 술을 마저 들이켰다. 잔을 내려놓는 세연에게 은진이 말했다.

"잘 모르나 본데, 도흔 오빠는 소주 안 마셔."

좀 무안해진 마음으로 도흔의 자리에 놓인 소주잔을 물끄러미 보고 있을 때였다. 성큼 걸어온 도흔이 자리에 앉아 술잔을 들고는 단숨에 비웠다. 그는 세연의 빈 잔에 소주를 채워 주고 자신의 잔에도 새로 부었다.

"오빠."

놀라는 은진에게 도흔이 말했다.

"말조심해."

"세연이 내 친구거든? 친구한테 조심씩이나 해 가며 말해야 돼?"

"그러기 싫으면 가. 그럼 돼."

"쫓아내지 못해 아주 안달이 나셨어요. 세연이가 뭐라고. 나보다 소중해?"

"은진아."

"나도 뭐, 도흔 오빠 보고 싶어서 들어온 거 아냐. 도영 오빠 걱정돼서 들어온 거지. 도영 오빠는 그러고 있는데 형이라는 사람은 여자나 만나고 있고. 도영 오빠가 어떻게 되건 알 바 아니란 거지?"

도흔의 표정이 굳었다. 세연 또한 맘이 불편했다.

은진이 도흔의 동생 이름을 들먹이며 걱정 운운하는 걸 보면 짐작보다 훨씬 가까운 사이일지 모른다. 집안 어른들 간의 관계를 넘어서 자식들 대에서도 깊은 유대가 있는 사이 말이다.

'나보다 소중해?' 라는 유치한 질문은 지금까지 긴 세월을 공유해 온 사람으로서의 자신감을 표현한 것일지도.

아무려나 세월을 이길 수는 없겠지, 세연은 생각했다. 일어서는 세연에게로 도흔의 눈길이 따라왔다. 세연은 웃음을 머금고 말했다.

"화장실 가려고요."

도망치고 싶지 않았다. 은진의 눈에 도망치는 것처럼 보이는 것도 싫었다. 그래서 침착하게 식탁을 등지고 걸어 나오는데, 은진의 말이 화살처럼 날아들었다.

"나는 쟤 싫어."

세연이 다이닝룸을 벗어나기 전이었으므로 못 들은 척할 수도 없었다. 세연더러 들으라고 던진 말이 분명했다. 걸음을 멈춘 세연은 어떻게 해야 할지 고민스러웠다.

곧장 돌아서서 '나도 너 싫거든?' 하고 쏘아붙일까. 어린애 투정 대하듯 웃어 줄까. 그냥 무시하고 나가 버릴까.

셋 다 별로 내키지 않았다. 세연으로선 은진의 과민 반응을 도무지 이해할 수 없었다. 면전에서 저런 말을 들어야 할 만큼 학창 시절에 은진과 특별한 에피소드가 있었던 적도 없었기에 더욱 그랬다.

"남자들이 쟤한테 홀리는 거, 아주 끔찍해. 성진 오빠 그렇게 된 것도……."

말을 삼킨 은진이 조용해졌다. 세연은 뒤돌아보지 않았다. 도흔이 어떤 얼굴로 은진의 입을 다물게 했을지는 안 봐도 알 것 같았다. 다만 난데없이 지프 선배 이야기를 끄집어낸 배경이 무엇일지가 궁금했다.

어쨌거나 지금은 말을 보태어 세 사람 사이에 맴도는 아슬아슬한 긴장감을 더 확대하고 싶지 않았다.

실내 정원으로 나온 세연은 알 모양의 의자에 몸을 맡겼다. 하늘빛이 어둠으로 물들어 가고 있었다.

어둠이 내린 정원으로 누군가가 들어왔다. 걸음걸이의 무게만으로도 세연은 그가 도흔이라는 걸 알았다. 도흔이 세연 곁의 의자에 앉았다.

"갔어요?"

은진과 한, 모두 해당되는 물음이었다.

"갔어."

조금 전에 한이 온 것을 기척으로 알았지만 내어다 보진 않았었다. 좀 피곤했다. 은진과 또 대면하기가 싫었다. 은진을 피해 도망치는 게 아니라고 생각했지만 결과적으론 그런 셈이 되고 말았다.

"은진이한테는 한 비서님이 약이네요."

"그런 것 같네. 반가운 일은 아니지만."

반가운 일이 아니라는 단서는 왜 붙는 걸까. 은진의 남자로 한이 부족해서? 아니면 한의 여자로 은진이 모자라서? 은진과 한, 둘 중 누구에게 중점을 둔 말일까. 도흔에겐 둘 중 누가 더 중요한 사람일까.

"은진이하고 도흔 씨, 무척 가까운 사인가 봐요."

"신경 쓸 필요 없어."

예민해져서일까. 내치는 말투가 아닌데도 자신들의 세계에 대해서는 관심 끄라는 뉘앙스로 들렸다.

"은진이가 갖고 온 선물은 뭐였어요?"

이내 대답하지 않으니 신경이 더 곤두섰다.

"말해 주기 싫어요?"

"CD."

"베토벤? 바흐? 모차르트?"

"……레테."

찬바람이 얼굴을 때리고 지나간 것 같았다.

"동생한테서 받았다고 했으면서. 지난번에 여기 와서 문두드렸던 사람도 은진이 맞죠?"

"맞아."

"근데 왜 동생이라고 했어요?"

"……."

"하긴, 아는 동생도 동생이니까 거짓말은 아닌 건가."

길게 내쉬는 도흔의 숨소리를 들으며 세연은 자조적으로 덧붙였다.

"거짓말이건 아니건 어차피 상관없는 일이지만."

"화내는 거야?"

화가 났다기보다는 마음 어딘가에 지금껏 없던 빈 곳이 생긴 것 같다. 신경 쓸 권리도 없고, 도흔이 진실만을 말해야 할 의무도 없는데. 잘 알고 있으면서도 시리도록 허전하다.

"그 녀석이 한 말들 마음에 두지 마."

"그 녀석……."

그렇게도 지칭하는구나, 은진을. 거리감이라곤 손톱만큼도 찾아볼 수 없게, 서로가 오래 알고 지내 온 사이답게.

"제 안의 상처를 어쩌지 못해서 함부로 굴 때가 있지만,

바탕은 여린 녀석이라. 오늘 일들 정식으로 사과하라고 일렀으니까, 아마 따를 거야."

"상처 있는 여자한테 끌리는 타입인가 봐요?"

"그런 거 아냐."

"그렇든 아니든 나야 뭐 상관없겠죠. 계약된 돈만 받으면 그만이니까."

"그런 식으로 말해 봐야 너만 아파. 하지 마."

"내 맘 따위 신경 쓰지 말고 원하는 거나 가져요."

"진세연."

대답하지 않았다. 걷잡을 수 없어진 감정들을 어쩌지 못한 채 세연은 의자에서 일어나 빠른 걸음으로 정원을 나왔다.

뭘 어째야겠다는 생각 같은 건 없었다. 시니컬한 말 몇 마디로 해소될 수 있는 문제가 아니라는 것 정도는 알고 있었다. 그럼에도 애써 눌러 왔던 마음들이 제멋대로 날뛰었다.

무작정 걸어가던 세연은 서재 앞 복도에서 도흔에게 붙잡혔다. 뿌리치려 했으나 팔을 붙든 힘이 강렬했다. 세연을 내려다보는 도흔의 눈빛도 그랬다.

"놔요."

"화낼 필요 없어. 그럴 필요 없는 일이야. 은진이는……"

"은진이는 뭐요?"

"여자가 아니야."

"내 눈엔 너무나 여자였어요."

"여자는 너야."

"목요일이니까."

밀쳐 내듯 힘주어 내뱉고 나니 기어이 눈물이 맺혀 버렸다. 고개 돌려 도흔의 눈빛을 막으려 했지만 실패했다. 도흔이 세연의 턱을 움켜쥐고 그에게로 얼굴을 되돌려 놓았기 때문이었다. 앙다문 입술이 도흔의 입술에 의해 열렸다. 거칠어서 더 아찔한 키스였다.

도흔에게 떠밀려 등이 벽에 닿았다. 반항하듯 밀어냈지만 소용없었다. 도흔의 과감한 손길에 스커트가 말려 올라갔다. 벗겨진 팬티가 한쪽 발목에 걸렸다. 목덜미로 더운 숨결이 쏟아졌다. 밀어낼 수 없었다. 밀어내기 싫었다.

혼미해진 상태에서 다리가 들어 올려졌다. 무방비하게 열린 몸속으로 남자의 뜨거운 몸이 들어왔다. 세연은 도흔의 목을 껴안으며 매달렸다. 도흔은 거침없었다. 온몸이 이대로 녹아내릴 것만 같았다.

흐트러진 호흡 사이사이로 들뜬 신음이 새어 나왔다. 막을 수도, 참을 수도 없었다. 도흔에게서 터지는 거친 숨소리가 좋았다. 열망과 허기가 함께 깃든 눈빛이 좋았다. 몸 한가운데를 깊이 가르며 차오르는 그의 몸이 좋았다.

돌발적인 결합의 끝자락에서 몸의 모든 감각들이 산산이

부서져 내릴 때 세연은 흑, 울음을 터뜨렸다.

한밤, 침대에서의 두 번째 탐닉이 지나간 뒤였다.

아까 복도에서 콘돔을 쓰지 못했다며 도흔이 사후 피임약 처방을 받게 해 주겠다고 말했다.

여섯 번째 목요일의 첫 밤에도, 호텔에서의 두 번째 밤에도 열정의 순간에는 미처 깨닫지 못했으나, 혼자 남겨진 다음에야 세연은 그가 매번 콘돔을 사용했었음을 알게 되었다.

열 번의 목요일을 뒤탈 없이 마무리 짓기 위해서, 누구에게도 흉터를 남기지 않기 위해서는 당연한 것이라 생각했지만, 쓰레기통 속에서 콘돔 사용의 흔적을 발견했을 땐 뭐라 설명하기 어려운 기분이 들었더랬다.

도흔에게로 마음이 걸어가고 있어서, 이미 돌이킬 수 없을 만큼 걸어가 버려서 그런 기분이 드는지도 몰랐다. 유지도 확장도 약속도, 그 어느 것도 허락되지 않은 관계임을 재확인하는 느낌 같은 것.

그럴 필요 없다고 말해 주었다. 피임약을 먹어 오고 있다고도 말해 주었다. 그런 대비도 없이 이 집에 발을 들여 놓았겠느냐고, 그러니 걱정할 필요 없다고, 안심하라고 세연은 도흔에게 말해 주었다.

곁의 도흔은 묵묵했다. 어떤 얼굴인지 알고 싶어 도흔 쪽으로 돌아누웠다. 착잡한 표정이었다. 쓸쓸히 무언가를 참고 있는 얼굴, 남은 생애 내내 외로울 얼굴이었다.

차분해진 마음에 금이 갔다. 당연한 논리와 이성은 밀려나고 연약한 감성이 그 자리를 차지했다. 안아 주고 싶었다. 이 남자가 매몰차게 밀어낸대도 온 마음을 다해 꼭 안아 주고 싶었다. 세연은 도흔의 심장이 있는 곳에다 손을 얹고서 입을 열었다.

"궁금해요."

"뭐가?"

"그땐 안 했는데 지금은 하게 된 이유."

침묵하는 도흔에게 찬찬히 말을 이었다.

"나를 만나려는 시도 말이에요. 7년 전 그때는 하지 않았던 시도를 이제 와서 왜 하려고 마음먹었는지. 그리고 하필이면 왜 제안서라는 방식으로 시작하게 됐는지."

"제법 날카로운 질문인데?"

쓸쓸한 눈빛을 지운 채 입가에 미소마저 길어 올린 도흔을 보며 세연은 생각했다. 이 남자한테서 대답은 얻지 못하겠구나. 정답을 말해 줄 생각은 처음에도 지금도 없는 거구나.

결국 그런 거라면, 얻지 못할 마음 대신 몸을. 이 순간 이토록 가까이에 존재하는 실체를. 갈망과 허기로만 이루어진 시간을. 몸과 몸이 하나로 연결되어 마침내 찬란히 부서져 버리는 그 찰나를.

세연은 몸을 반쯤 일으켜 도흔의 몸 위로 올라왔다. 무릎을 꿇고 걸터앉은 자세로 내려다보는 세연을 마주 보며 도흔이 웃었다. 상체를 기울여 고요한 그 웃음에 입술을 내렸다. 마중 나온 혀가 세연의 혀를 부드럽게 감아 들였다.

등허리를 훑어 내리는 도흔의 손이 뜨거웠다. 등에서부터 허리까지 짜릿한 감각들이 질주했다. 남자의 몸이 세연을 원하고 있었다. 들어올 수 있도록 길을 열어 주었다. 몸속으로 도흔이 관통했다. 몸 전체가 꿰인 듯 깊고도 빠듯한 결합이었다. 세연의 입에서 탄식이 흘렀다.

"아파……?"

짙은 숨과 더불어 도흔이 물었다. 세연은 고개를 저었다.

"콧잔등에 실금이 생겼어."

"좋으니까."

"좋으니까……?"

"응."

대답과 동시에 세연은 천천히 허리를 움직였다. 남자의 몸을 간직한 채 기다릴 수 없었다. 허리를 감싼 도흔의 두 손이 세연을 이끌었다. 리드미컬하게 움직일 때마다 미친 감각들이 증폭되기 시작했다. 머지않아 첫 번째 폭발이 일어났다. 세연은 도흔의 가슴 위로 쓰러졌다.

세연의 숨결이 은은해졌을 때 도흔이 몸의 위치를 바꾸었다. 여운이 채 가시지 않아 몽롱한 상태에서 세연은 도흔이 만들어 내는 파도에 마음껏 떠밀려 내려갔다. 거센 파도가 휘몰아쳐 왔다. 두 번째 폭발은 더욱 깊고 아득했다.

도흔의 품에 완벽히 겹쳐진 채로 세연은 모든 것을 잊었다. 그럴 수 있었다. 그가 떠날 새벽은 아직 멀고, 같이 있는 밤은 이다지도 찬란하니까.

14화
휴가

　목요일 오전, 한에게서 전화가 왔다.

　보통은 출발 즈음 가게 근처에 와서 문자를 하는데 몇 시간이나 이른 전화라니. 어쩐지 느낌이 좋지 않았다.

　"여보세요."

　―한입니다.

　"네, 무슨 일이에요?"

　―오늘은 안 가셔도 됩니다.

　전혀 생각지 못한 말이었다. 세연은 불안한 마음을 가라앉히려 애쓰며 물었다.

　"왜요?"

대답은 잠깐의 여백 뒤에 건너왔다.

─오늘은 휴가라고 생각하시면 될 것 같습니다.

"휴가요?"

─네.

도흔에게 무슨 일이라도 생긴 거냐고 묻지는 못하겠다. 입 밖에 내면 도흔에게 정말 불길한 일이 생기게 될까 봐.

"어젯밤까지만 해도 그런 얘긴 없었는데요."

만나지 못한 일주일 동안 매일 밤 도흔과 통화를 나누어 왔고, 어젯밤에도 여느 때와 다름없었다. 여덟 번째 목요일 인 오늘을 세연만큼이나 그도 기다리고 있었다.

지난밤까지 평온했던 그의 일상에 균열을 내버린 일이 도 대체 무엇일까. 알 수 없으니 애가 타고 걱정됐다.

"말씀 안 해 주실, 아니, 못 해 주실 거 알지만. 걱정돼서 휴가를 누릴 수나 있을지 모르겠네요."

─곧, 전화하실 겁니다.

"곧. 그게 언제일까요?"

─그건⋯⋯.

"괜찮은 거죠? 그 사람."

도흔에게 해당되는 일이 아니라, 급히 처리해야 할 일이거 나 주변 사람의 문제이기를 바라는 물음이었다. 아프다거나, 다쳤다거나, 은진으로 인해 목요일의 비밀이 탄로나 몹시 곤란해졌다거나. 그런 상황들이 아니기를 바라는 거였다.

간절한 바람이 전해졌는지 한이 말했다.

—아버님을 수행하는 해외 출장이 잡혔습니다. 오늘 아침에 긴급하게 결정된 일이라 어젠 예상하지 못했을 겁니다. 아버님을 곁에서 모셔야 해서 전화 받기도 어려울 거고, 도착하면 그쪽 일에 전념해야 하니 돌아오기 전에는 전화하기도 힘들 겁니다.

전에 없던 상세한 설명에 세연은 비로소 마음이 놓였다.

"네, 알겠습니다. 고마워요, 한 비서님."

—그럼, 다음 주에 뵙겠습니다.

"잠깐만요, 한 비서님."

—네, 말씀하세요.

"좀 전에 오늘이 휴가라고 하셨잖아요."

—네.

"그럼 오늘은 제외하고 다음 목요일부터 카운트가 되는 거겠죠?"

당연히 그럴 것이라는 희망으로 물었건만 한의 답은 세연의 생각과 달랐다.

—아닙니다. 다음 주가 아홉 번째 목요일입니다.

싫어요, 라고 말할 뻔했다. 도흔에게 확인한 거냐고 묻고도 싶었다. 막막한 마음에 망설이고 있는 사이 전화 너머에서 한이 말했다.

　―정산은 오늘 분까지 포함될 겁니다.

"그것 때문에 물어본 게 아니에요."

　―압니다. 저는 그저 사실을 알려 드린 것뿐입니다.

여섯 번째 목요일 이래로 세연은 계좌 확인을 하지 않고 있었다. 돈 자체를 의식하지 않아서는 아니었다. 뭐랄까. 몸이 아닌 마음의 일이 되어 버렸다고나 할까. 목요일의 시간에 마음이란 게 깃들어 버렸다.

입으로는 돈을 언급하면서도 계좌에 쌓여 가는 숫자를 눈으로는 확인하려 들지 않는 심리. 그것에 어떤 이름을 붙일 수 있을지, 세연은 알지 못했다.

"저는 한 주 뒤로 미뤄져도 괜찮은데요."

　―……

"그러니까 제 말은 오늘을 다음 주 목요일로 이월하면 되지 않느……."

　―그렇게는 어렵습니다.

"어렵다는 건 한 비서님 생각 아닌가요?"

한이 내쉬는 숨소리가 유독 묵직했다.

"일주일이 미뤄지는 것뿐이잖아요. 고작 한 주 늦춰지는 건데 왜 안 된다는 건지 모르겠어요."

　―세연 씨.

한이 성을 떼고 부르는 건 처음이라 긴장됐다.

"네."

—만일 세연 씨가 제 여동생이라면, 제안서를 받아 들었던 첫날의 마음으로 되돌아가라고 말해 주고 싶습니다.

그러니까 계약에 임하던 그날의 냉정한 마음으로 리셋 하라는 충고를 하고 있는 것인가. 아니면 제안이 끝나는 순간이 다가왔으니 홀가분해져야 마땅하지 않느냐는 말을 하고 싶은 것일까.

"여동생이 있나 봐요."

—네, 있습니다.

세연은 끄덕였다. 어떤 의도로 꺼낸 말이든, 제안서에 명시된 열 번의 목요일이 이제 두 번 남았으며 이월도 연장도 불가능하다는 점을 알려 주려는 것임을 깨달았다.

"알겠어요."

전화를 끊고 난 세연은 유리에 비친 제 모습을 바라보았다. 하늘거리는 연보랏빛 원피스를 입고 곱게 화장한 여자의 얼마쯤 맥이 풀린 얼굴을.

세 번도 짧다고 생각해 안타까웠는데 겨우 두 번밖에 남지 않았다니. 현재에만 충실하자고 마음을 다잡았건만 덥석 베어져 나간 시간이 슬펐다.

어차피 순주한테 가게를 맡기기로 한 목요일이니 휴가라

던 한의 말처럼 하루 동안의 여유를 누려볼까. 애써 마음을 가볍게 띄워 보려 했지만 기운이 나지 않았다. 주말부터 장마가 시작된다더니 날씨마저 꾸물꾸물했다.

눅눅해진 마음을 벗어던지듯 평소에 입던 셔츠와 청바지로 갈아입었다. 모처럼 큰엄마한테나 다녀올 생각이었다. 저번처럼 오늘도 연아, 하고 따뜻이 불러 줄지는 모르지만. 잠시만이라도 기대고 싶었다. 어른의 넉넉한 온기를 느끼고 싶었다.

세연은 순주가 오기를 기다렸다가 점심나절에 가게를 나섰다.

✖   ✖   ✖

큰엄마 집 대문 앞에 낯선 승용차가 한 대 서 있었다. 시동을 끄고 차에서 내린 것은 세경이었다. 자주 들르지 않는다고 들었는데 하필 날이 겹쳤나 보다.

"어쩐 일이야?"

"큰엄마 뵈러 왔어요."

"고맙네."

새침한 얼굴에서 고마운 마음이 느껴지진 않았지만 말이라도 그리 해 주니 다행이라 여기며 미소로 답했다.

"들어가요, 언니."

"아니, 난 가려던 참이야."

세경 앞에서는 큰엄마한테 엄마라고 부르지도 못할 테니이 또한 다행이라 생각했다. 그렇다고 냉큼 인사를 하면 어서 가라는 말이 될 것 같아, 오는 길에 사 온 참외를 먹고 가라고 하자 세경이 고개를 저었다.

"방금 밥 먹어서 배불러. 너나 많이 먹어."

가는 걸 보고 들어가려 서 있으려니, 세경이 차에 오르려다 말고 세연을 돌아보았다. 뭔가 할 말이 있는 얼굴이었다. 아니나 다를까, 세경이 뻐기듯 말했다.

"네 형부가 사 준 거야."

"네?"

"이 차 말이야, 멍청아."

지난번 세민의 집에서 오갔던 말들을 의식하며 자랑삼아 내세우는 것 같아 '멍청아'에도 불구하고 흔쾌히 받아 주었다.

"좋은데요? 색깔도 흔하지 않아서 예쁘고. 큰엄마한테 오가기도 편하겠어요."

세경이 미간을 살짝 찌푸리더니 대뜸 물어왔다.

"너 아직 모르지?"

"뭘요?"

"오빠가 그러는데 작은아버지 입원하셨다고 하더라."

투석으로 연명하던 상태에서 더 나빠진 것일까. 내내 마음을 얼려 두어서 그런지 놀랍지는 않았다.

"너한테 괜히 전화하지 말라고 오빠가 하도 당부를 해서 나도 알고만 있었는데. 오늘 너 그 해맑은 모습 보니까 말을 안 할 수가 없네."

지난번의 통화 이후로 세민에게선 어떤 연락도 오지 않았었다. 연락하지 말라는 당부를 세경에게도 해 놓았었다니. 세연의 심기를 건드려 큰엄마를 돌보기로 한 약속이 엎어지기라도 할까 봐 전전긍긍하는 세민의 심중이 손에 잡히는 듯했다.

"언니. 나는 해맑은 모습으로 살면 안 돼요?"

"누가 안 된대? 멍청하게 맥락을 못 짚고 시비야?"

"시비가 아니라……."

"남도 아니고 아빤데 계속 모른 척만 하고 있을 셈이야?"

"그럼 어떻게 해야 될까요?"

"너 진짜 독하다."

난데없는 독설에 세연은 할 말을 잊었다.

"하긴, 그 피가 어디 가겠어?"

남도 아닌 사촌 사이에 웬 피 타령인가 싶었다. 세경이 지금 무슨 말을 하고 싶어 이러는지 직감하면서도 따졌다.

"어떤 피를 말하는 거예요?"

"몰라서 물어? 멍청하기는. 모전여전이란 말도 있잖아. 얼마나 독하면 자식 두고 생목숨을 끊겠어. 아빠가 위독해져서 입원해 있다는데 눈 하나 깜박 안 하는 너 보니까, 너한테 어떤 피가 흐르고 있는지 알겠다는 거야."

아팠다. 평생 아물지 못할 상처가 졸지에 들쑤셔진 것만 같았다. 세연은 입을 앙다문 채로 세경을 노려보았다.

"노려보면 어쩔 거야? 그러다 뺨이라도 치겠다?"

"못 그럴 것 같아요?"

"기가 막혀. 저 생각해서 아버지 소식 전해 주니까 고마워는 못할망정 되레 성질이나 부리고 있어. 멍청아. 너 때문에 우리 오빠가 이혼당할 뻔했던 거 알기나 해? 너희 엄마 그렇게 죽은 거 새언니가 뒤늦게야 알고는 사기 결혼이니 뭐니 해 가면서 오빠를 얼마나 들볶아 댔는지 알아? 아무 죄 없는 우리 오빠가 장인 장모 앞에 불려가서는 무릎 꿇고 사죄까지 했다고."

세민에게 그런 일들이 있었는지는 몰랐다. 그렇지만 뭔가 억울했다. 엄마의 죽음에 대해서 너 때문이라고 손가락질 받는 건 부당하다는 생각도 들었다.

"새언니한테 엄마 얘길 들려준 것도 언니겠죠."

"내, 내가 그 얘길 하고 싶어서 했겠어? 어쩌다 보니 말이

나와 버린 거지. 그래서 넌 전부 다 내 탓이라는 소리야? 그런 멍청한 소리나 하려……."

닫혀 있던 대문이 안에서 벌컥 열렸다.

"동네 창피하게 문 앞에서 왜 이렇게 시끄러워? 세경이 너는 간다고 나간 애가 여태 안 가고 뭐 하고 있어?"

이모였다.

"세연이 왔네? 왔으면 얼른 들어오지 않고 여기서 왜 이러고 있어. 어서 들어와. 세경이 넌 얼른 네 갈 길 가고."

이모가 세연의 팔을 다정스레 잡았다. 샐쭉해진 세경이 이모한테 툴툴거렸다.

"이모는 왜 세연이만 예뻐해? 나한테는 더 있다 가라고 붙잡지도 않더니, 세연이만 반겨 주고."

"내가 왜 그러는지는 양심이 있으면 너도 알겠지."

"양심이라니? 이모는 무슨 말을 그렇게 해?"

"제정신 아닌 엄마 꾀어서 한몫 얻어 내려 온 거, 내가 모를 것 같아?"

세경이 붉으락푸르락해진 얼굴로 이모와 세연을 번갈아 보더니, 콧방귀를 뀌고는 인사도 없이 차에 올랐다. 세경의 차는 곧 저만치 멀어져 갔다.

"썩을 것. 새 차를 뽑았으면 지 엄마 태우고 나가서 바람이나 쐬어 주면 좀 좋아? 자랑질이나 할 줄 알고, 집에 갇혀

352

답답할 엄마 생각이라곤 눈곱만큼도 안 하는 나쁜 년. 말끝마다 멍청이, 멍청이. 지 년이 멍청하니 다른 사람도 다 저 같은 줄 알아요. 언니 배에서 어째 저런 게 나왔는지 몰라. 세민이는 공부라도 잘했지, 지가 제일 멍청한데 누구더러 만날 멍청이 타령인지."

차 뒤꽁무니를 향해 욕을 한바탕 퍼붓고서 이모가 세연을 끌어당겼다. 마당으로 들어선 세연은 비어 있는 마루를 보며 물었다.

"큰엄마는요?"

"방에서 잔다. 요즘은 잠이 늘었어. 먹고 나면 눕고 먹고 나면 자고 그래. 아기나 매한가지야. 나야 뭐 수월해서 좋지만, 그렇게 돼도 되나 모르겠어."

밥 생각이 없어 먹고 왔다고 둘러댔는데도 밥상을 차려 주시고는 옆에 앉아 있던 이모가 세연이 숟가락을 내려놓기 무섭게 말을 꺼냈다.

"그러잖아도 너한테 전화하려고 했다. 이거 좀 봐라, 세연아."

이모가 세연 앞에 내밀어 놓은 것은 통장이었다. 비닐 덮개 안에는 목도장도 함께 들어 있었다.

"이게 뭐예요, 이모님?"

"너희 큰엄마가 네 몫으로 모아 놓은 돈이다. 너 아홉 살

적에 이 집에 들어와 살기 시작할 때부터 대학 졸업할 때까지 매달 너희 아버지한테서 오는 돈 거기 다 넣었다고 하더라."

"아빠한테서…… 돈이 왔었다고요?"

"나도 처음엔 몰랐다. 새끼를 떠맡겨 놓고 어떻게 그리도 무심할 수 있느냐고 욕을 했더니만, 너희 큰엄마가 나한테 그러더라. 너희 아버지가 매달 얼마씩이나마 돈을 보내 준다고."

세연 역시 몰랐던 일이라 놀랄 수밖에 없었다.

"근데 너희 큰엄마는 그 돈을 생활비에 섞어서 쓰지 못했던 모양이야. 돈이란 게 그렇잖니. 큰돈은 아니지만 네 몫으로 오는 돈인데 생활비에 섞여 버리면 어디다 썼는지 흔적도 없이 사라질 테고. 깔끔한 언니 성정에 그게 영 탐탁지 않았을 거야."

큰엄마의 심중을 충분히 짐작할 수 있었다. 이모가 깔끔함으로 표현하는 성정을 세연은 기품으로 느껴왔으니 말이다.

"그래서 나중에 너한테 목돈 들어갈 때나 써야지, 하고는 모아 두던 게 차츰 목표가 생기더란다. 언니 형편에 자식들 둘 결혼시키기도 벅찰 게 빤하니까, 너 시집갈 때 대비해서 따로 모아 놔야겠다 싶었던 거지."

세연은 울컥했다. 큰엄마의 그 마음이 너무도 고맙고 애틋

했다.

"언니야 저렇게 되고는 아주 잊어 먹고 지냈을 테고. 나도 그간은 까맣게 잊고 있다가, 아까 세경이가 여기저기 뒤지는 거 보면서 문득 생각이 난 거라. 하마터면 세경이 고년 눈에 띌 뻔했지 뭐냐. 제 것도 아닌데 날름 가져가 버릴까 봐 어찌나 조마조마하던지. 세경이가 봤으면 왜 네 앞으로만 돈을 모아 놨냐며 난리 난리를 쳤을 거다."

생활비와 돈에 대해 일깨워 준 세민이 새삼 원망스러웠지만, 이모 앞에서 고자질하듯 말할 수는 없었다. 세민도 내막을 몰랐으니 그랬을 것이다. 공장에 다니랴 살림하랴 고생하는 엄마가 안쓰러워서 화풀이 삼아 말했을지도 모른다.

그 외에도 지나온 시간들 속에는 왜곡된 것들이 얼마나 더 있는 걸까. 아버지라는 사람이 그래도 최소한의 도리는 해 왔던 셈인가.

잔뜩 심란해진 마음으로 통장을 열어 보았다. 큰 액수는 아니었지만 해를 넘길 때마다 입금액은 조금씩 늘어나다가, 대학생이 되었을 시점부터는 6개월 정도만 모으면 얼추 한 학기 등록금을 낼 수 있을 만큼의 금액으로 늘어 있었다.

세연은 4년 내내 장학금을 받았고, 월세와 용돈은 과외를 비롯한 온갖 아르바이트로 해결했다. 힘들었지만 혼자 해 나갈 수 있어서 뿌듯했다. 큰엄마한테는 손 벌릴 생각조차 안

했다. 월세에 보태라며 쥐여 주는 돈도 마다하고 매번 도로 돌려주곤 했었다.

"꽤 된다, 그지?"

5천만 원에 육박하고 있으니 적지 않은 금액이었다.

"네, 그러네요. 그런데 저 이거 못 받아요, 이모님."

"네 건데 왜 못 받아?"

"저 키우느라 큰엄마 고생하신 값이잖아요. 이거 그냥 쓰셨으면 조금은 더 편하셨을 텐데 고생만 하시고. 이건 제 몫 아니에요. 큰엄마 몫이에요. 전 이 돈 못 써요. 이모님께서 갖고 계시다가 큰엄마께 쓰였으면 좋겠어요."

"세연아."

세연의 손을 끌어다 잡으며 이모가 말을 이었다.

"아버지한테 마음 상해서 그러는 거지? 네 마음 나도 안다. 왜 모르겠니."

이모의 투박한 손길이 너무도 따뜻해서 세연은 다시금 울컥해 버렸다.

"너한테 너희 아버지 이해하라고는 안 한다. 아니, 못 한다. 나라도 이해 못 하지. 그래도 한 번은 찾아봬야 하지 않겠니? 가서 그간 가슴속에 묻어 둔 말들 마구 쏟아붓고 오더라도, 한 번은 만났으면 싶다. 그래야 나중에 네가 덜 아프다."

덜.

'안'도 아니고 '덜'이라니. 아무리 기를 써도 결국 예정되어 있는 아픔이란 건가.

죄책감 따위 갖지 않겠다는 마음. 철저히 외면하겠다는 결심. 훗날 생이 온당한 방식으로 물어올 죄가 있다면 기꺼이 감당하겠다는 각오. 셋 다 치기 어린 오만에 불과한 걸까.

그러나 굳게 가두어 둔 마음은 꼼짝달싹도 하지 않는다. 아비로서 해 온 최소한의 도리를 면죄부로 줄 수는 없었다. 그건 아비이기 이전에 인간으로서 최소한의 도리 같은 것이다. 그것에 대해 알게 되었다고 하여 딱히 감동스럽지도 않았다.

아비라면, 딸에게 아비로서 살아가려 했다면, 애초에 다른 선택을 했어야 했다. 어린 딸이 외로움에 젖어 살게 하지 말았어야 했다. 기다림에 지쳐 눈물을 삼키는 습관이 내재되지 않도록 자주 와서 살폈어야 했다. 그리고 무엇보다 애초에 처자식을 배신하면 안 됐다.

"이모님."

"그래."

"저한테 정말 독한 피가 흐르고 있는 걸까요?"

울먹이는 세연을 얼싸안고서 이모가 등을 토닥였다.

"너는 배도 안 아프고 거저 얻은 딸이라 더 고맙고 귀하다고 언니가 전에 그러더라. 세경이년 헛소리는 무시해 버려. 입에서 나온다고 다 말이라던? 나쁜 년 입에서 나온 말 품고 있어 봐야 너만 손해다. 들어 마땅한 말, 가치 있는 말만 품고 살아야지."

자분자분 다가드는 말들이 세연의 아픈 마음을 위로해 주었다. 품 넓은 어른의 손길이 절실히 필요했던 오늘, 세연은 이모의 온기에 한참을 기대어 있었다.

✤   ✤   ✤

목요일 저녁, 세연은 종합병원 로비에 앉아 있었다. 아빠가 입원했다는 곳이었다.

병원까지는 왔지만 막상 병실에 올라가자니 두 발이 천근만근 무거웠다. 무거운 것은 마음일 테지만 마음을 표현해 주는 것은 몸이라 더는 걸음이 나아가질 않았다.

이대로 돌아가면 다시 오지 못할 것 같았다. 그리고 그전에 끝이 나 있을 수도 있었다. 이모의 말처럼 조금이나마 덜 아프기 위해서는 끝이 닥치기 전에 만나야 할 테지만, 여기까지 오고도 마음은 여전히 차가웠다.

로비에 오가는 사람들을 바라보며 거부하는 마음과 힘겨루기를 하고 있을 때였다. 눈앞에 한 여자의 윤곽이 또렷하게 잡혔다. 걸음을 멈추고 서서 세연을 보고 있는 그녀는 세랑이었다.

담담한 얼굴로 걸어온 세랑이 세연 옆에 앉았다.

"아빠가 입원한 뒤로 매일 언니를 기다렸어요. 한 번은 올 것 같았거든요."

세연은 아무 말도 하지 않았다. 세연의 침묵에도 아랑곳없이 세랑의 말들이 이어졌다.

"엄마하고 아빠 사이는 대체로 무덤덤했어요. 날 어떻게 만들었나 의심스러울 정도였죠. 지금 와서 돌이켜 보면, 엄마의 짝사랑으로 이어져 온 세월이 아닐까 싶기도 해요. 이런 얘기가 그나마 위안이 될지 어떨지는 모르겠지만, 그래도 해 주고 싶었어요. 깨가 쏟아지게 달콤하지도, 행복에 겹지도 않았다는 걸 알면. 언니 마음이 그나마 덜 아플까 하고요."

이 아이도 '덜'을 거론하는구나.

서글픈 심정으로 세연은 이어지는 세랑의 말들을 듣고만 있었다.

"나한테 언니 얘길 해 준 그날은 아빠가 술에 취해 들어온 날이었어요. 술을 거의 안 하시는 분이 어디서 그렇게 마셨는지 몸도 못 가누고 비틀거리더라고요. 나를 앉혀 놓고는 자랑스레 언니 이야기를 해 주시는데, 주정이라고는 여겨지지 않았어요. 피가 맺힌 듯 붉어진 아빠 눈을 보고 거짓말이 아니라는 걸 알았죠. 보고 싶은데 도저히 갈 수가 없다고, 가슴을 쥐어뜯는 아빠 모습을 보고 알았어요. 우리 곁의 아빠가 내내 언니를 가슴에 품고 살아왔다는 것을요."

그런 건 쉽다고, 세연은 생각했다.

어느 한순간 고통스러운 진실을 드러내 보이며 상대의 마음을 얻는 일. 술에 의지해 감정이 폭주하는 그 순간이 지나면 가슴 저 아래로 다시 묻힐, 어둠 속에 봉인되어 버릴 진심 따위, 개나 줘 버리라고도 생각했다.

"그날 엄마는 서럽게 울었어요. 우리 셋 다 각자의 방에서 서로의 얼굴을 마주 보지 못한 채로 밤을 지냈죠. 다음 날 아침엔 아무 일도 없었다는 듯 다른 날들과 같은 하루가 시작되었지만. 나는 그때 내 안의 어떤 것들이 깨어져 버렸다고 느꼈어요. 돌이킬 수 없는 순간은 그렇게 불시에 찾아와서는, 지난 세월 우리가 함께 쌓아 온 시간들을 허망하게 부서뜨리는 것 같아요."

회한에 잠긴 듯 잠시 말을 멈췄던 세랑이 지금까지의 어투처럼 덤덤히 덧붙였다.

"오늘이 언니한테 돌이킬 수 없는 순간이 아니기를 바라요. 돌아서서 가 버리지 말고 올라가서 잠든 모습만이라도 보고 갔으면 좋겠어요. 아빠를 위해서가 아니라, 언니를 위해서."

일어나는 세랑을 돌아보지 않았다. 걸어가는 뒷모습도 쳐다보지 않았다. 그저 앉아만 있었다. 혼자인 시간이 제법 흘러간 다음에야 세연은 몸을 일으켰다.

세연을 위해 세랑이 제 엄마를 데리고 나갔는지 병실엔 아빠뿐이었다. 세연은 침상으로 다가갔다. 어린 날의 기억 속 얼굴과는 판이한 모습으로 죽음을 기다리며 누워 있는 사람을 가만히 내려다보았다.

가슴속에 든 말들을 마구 퍼부어 주려 해도 머릿속이 텅 비어 어떤 말도 떠오르지 않았다. 말 대신 한숨만이 흘러나왔다. 공기를 무겁게 짓누르는 한숨 때문일까. 아빠가 감긴 눈을 떠올렸다.

세연은 뒤로 한 걸음 물러섰다. 마음을 대신하여 몸이 드러내는 거리였다. 미움이자 분노였다. 엄마로부터 물려받은 한이었다.

"세연이구나."

힘겨운 말 한마디가 해묵은 감정들에 불을 당겼다.

"엄마는 어떻게 죽었어요?"

스스로 택한 죽음이란 것만 들었지, 어떤 방법이었는지는 차마 묻지 못했었다. 듣게 되면 그 장면을 생생히 그리게 될 테고, 그리게 되면 기억이 되어 버릴 테니까. 눈앞에서 겪지

않은 일을 기억으로 간직하며 살아가기 싫어서, 그럴 자신이
없어서 차단해 버린 거였다.

하지만 지금 아빠에게 묻는 것은 정황 설명에 대한 요구가
아니었다. 몰라서 알고 싶어 묻는 것이 아니라 추궁하는 거
였다. 아빠에게 그 죽음에 대한 책임을 따지고 있는 거였다.

독한 피가 흐르고 있다는 말을 또 듣게 되더라도 상관없었
다. 세상에 없는 엄마 대신에 엄마의 아픔과 절망을 되새겨
주고 싶었다.

"미안하다."

아빠의 눈이 붉어지고 있었다.

"미안하다, 세연아."

"왜…… 오지 않았어요?"

"……."

"왜, 나를 혼자 내버려 뒀어요?"

"하루가 다르게 네 엄마 얼굴이 되어 가는 너를……. 커갈
수록 엄마 눈빛하고 똑같아지는 너를……. 차마 마주 볼 수
가 없었다. 혼자 두어서 미안하다. 혼자 자라게 해서 미안하
다. ……미안하다, 세연아."

"그래서…… 내가 보고 싶지도 않았겠네요."

흘러내리지 못하는 눈물을 보며, 눈물을 가둔 채 견디는
아빠의 얼굴에서 세연은 자신을 보았다. 닮은 건 그거 하나

라고 생각하자 뭐라 말할 수 없이 괴로웠다.

"누구한테 무슨 말을 듣고 왔는지는 몰라도, 쓸데없는 생각은 아예 하지도 마라. 그럴 바에야 지금 당장 죽는 게 낫다. 나를 용서하지 마라. 누가 뭐라고 하든 약해지지도 말고, 그 힘으로 살아내라. 나는 이제 아무 여한도 없고, 기다리는 사람 곁으로 가면 그만이니."

"기다린다고요? 엄마가 정말 그럴 거라고 생각하세요?"

대답 없는 아빠 입가에 스치는 것이 미소인지 억누른 울음인지, 세연으로선 알 수 없었다. 다만 울음을 참느라 목이 아프다 못해 찢어질 지경이었다.

"그만, 가거라."

손 한 번 잡아 보잔 말도 없이 매정하다 싶게 끊어 내는 목소리였다.

"다신 오지 마라."

"걱정 마세요. 다시 올 생각 같은 건 한 적도 없으니까."

다짐하듯 모진 말을 내뱉고 돌아선 세연은 곧장 병실을 나왔다.

나오려는 울음을 삼키고 또 삼키면서 정신없이 걷다 보니 병원 밖, 밤하늘 아래였다. 문득 올려다본 하늘에서 둥그런 달이 휘영청 떠서는 세연을 내려다보고 있었다.

　　　　✤　　　　　✤　　　　　✤

　오후부터 추적추적 비가 내린 금요일 밤, 가게로 은진이
찾아왔다.

　지극히 차분한 태도로 자리에 앉는 은진을 보며 세연은 도
흔이 시킨 대로 사과를 하러 온 줄 알았다. 그러나 은진의 입
에서 나온 것은 지프 선배의 이름이었다.

　"지프 선배 얘기는 왜 자꾸 하는지 모르겠네. 지난번에 너
여기 왔을 때도 말했다시피, 나는 지프 선배하고 말 한마디
제대로 나눠 본 적 없어. 그러니까 지프 선배랑 나를 엮으려
들지 말아 줬으……."

　"죽었어."

　"……뭐?"

　"지프 선배, 차성진. 그해 여름에 죽었다고."

　"그해 여름이라면……?"

　"우리 1학년 때, 성진 오빠가 복학한 그해. 너를 보고 한눈
에 반해서 자기 여자로 만들겠다고 친구들 앞에서 공언하고
는 너를 위한 모종의 이벤트를 준비하던 중이었어."

　"이벤트?"

　"너한테 보여 줄 영상을 제작하려고 했던 거야. 처음엔 번
지 점프, 다음은 스쿠버 다이빙, 세 번째는 경비행기, 마지막

은 프리 솔로."

"도대체…… 그런 것들을 왜……."

세연은 어처구니가 없어 말을 이을 수가 없었다. 죽었다는 말을 듣고 난 직후라 더 그랬다.

이런저런 기행들로 워낙 떠들썩했던 사람이긴 했지만, 맨손으로 암벽을 등반하는 프리 솔로까지? 여자한테 어필하기 위해서 그런 무모한 방법들을 동원했었다니. 세연의 상식으론 도무지 이해하기 어려웠다.

"두 번째까진 계획대로 진행됐지."

"그럼 세 번째에서?"

"성진 오빠가 몰던 경비행기가 추락했어."

세연은 무슨 말을 어떻게 해야 좋을지 알 수 없었다. 한숨이 나려는 것도 간신히 눌렀다. 은진의 시선에 담긴 질책이 부당하다고 생각했지만 지금은 그것을 따질 계제가 아니었다.

"7년 전의 이야기를 왜 지금 와서야 해 주는 건데?"

"도흔 오빠."

불현듯 가슴이 떨려왔다.

"도흔 씨가…… 왜?"

"도흔 오빠 더는 만나지 마. 너로 인해 도흔 오빠한테도 나쁜 일이 생길까 봐, 나는 너무 두려워."

어차피 끝날 관계라고, 은진에게 말해 줄까. 만남은 이제 두 번밖에 남지 않았다고. 그러니 그런 터무니없는 걱정일랑 안 해도 된다고. 그런 말을 할 자격은 너한테 없는 거라고 말해도 될까.

세연이 착잡해져 있는 동안에도 은진의 말은 계속 이어졌다.

"징크스 같은 거 믿지 않았어. 미신이나 마찬가지라고 생각했어. 그런데……."

무언가를 참는 듯한 얼굴이던 은진이 다시 말을 이어 나갔다.

"이젠 정말 두려워. 네가 이 두려움을 얼마만큼 이해할지는 모르겠지만, 어쩌면 끝내 이해 못 할지도 모르겠지만, 흘려듣지 말아 줬으면 해. 부탁이야. 소중한 사람을 다시 잃기 싫어. 도흔 오빠는 나한테 아주 소중한 사람이야. 네가 아무리 도흔 오빠를 특별하게 생각한다 해도 나만큼은 아닐 거야. 이건 그 누구도 어찌할 수 없는 팩트야."

은진은 그 어느 때보다도 진지했다. 미리 연습이라도 하고 온 듯 트집을 잡을 수도 없게 정돈된 모습이었다.

그러나 세연은 이토록 도흔을 생각하고 걱정하는 은진에게 동의할 수 없었다. 이런 말들을 들어야 하는 자신이 처량하고, 당당하게 말할 수 없는 이 상황이 자존심 상했다. 도흔에 대한 마음을 숨기지 않고 말할 수 있는 은진이 부럽기도 했다.

"도흔 오빠가 너랑 결혼이라도 할 거라고 생각하니? 그럴 수 있을 거라고 생각해?"

이미 알고 있는 답을 칼날처럼 들이미는 은진이 미웠다. 2주 뒤면 끝이라는 말을 해 주기가 싫었다.

"은진아."

"말해."

"그 사람이 끝이라고 말할 때. 그때가 끝점이야."

얼마간 서늘하게 침묵하고 있던 은진이 백에서 USB를 꺼내 세연 앞에 내밀었다. 뭐냐고 묻기도 전에 은진이 말했다.

"너한테 보여 주기 싫었어. 절대로 안 보여 줄 거라고 다짐했었어. 그렇지만 이걸 볼 권리가 있는 첫 번째의 사람은 너겠지."

"그러니까 이게……."

"성진 오빠가 너한테 보여 주려고 만든 영상이야."

탁자 위의 USB를 보고만 있는 세연에게 은진이 덧붙였다.

"복사본이니까 돌려주지 않아도 돼. 원본은 도영 오빠가 갖고 있어. 성진 오빠랑 같이 다니면서 이걸 촬영해 준 사람이 도영 오빠거든."

말을 마친 은진이 일어나 커피숍을 나갔다. 긴 망설임 끝에 세연은 문을 닫아걸고 성진이 남겼다는 영상을 보았다.

은진이 말한 대로 첫 번째는 번지 점프를 하는 모습이었다. 이국적인 풍경으로 보아 국내는 아닌 듯했다. 끝이 안 보이게 높은 다리 위에서 뛰어내리기 전, 성진이 화면을 돌아보며 말했다.

—진세연. 나랑 사귀자.

그리고 아득한 속도로 번지.

두 번째는 요트 위였다. 스쿠버 복장을 갖춰 입은 남자가 화면을 향해 두 손으로 하트를 만들어 보였다. 화면에 잡히진 않았지만 또 다른 남자의 웃음소리와 목소리가 들렸다. 성진에게 형이라고 부르는 것 같았다.

바다 속에서의 영상들도 있었다. 성진으로 짐작되는 다이버가 세연의 이름과 성진의 이름 사이에 하트를 그려 넣은 플래카드를 펼쳐 보이기도 했다. 색색의 물고기들과 함께하는 물속 유영은 더없이 순조로웠다. 마치 엔딩을 알고 보는 영화 같았다.

세 번째 영상으로 넘어갔다. 경비행기 앞에서 포즈를 취한 성진. 주변에서 들려오는 남자의 목소리가 귀에 익었다. 목소리를 따라간 화면에 한이 있었다. 그보다 더 뒤편의 벤치 등받이에 두 팔을 펼쳐 올린 채 기대어 앉아 있는 남자는 도흔이었다.

세연은 화면을 멈추고 스물여섯 살이었을 도흔을 한참 동안 들여다보았다. 무표정에 가까운 그의 얼굴에서 읽어 낼 수 있는 것은 없었다.

다시 재생시킨 영상에서 성진이 친구들에게 손짓해 비행기 쪽으로 부르고 있었다. 한이 먼저, 약간의 시차를 두고 도흔이 성진 옆으로 갔다. 한 화면에 나란히 잡힌 세 사람 중 둘은 환하게 웃고, 하나는 굳은 얼굴로 왼쪽 눈썹 끝을 치켜 올리고 있었다.

조종석에 오르기 전 클로즈업한 화면에서 성진이 말했다.

—진세연, 너만 볼게.

경비행기가 요란한 소리를 지르며 이륙했다. 화면 속에서 비행기는 작은 새 같았다. 하늘을 우아하게 날아다니던 그 새가 연기와 불꽃을 껴안고 땅으로 추락하는 순간, 비명 소리와 더불어 영상이 심하게 흔들렸다. 그리고 캄캄한 어둠.

영상은 그게 마지막이었다.

'휴가'라는 소제목의 글 아래 덧붙인 몇 줄을 지쳐 쓰러질 것 같은 마음으로 보고 있던 새벽, 휴대폰이 울렸다.

마치 응답이라도 하듯 발신자의 이름은 도흔.

세연은 다이어리를 닫고 심호흡을 한 뒤에 휴대폰을 집어 들었다.

"도흔 씨."

―진세연.

이름을 부르는 도흔의 목소리에 그만 먹먹해져 버렸다. 세연은 다시금 마음을 가다듬었다. 울음을 참는 것쯤 쉬웠다.

"어디예요?"

―조용한 곳.

아직 출장 중인가 보다. 아버지 곁을 떠나 잠깐 짬을 냈나 보다.

"언제 돌아와요?"

—며칠, 더 있어야 될 것 같아.

"그렇구나."

당신이 없는 하늘 아래에서 며칠을 더 살아야 하는구나. 당신이 먼 나라의 다른 시간 속에서 고요한 밤을 맞이할 때, 여기에서의 나는 새벽을 바라보아야 하는구나.

지나온 우리 삶 속에서 당신과 나의 시차는 얼마나 될까요. 단 두 번의 스침과 차마 닿을 수 없었을 시간들을 거쳐 오늘에 이르기까지, 당신이 견뎌 왔을 날들을 내가 과연 상상할 수 있을까요.

—뭐 하고 있었어?

"3억짜리 프로젝트 진행 중."

—성실한 진세연이잖아?

"그죠."

도흔에게서 나지막한 웃음소리가 건너왔다. 웃음소리에서 7년 전의 시간들과 그 파편들이 느껴지는 건, 알게 되었기 때문이다. 알게 되면 달라진다. 이면을 들여다보게 된다. 잘 보이지 않아도 보려 애쓰게 된다.

"힘들었죠?"

—……뭐가?

마음 같은 것. 상처 같은 것. 흉터 같은 것.

나를 생각하면서 죽은 친구를 함께 떠올리지 않기 위해 애를 써야 했던 나날들. 나를 생각하지 않으려고 노력했을 무수한 시간들.

"아버님과 같이 떠난 출장. 거기서 처리해야 할 많은 일들."

―아. 괜찮아.

"다행이다."

―다 괜찮은데…….

"그런데요?"

―보고 싶다, 진세연.

세연은 울컥 치받는 감정을 누르려 손으로 입을 막았다. 쉬운 줄만 알았는데 오늘은 좀 어렵다. 누르고 또 누른 다음에야 전화 너머의 도흔에게로 간절한 마음을 보냈다.

"아프지 마요. 다치지 마요. 죽지 마요."

15화

아홉 번째 목요일

여덟 번째 목요일은 없이, 곧장 아홉 번째 목요일이 되었다.

다음 주면 마지막 목요일. 그러므로 오늘은 최선을 다해서 웃을 것이다. 다음 주엔 그러지 못할 테니까. 최선을 다하려 노력해도 웃기만 하기는 어려울 테니까.

지난주부터 오늘까지 내내 다져 왔던 마음을 세연은 다시금 단단히 되새겼다.

가게를 봐 줄 순주가 오고 얼마 안 되었을 때였다. 한낮의 쨍한 햇빛을 막으려 블라인드를 내리려던 순주가 상큼한 얼굴로 세연을 돌아보았다.

"왜?"

"이리 좀 와 보세요, 언니."

카운터 안에서 나와 순주 쪽으로 다가가던 세연은 그대로 멈춰 서고 말았다. 통유리 바깥에 서 있는 남자는 분명 도흔이었다.

"백만 송이 장미?"

속삭여 묻는 순주에게 세연은 아무 말도 할 수 없었다. 순주가 아니라 다른 누구였대도, 어떤 물음이었어도 마찬가지였을 것이다. 도흔과 눈길이 부딪친 순간 그냥 머리가 하얗게 비어 버렸다.

"와, 개멋짐."

감탄 섞인 순주의 중얼거림도 먼 데서 들려오는 것만 같았다.

"언니, 계속 저렇게 세워 둘 거예요?"

순주의 재촉에 이어 창 너머의 도흔이 나오라는 턱짓을 했다. 입가엔 엷은 미소가, 손에는 무심한 듯 들린 장미 꽃다발이.

목요일의 시간이 시작되기까지는 아직 네 시간이나 남았는데. 지금은 현실의 시공간인데.

창 바로 너머에 존재하는 도흔이 믿기지가 않았다. 꿈이 아닌가 싶도록 비현실적인 느낌에 세연은 뺨을 꼬집어 보고 싶을 지경이었다.

"언니!"

순주의 부름에야 정신을 차린 세연은 잰걸음으로 나와 도흔 앞에 섰다.

"이거 꿈 아니죠?"

"아니야."

목소리를 들으니 실감이 났다. 세연은 비로소 활짝 웃었다. 도흔의 얼굴에도 웃음이 번졌다. 2주 만에 봐서 그럴까. 뺨에 살이 좀 내린 것 같다.

"많이 힘들었나 봐. 좀 여위었어요."

뺨을 쓱 만지더니 도흔이 말했다.

"음식이 영 맛이 없어서."

"어디 아프리카 오지라도 갔었던 거예요?"

어느 나라든 최고급 호텔에 묵었을 텐데 음식이 입에 안 맞을 리가, 하는 의미였건만. 거기에 대한 대답은 없이 도흔이 들고 있던 꽃다발을 쓱 내밀었다.

"오다 주웠어요?"

꽃다발을 받아 들고는 장난스럽게 묻자, 도흔 또한 웃으며 받았다.

"어떻게 알았어?"

"꽃송이가 지난번보다 만 분의 일로 줄었어."

투덜대듯 콧날을 찡그려 보였더니, 웃음 지닌 그대로 도흔
이 반박했다.

"만 분의 일까진 아닐 텐데?"

"꽃집에 직접 갔어요?"

한에게 시킨 것이 아님을 확인하는 거였다. 턱을 끄덕이며
도흔이 대답했다.

"직접 갔어."

"감동. 고마워요."

"블라인드 뒤에 숨어서 흥미진진하게 지켜보는 저 관객이
순주?"

뒤돌아보진 않았지만 눈을 빛내며 훔쳐보고 있을 순주 모
습이 눈에 선했다.

"그럼 우리 관객 없는 데로 가요. 잠깐만 있어요. 들어가
서 가방 갖고 나올⋯⋯."

"그냥 가."

"이대로요?"

청소를 하느라 청바지에 셔츠 차림이었다. 한이 데리러 올
때쯤에 옷을 갈아입으려 원피스와 구두를 가져다 놓았었다.

"그대로도 예뻐."

그러고는 걸음을 떼는 도흔을 따르며 세연은 가슴이 두근
거렸다.

만나지 못한 지난 2주 동안에 가방을 갖고 나오는 그 잠깐마저도 참지 못할 만큼 갈망과 허기가 깊어진 거란 생각. 오후 4시까지 기다릴 수 없어 직접 꽃을 사 들고 여기까지 달려와 버린 거란 생각.

달콤했다. 혼자만의 생각이어도 좋았다. 오늘은 마음껏 웃을 거니까. 아주 조그만 추측들로도 실컷 달콤해질 수 있었다.

도흔 곁을 걸으며 꽃다발에 코를 묻고 장미 향을 들이켰다. 새빨갛게 진한 향기에 취할 것 같았다.

골목을 나와 차에 오르자, 도흔이 말했다.

"밥부터 먹자."

세연은 놀랐다. 곧장 숲속의 집으로 가는 줄 알았다. 관객이라곤 없는 둘만의 공간으로 날아간다고 생각했던 것이다.

"어디서요?"

"뭘 좋아해?"

마치 첫 만남에서 첫 식사를 하게 된 사람들처럼 이제야 다가오는 질문이 문득 서러웠다. 하지만 세연은 내색하진 않았다. 그런 감정들로 소비하기엔 아까운 시간들이니까. 생각지 못한 선물처럼 주어진 한낮의 이 시간들을 즐겁게 누려야 했다.

"도흔 씨는요?"

"대답부터 해."

"처음엔 스테이크였고 두 번쨀 진수성찬 한식이었으니까, 오늘은 파스타 어때요?"

"좋아해?"

"응, 좋아해요."

도흔이 차를 출발시켰다. 차가 도심 한가운데로 나아가기 시작했다.

오늘이 정말 아홉 번째 목요일인 거냐고 묻지 않기로 했다. 제안, 돈, 목요일, 끝. 그런 것들은 있는 힘을 다해 잊어버리기로 했다.

데이트 같으니까. 지금부터 도흔과 함께할 시간들이 정말 데이트일지도 모르니까. 처음이자 마지막일, 그래서 오래도록 기억으로 간직될 순간들을 모으는 거니까.

장맛비가 오락가락하던 지난주와는 달리 맑은 햇살이 눈부신 오늘.

친구의 죽음을 눈앞에서 목도한 후 오래 힘겨웠을 남자에게 오늘만큼은 다정한 위로이고 싶었다. 무엇이건 흡수하는 스펀지이고 싶었다.

정통 이탈리안 레스토랑에서 점심 식사를 한 다음, 세연을 백화점에 데려간 도흔이 옷과 구두와 백과 화장품 등등으로 커다란 쇼핑백 여러 개를 채워 주었다. 그리고도 모자라 자동차 전시장으로 들어가려는 도흔을 붙들어 세웠다.

"여긴 왜요?"

"면허증 없어?"

"있어요. 장롱 면허지만. 근데 지금 여길 왜 들어가는 거냐고요."

"차, 싫어?"

"있으면 좋겠죠. 그렇지만 지금은 필요 없어요."

"사 놓으면 쓰게 돼."

"지금, 뭐 하는 거예요?"

"무슨 뜻이야?"

"알잖아요, 무슨 뜻인지."

도흔이 긴 숨을 내쉬었다. 왼쪽 눈썹은 그대로였지만 즐거워 보이진 않았다.

백화점에서도 세연은 썩 내키지는 않았지만 그의 마음이라 여기고 권하는 대로 받아들였다.

입어 보라면 입어 보고, 신어 보라면 신어 보고, 들어 보라면 들어 보았다.

이미 받은 것들만으로도 중형차 한 대 값은 족히 나올 만큼의 지출이었다.

"별거 아냐. 그냥 받아. 차 한 대쯤 푼돈일 뿐이야."

"알아요. 나한테 줄 수 있는 게 돈밖에 없다는 그 마음. 아는데, 나는 기분이 별로 안 좋아요. 그러니까 이제 그만해요."

"진세연."

"이런 거……. 싫어요, 나."

서로에게로 얽힌 눈빛을 끊어 내며 도흔이 말했다.

"알았어."

발길을 돌린 도흔 곁에서 걸으며 세연은 주머니에서 휴대폰을 꺼내 시간을 확인했다.

어느새 4시가 가까워지고 있었다. 이제 숲속의 집으로 출발할 시점이라고 생각했다. 한낮의 데이트는 이것으로 끝. 좀 더 달콤하게 마무리를 지었어도 좋았으련만. 아쉬움이 남았다.

차에 오르고도 여전히 굳은 얼굴인 도흔을 보며 세연은 맘이 아렸다. 차든 뭐든 그가 원하는 대로 기쁘게 받아 줄 것을 그랬나, 그새 후회스럽기도 했다. 그랬으면 그의 마음이 조금은 더 편안해질 수 있었을 텐데, 생각하고 있을 때.

"영화 볼까?"

도흔이 물었다. 달콤하지도, 다정하지도 않았다. 오히려 깊이를 지닌 서늘함 쪽에 가까웠다. 스카프로 두 눈을 가린 채 처음 만났던 도흔, 그때의 어조와도 닮았다.

지난 두 달 동안 너무 많이 걸어와 버린 마음을, 제어할 수 없었던 그 속도를 이제 슬슬 제자리로 돌려놓으려 하는구나, 생각했다. 그래야 할 때였다. 둘 다를 위해서 그게 맞았다.

막막한 두려움으로 그땐 입에 올리지 못했던 내용의 대답을 지금은 담담히 할 수 있었다.

"좋아요."

"어떤 장르 좋아해?"

"도흔 씨는요?"

"대답이나 해."

"뭐예요, 그게. 생전 연애도 안 해 본 사람처럼."

"너는? 연애 많이 해 봤어?"

"난 많이 해 봤죠. 도흔 씨가 아마 백 번째 남자쯤 될 걸요?"

"화내도 돼?"

세연은 웃었다. 슬쩍 돌아다본 도흔의 얼굴에도 웃음이 스치고 있었다. 마음이 놓였다. 더 웃게 하고 싶었다. 남은 시간들 내내 웃는 얼굴만 보고 싶었다. 그렇게 만들어 주고 싶었다.

뒷좌석을 가득 채운 쇼핑백들을 넘겨다보며 도흔에게 말했다.

"나 오늘 횡재했네요. 난생처음으로 명품이라는 백도 사 보고. 옷은 또 몇 벌이야. 다 넣어 둘 데도 없겠다. 가만, 구두를 좀 더 살 걸 그랬나? 무지무지 비싼 걸로 열 켤레쯤? 맘껏 욕심내도 다 사 줬을 텐데."

"노력하지 마."

"앗. 들킨 건가."

"저녁엔 뭐 먹을까?"

"메뉴 정해서 미리 준비시키려고요?"

숲속의 집 관리인 부부를 떠올리며 물었더니 도흔이 뜻밖의 말을 했다.

"오늘은 거기 안 가."

"왜요?"

"데이트니까."

"아."

아무렇지 않은 척 대꾸했지만 가슴이 뛰었다. 혼자서만 데이트라고 생각한 게 아니어서 기뻤다. 기뻤다. 이어지는 도흔의 다음 말들도.

"아침까지 같이 있을 거야."

"신난다."

"아침 식사도 같이 하고."

"우와."

"내일 결근해 버릴까?"

"그러다 아버님한테 된통 혼나는 거 아니에요?"

"못 그럴 걸?"

"어째서요?"

"음⋯⋯. 안쓰러워서?"

세연은 어이없어 웃고 말았다.

"데이트하느라 결근까지 하려는 아들이 안쓰러울 리가. 도흔 씨 아버님 그런 캐릭터는 아닐 것 같은데."

"아니지."

대꾸하며 도흔도 웃었다. 웃음소리가 한결 가벼워져 듣기 좋았다. 세연은 살며시 손을 뻗어 도흔의 다리에 얹었다.

"뭐 하십니까, 진세연 씨."

장난조로 건너오는 말에 세연 역시 웃음을 깨물고 태연스레 대답했다.

"이런 거 꼭 한 번 해 보고 싶었거든요."

"이런 거?"

"운전 중인 남자 몸 만지는 거."

"위험할 텐데."

"위험하니까."

도흔이 웃고 있었다. 세연도 함께 웃었다. 남자의 탄탄한 허벅지 근육을 손바닥에 각인하면서. 이 순간을 소중한 기억으로 가슴에 담으면서.

✻   ✻   ✻

평범한 연인들처럼 극장에서 영화를 보고, 고즈넉한 한식당에서 정갈한 한정식으로 저녁을 먹고, 호텔로 들어와 반짝이는 야경이 펼쳐지는 스카이라운지에 앉았다.

주문한 와인이 오기 전 화장실에 가려다 탁자 위에 놓고 온 휴대폰 생각이 났다. 순주한테 전화해 내일까지 가게를 부탁할 참이었다. 자리로 되돌아가던 세연은 물과 함께 알약 여러 개를 삼키고 있는 도흔을 보았다.

"무슨 약이에요?"

어깨 너머로 묻자, 도흔이 멈칫했다. 세연은 도흔 앞에 앉았다.

"방금 약을 한 움큼 먹는 것 같던데."

"한 움큼은 아니다."

"어쨌든요. 무슨 약이었어요?"

도흔이 몸을 느슨하게 뒤로 기대고는 웃으며 대답했다.

"비타민."

"비타민을 한꺼번에 여러 알이나?"

"몸에 좋은 거라고 다 먹어 두래."

"누가요?"

"한이."

"흠. 설마 이상한 종류는 아니겠죠?"

"이상한? 어떤?"

"남자들이 열심히 챙겨 먹는 그런?"

웃음과 더불어 도흔이 짓궂은 어조로 말했다.

"그럴지도?"

"하여튼 남자들이란."

없는 한까지 더해서 흉보는 시늉을 했더니, 도흔이 천연스레 맞장구쳤다.

"못 말리는 족속들이라니까."

휴대폰을 들고 일어난 세연은 혹시나 하고 도흔의 이마를 짚어 보았다. 세연의 손목을 잡아채며 도흔이 물었다.

"뭐 하는 거야?"

"감기 기운 있는 건 아닌가 하고요."

"없어, 그런 거. 화장실이나 다녀와."

"몸 안 좋으면 얘기해요."

"얘기하면?"

세연은 도흔의 귀에다 대고 속삭였다.

"오늘 밤엔 괴롭히지 않을게요."

도흔이 하하, 소리 내어 웃었다. 웃음소리를 들을 수 있어 좋았다. 세연도 같이 웃었다.

순주한테 전화를 해 놓고, 화장실에 다녀오니 와인 잔이 세팅되어 있었다. 세연의 잔에 와인을 따라 주며 도흔이 큰엄마의 안부를 물었다. 안부 자체가 궁금하다기보다는 큰엄마를 돌보겠다는 세연의 결정에 변화가 있기를 바라는 물음이었다.

걱정과 안타까움에서 비롯된 마음임을 알았다. 세연은 와인을 한 모금 들이켠 후, 큰엄마에 대해 품고 있는 마음을 말해 주었다.

"돌이켜 보면, 큰엄마한테 제일 고마운 점은 알게 모르게 노력해 주신 것들이에요. 나를 특별히 보살피지 않았다는 것. 불쌍히 여기지 않았다는 것. 사촌 오빠나 언니랑 똑같이 먹이고 입히고 재웠다는 것. 내가 내 처지를 곱씹어 보게 만들지 않았고, 내가 나를 가여운 아이로 생각하게 만들지 않았다는 것. 그리고……."

"그리고?"

"엄마가 그렇게 죽어 버렸다는 사실을 모른 채로 자라나게 해 주었다는 것. 새언니처럼 전염병 보균자 보듯 거리 둔 적도 없었다는 것. 친자식들과 똑같이 대함으로써 역설적으로 내가 귀한 존재일 수 있었다는 것. 그러니까 갚아야 할 마음의 빚으로서가 아니라, 소중한 존재로서의 나를 확인받는 과정이 될 거라 생각해요."

"마음은 알겠지만 다시 생각했으면 좋겠어. 큰엄마에 대한 마음은 다른 방법으로도 얼마든지 표현할 수 있어."

"도흔 씨가 선택한 방법 같은 거요?"

"욕해도 괜찮아. 그런 건 상관없어. 돈이면 다냐고 비난하고 싶겠지. 그런데……. 마음 가는 데에 돈도 가는 거야. 최선의 방법을 굳이 배제하고 힘든 길로 들어서려는 게 속상해서 하는 말이야. 나는 네가 고생스러운 게 싫어."

세연은 끄덕였다.

"어떤 마음인지는 나도 알겠어요. 나를 그렇게까지 생각해 줘서 고마운데요. 앞으로의 내가 어떻게 살아갈지에 대해서는 도흔 씨가 관여하지 않아도 돼요. 그때의 내 삶은 도흔 씨 몫이 아니잖아요."

"그렇겠지. 내 몫은 될 수 없겠지."

도흔의 희미한 웃음에 자조가 섞였다.

지금 눈에 보이는 것, 그 이면에 숨어 있을 도흔의 모든 것들 또한 세연의 몫은 아니었다. 영원히 세연의 몫이 될 수 없을 터였다. 세연은 잔을 들고 다시금 와인을 한 모금 입안에 머금었다.

도흔의 잔은 그대로였다. 와인을 좋아하는 사람인데도 입에도 대지 않고 이따금 물만 들이켰다. 그러고 보니 오늘은 담배 피는 모습도 보지 못했다.

"담배, 나 때문에 참고 있는 거예요?"

"끊어 볼까, 하고."

"갑자기? 왜?"

"왜냐하면…… 한의 잔소리가 귀찮아서?"

웃음 스민 말에 세연도 웃으며 물었다.

"금연하라고 옆에서 닦달이라도 하나 봐요?"

도흔이 조용히 웃었다. 한과의 사이가 무척 각별하구나, 싶었다. 이 또한 알고 나니 느껴지는 것들 중 하나일 테다.

"각종 영양제까지 케이스에 담아 꼬박꼬박 챙겨 주고, 진짜 충실한 비서네. 언제부터 그렇게 친했어요?"

"고등학교 때부터."

몰랐다면 둘이 단짝 친구냐고 물었을 테지만, 친구였던 성진의 존재를 알고 있기에 안 할 수 있어 다행이었다.

두 번째로 보았다던 축제의 그 봄날에 대해서도 이젠 함구할 수 있었다. 그날 도흔 옆에 있었던 친구가 성진. 몰랐을 땐 캐물을 수 있었겠지만, 알게 되었으므로 상처를 파헤칠 수 없는 일. 겨우 아물었을 흉터를 뜯어 낼 수 없는 일.

그렇지만 처음 본 날에 대해서는 더 알고 싶어져도 괜찮겠지.

"나 처음 봤을 때요. 어떤 느낌이었어요?"

"음…… 예쁜 고딩?"

"그것뿐?"

"아주 예쁜 고딩?"

웃으며 받는 도흔에게 세연은 곱게 눈을 흘겼다.

"장난치지 말고요."

"사실인 걸."

"졸업식 날이었으니까 엄밀히 말해서 고딩은 아니죠."

"졸업식을 마치기 전이었으니까, 고딩 맞지."

"순 억지다."

세연의 빈 잔을 채워 주며 도흔이 말했다.

"그때 너도, 나를 봤어."

세연은 깜짝 놀랐다.

"내가, 도흔 씨를 봤다고요? 기억 안 나는데?"

"3초쯤? 보고 나서 무심히 고개 돌렸으니까. 고개가 돌아
갈 때 함께 흩날리던 머리칼이 지금도 생생해."

"슬로비디오처럼?"

"음."

"그랬구나. 그랬었구나."

시력의 문제는 아닐 거야, 라고 했던 도흔의 말이 이제야
이해가 됐다. 굳이 말하자면 기억력의 문제였던 거라고나 할
까.

한 사람에게는 눈빛이 마주쳤던 그 순간이 느린 그림으로 생생히 재생되어 온 반면, 다른 한 사람에게는 전혀 기억에 없는, 그래서 아예 없었던 일과 마찬가지인 셈이었던 거다.

"뭔지 알겠다. 나를 보고도 반하지 않고 무심히 외면한 여자는 네가 처음이야. 막 이런 거?"

웃음 섞인 세연의 말에 도흔이 웃었다. 고요한 웃음이 번져 가는 그 얼굴을 가슴에 담았다.

"그때 난 갓 스무 살. 그리고 도흔 씨는 스물여섯. 스물여섯 살의 도흔 씨는 어떤 모습이었어요?"

도흔이 물을 들이켜고는 입을 열었다.

"내 뜻대로 되지 않는 일은 없다고 생각한. 세상이, 일이, 인생이 철저히 계획대로만 흘러간다고 믿었던. 순진하리만큼 오만했던."

영상 속의 도흔이 떠올랐다. 그날 그 일이 있기 전까지의 그는 분명 그랬을 것이다. 끄덕이며 세연은 중얼거렸다.

"그려져요. 도흔 씨 모습."

"……."

"지금은요? 서른셋이 된 지금 도흔 씨는요?"

"지금은……. 그때의 나를 한심하게 여기는. 뺨을 때려 주고 싶은. 시간 앞에 한없이 무력해진."

마음이 아려왔다. 속속들이는 아닐지언정 도흔의 마음, 그

결을 조금은 엿본 것 같은 기분이었다.

자기 삶의 어떤 시점들에 대해서 완벽하게 수긍할 수 있는 사람은 몇이나 될까. 모든 순간들이 모여서 이뤄지는 게 한 사람의 삶이니 지난 시간들의 회한마저 겸허히 껴안을 수밖에.

"사람은 누구나 다 시간 앞에 무기력한 거잖아요. 되돌릴 수도, 앞당길 수도 없으니 주어진 대로 흘러가는 것밖에는."

목이 타는 듯 도흔이 물 컵을 비웠다.

세연은 와인을 마셨다. 혀끝에 와 닿는 첫 맛은 달고 목을 넘어가는 끝 맛은 아릿했다. 만남과 헤어짐도 결국은 그런 수순을 밟아 가는 것이 아닐지. 그렇다 해도 단맛을 더 오래 기억하면 좋을 것이다. 그러고 싶다.

문득 도흔이 물었다.

"진세연의 꿈은?"

"꿈?"

"건물주는 아니라고 했었잖아."

"아아."

세연은 웃음 지으며 대답해 주었다.

"혼자 떠나는 여행. 그게 내 꿈이에요."

"혼자서 외롭게……."

"혼자서 자유롭게."

"씩씩하네."

"난 그래요. 바람 불면 쓰러질 것같이 생겨서는 의외로 강단 있다고, 예전에 누가 그러더라고요. 난 그 말이 좋았어요."

"외유내강이라."

"나 보기보다 강해요. 상처도 잘 견디고. 내성이 생겨서 그런가 봐. 내성이란 게 좋은 건 아니지만 어떤 면에서는 긍정적으로 작용하기도 하니까요."

그러니까 걱정 안 해도 된다는 말을 해 주고 싶었는지도 모른다. 아니, 덜 해도 된다고. 견뎌 낼 거니까. 그럴 수 있으니까. 제안을 받아들인 날부터 그 이후의 날들을 각오해 왔으니까.

"혼자 떠나는 여행을 시작한다면, 제일 먼저 어딜 가고 싶어?"

"이탈리아의 피엔짜(Pienza)요."

"피엔짜."

"언젠가 꼭 가 보고 싶었던 곳이거든요. 거기 가서 아름다운 일출을 볼 거예요."

"'모든 요일의 여행'에 나왔던 곳이잖아."

"맞아요. 다 읽었구나, 도흔 씨."

"다 읽었어."

"가장 인상적인 구절은?"

마이크를 들이대듯 주먹 쥔 손을 도흔의 입가로 가져다 대며 묻자, 그가 미소 띤 채 순순히 대답해 주었다.

"오래도록 이 햇빛을, 이 바람을, 이 순간을 기억할 것."

"뭐야. 그거 책 뒤표지에 카피로 적혀 있는 거잖아요. 책 다 읽은 거 맞아요? 표지만 본 거 아니에요?"

짐짓 채근하는 세연에게 주는 도흔의 답은 조금 더 환해진 미소였다. 세연도 같이 웃어 버렸다.

그 글귀처럼 오래도록 이 순간을 기억하게 될 거란 예감이 가슴을 후볐지만, 슬퍼할 수 없었다. 오늘은 더 많이 웃자고 다짐한 날이므로. 오늘의 이 웃음을 오래도록 기억하고 싶으니까.

✣ ❈ ✣

매 순간 소중하게 다루어지던 밤이 지나가고, 아침이 왔다.

룸서비스로 온 아침 식사를 도흔과 함께하면서 세연은 조심스레 숲속의 집 얘기를 꺼냈다.

"편백나무 숲길이랑 참 좋은 곳이었는데. 이제 그 집하고도 안녕이네요."

다음 주 목요일에도 거기에 가지 않고 데이트처럼 시간을 보낼 수 있는지, 바람을 담아 건넨 말이었다.

"나중에, 가고 싶을 때 가도 돼."

"나중에……."

"언제든 편안히 쉬고 싶을 때 거기서 지내도 돼."

그게 가능할까? 도흔과의 시간들로 가득한 그곳에서 혼자 맘 편히 쉴 수 있을까?

"도흔 씨는요?"

나한테 권유하듯 도흔 씨도 거기에 언제든 가서 쉴 거예요? 그러다 어느 날, 둘이 만나지게라도 되면 그땐 어떡하려고요? '안녕, 잘 지냈어?' 아무 일도 없었던 것처럼 그렇게 인사라도 나누려고요? 그럴 수 있어요?

말들이 입 밖으로 뛰어나가려 들끓어 댔다.

"나는 가지 못할 거야."

"……왜요?"

"잊을 거니까."

마음을 떼어 놓으려 하는 말처럼 들렸다. 마땅히 그래야 하겠지만, 아직 한 주가 남았는데. 다음 목요일이 기다리고 있는데. 오늘이 마지막도 아닌데. 이별은 오늘이 아닌데.

"그분들도 다시 안 볼 거예요?"

도흔에게 대숲 같은 분들이라던 관리인 부부를 지칭하는

거였다.

"내가 좋아하는 여자니까, 언제든 네가 오면 편히 지낼 수 있게 잘 돌봐 달라고 부탁드려 놨어. 그렇게 해 주실 거야."

이제야 알았다. 지난 목요일 그분들에게 좋아하는 여자라고 말한 다음 도흔이 그런 당부를 해 놓았다는 것을. 어쩌면 그 당부를 하기 위해서 좋아하는 여자라고 고백해 놓았던 건지도 모르겠다.

또 어쩌면. 그곳에서의 우연한 만남을 예비해 두고 싶은 욕망? 숲의 그 집을 둘 사이에 연결 고리로 남겨 두고 싶은 마음?

부질없이 솟아오르려는 희망과 모든 말들을 가둔 채 세연은 그저 끄덕였다.

산뜻하고 싶었다. 오늘도, 마지막 순간에도. 눈물 같은 거 없이, 계약서에 마지막 도장을 찍듯이.

"그 집 서재에 책상을 새로 들여놨어. 저것보다 더 좋은 것으로 사 놨으니까……. 여행 다녀오면 거기 머물면서 글을 써도 좋겠지."

세연은 목이 메어 어떤 말도 할 수 없었다. 어느 날의 통화에서 도흔에게 농담하듯 말한 적 있었다. 스위트룸이 아무리 근사해도 하룻밤에 날아가 버리는 숙박비가 아깝지만, 딱하나 탐나는 게 있었다고. 앉으면 저절로 글이 잘 써질 것 같은 책상이 그것이라고.

그 말을 기억하고 있다가 책상까지 바꿔 놓았을 줄은 몰랐다. 그저 하는 말이 아님을 알겠다. 그 집에서 편안히 지내도 된다는 말, 도흔의 진심임을 알겠다.

"책상이 궁금해서라도 가 봐야겠네."

혼잣말처럼, 그러나 도흔에게도 전해지도록 세연은 담담히 말했다. 도흔은 침묵했다.

짧은 아침 식사 후, 도흔이 먼저 룸을 나갔다.

짙은 포옹이나 다정한 인사말 따위는 없었다. 다른 날들보다 조금 오래 샤워를 하고 옷을 입고 휴대폰과 지갑과 차 키를 챙기고, 그러한 일련의 과정들이 꼭 해야 할 사무를 처리하듯 묵묵히 이루어졌다.

세연 또한 그랬다. 손 흔드는 배웅이나 억지 미소는 생략했다. 문까지 따라 나가지도, 나가는 뒷모습을 지켜보지도 않았다. 아침 해가 드는 창가에 올곧게 서서 도흔이 떠나는 시간을 견뎠다.

마지막 목요일을 위한 예행연습이라고 생각했다. 그날 잘 헤어지기 위해서 어제와 오늘이 있었던 거라고. 그날엔 이번처럼 깜짝 데이트는 없을 거니까.

혼자가 된 세연은 넓은 책상 앞에 앉았다. 가져오지 못한 다이어리에 아홉 번째 목요일을 쓸 수가 없어, 책상 위에 겹쳐 올린 팔에다 얼굴을 묻었다. 누르고 또 눌렀으므로 눈물은 흐르지 않았다.

16화
바람

토요일.

오후 들며 비가 내리기 시작했다.

우산꽂이를 가지러 들어간 창고에서 세랑의 우산을 발견했다. 철제 선반 맨 아래에 얌전히 누워 있는 우산을 보며 세연은 세랑과 그녀의 엄마와 병상의 아빠를 생각했다. 아무런 연락이 없는 것으로 봐서 아빠가 그 상태를 유지하고 있는 듯싶었지만 확신할 순 없었다.

순주한테는 버리라고 했던 세랑의 명함 생각이 났다. 마침 가게로 들어서던 순주가 우산꽂이에 우산을 꽂으며 말했다.

"언니, 오다가 박 사장 아저씨 만났는데요. 이 건물 팔았다던데요?"

"팔았다고?"

세연은 의아해졌다.

"이상하네. 이거 헐고 새로 짓는다더니."

"새로 짓긴 지을 거래요."

"누가?"

"그야 여기 산 사람이겠죠. 근데 언니 어제부터 영 안색이
안 좋은 것 같아요. 손님도 없는데 들어가서 쉴래요?"

몇 집 건너에서 진행 중인 철거 공사 소음 때문인지 그렇
잖아도 없던 손님들이 확 줄긴 했다.

집에 들어가 혼자 있어 봐야 심란한 마음만 깊어질 터, 손
님이 있건 없건 가게에서 뭐라도 하면서 움직이는 편이 나을
것 같았다.

"괜찮아. 참, 순주야. 지난번에 내가 버리라고 했던 그 명
함 말인데."

"안 버렸어요. 드려요?"

생긋 웃으며 물어오는 순주 보기가 겸연쩍었다. 세연은 미
소만 지으며 끄덕였다.

"역시 나의 센스란!"

명랑하게 자찬하며 순주가 지갑에서 명함을 꺼내 세연에
게 건넸다.

"고마워."

"누군지 물어봐도 돼요?"

"나중에."

"나중에 언제요? 언니 여기 접고 떠날 거잖아요."

"곧 말하려고 했는데, 알고 있었네."

"좀 전에 박 사장 아저씨한테 들었어요. 언니가 이달 중에 나간다 했다고."

"그렇게 됐어."

"언니 혹시 결혼해요? 백만 송이 장미랑?"

마음이 따끔거렸다. 어제 아침 이후로 도흔을 생각하면 그랬다. 두근거림과 설렘을 밀어낸 자리에 새롭게 차지해 버린 감정. 중독에서 비롯된 금단 증상 같은 것일지도 모르겠다.

"그런 거 아냐."

"아니에요? 괜히 나만 설레었네."

도흔에 대한 이야기를 차단하려 세연은 카운터로 들어왔다. 명함을 손에 쥔 채 세랑에게 전화를 걸어 볼까 갈등하고 있을 때였다. 휴대폰에 코를 박고 있던 순주가 괴성을 질렀다.

"왜 그래?"

순주가 세연을 향해 울상을 지어 보였다. 본 적 있는 표정이었다.

"왜, 고도가 또 사고라도 쳤어?"

휴대폰을 보며 순주가 뉴스 멘트를 읽기 시작했다.

"얼마 전 대마초 소지 혐의로 불구속 입건되어 조사를 받고 있는 인디밴드 레테의 멤버 고도가 이번에는 폭행으로 고소당했습니다. 폭행 사건을 조사하는 과정에서 고도가 하경 그룹의 차남인 것으로 밝혀져 화제가 되고 있는데요. 고도의 본명은 독고도영으로……."

"잠깐만."

순주가 세연을 쳐다보았다.

"방금 뭐라고 했어? 고도 본명이 뭐라고?"

"독고도영……. 왜요, 언니?"

머리가 멍해졌다. 도영이라는 이름. 독고, 라는 성. 세연으로선 도저히 따로 떼어 놓고 볼 수 없는 조합이었다.

세연은 휴대폰으로 고도 관련 기사들을 검색해 보았다. 기사들은 순주가 읽어 준 내용을 핵심으로 하여 조금씩 변주되고 있었다.

고도의 사진을 보며 도흔과 닮았다고 느꼈던 기억이 났다. 도흔은 남동생 이름이 도영이라고 했었다. 그리고 독고라는 성을 가진 또 한 사람은……. 은진.

세연은 소스라쳤다. 만약 이 세 가지 퍼즐 조각이 정확히 맞춰진다면, 도흔의 풀 네임은 독고도흔? 그가 하경 그룹의 장남? 그리고 은진은 그의 여동생?

고도의 대마초 사건이 터졌던 날 즉시 달려갔던 도흔. 숲 속의 집 서재에 있던 레테 CD들. 그것들을 선물한 동생은 은진. 그렇다면 동생의 졸업식 날이라 했던 도흔의 말과도 일치한다.

그간의 여러 가지 단서들이 일직선상에 놓이는 순간, 지난 금요일 은진이 가게로 찾아와 했던 말이 뇌리를 스쳤다.

"그런데……. 이젠 정말 두려워. 소중한 사람을 다시 잃기 싫어."

'그런데'와 '이젠 정말 두려워' 사이에서 무언가를 참는 듯 보였던 은진의 얼굴.

어제, 한 주를 남겨 두고도 마지막인 것만 같던 도흔의 말들.

"나는 가지 못할 거야. 잊을 거니까."

마음을 떼어 놓으려던 결심 같은 게 아니었던 걸까.

불안이 해일처럼 몰려왔다. 세연은 떨리는 손으로 한에게 전화를 걸었다. 한이 전화를 받기까지 심장이 미칠 듯이 뛰어땠다.

—한입니다.

"도흔 씨……. 도흔 씨가……."

—세연 씨.

세연은 가슴에 손을 얹어 누르고는 심호흡을 했다. 날뛰는 마음을 가라앉히려 노력했다. 할 수 있는 일이 아무것도 없다 해도 알고 싶었다. 지금 도흔에게 어떤 일들이 일어나고 있는지 알아야만 했다. 그러자면 흥분해서는 안 되었다. 최대한 침착해져야 했다.

"말씀해 주세요. 지금, 도흔 씨한테 일어나고 있는 일들. 한 비서님이 말씀해 주지 않으면 지금 당장 하경 그룹 본사로 찾아갈지도 몰라요."

그럴 생각도 없고 그러라고 해도 그러지 않을 테지만, 한에게서 진실의 말을 끌어내기 위해서는 어쩔 수 없었다. 귓가로 한의 무거운 한숨 소리가 들려왔다. 세연은 한을 채근했다.

"제발 말씀해 주세요, 한 비서님."

—하경. 어떻게 아셨습니까?

"그런 건 조금도 중요하지 않아요. 그동안 도흔 씨한테 무슨 일이 벌어지고 있었는지, 저는 그것만 알면 돼요."

전화 저편에서 다시금 깊은 한숨이 흐르더니 마침내 한이 말했다.

　―뇌종양입니다.

　숨이 턱 막혔다.

　"……죽나요?"

　―아닙니다. 양성이고 크기도 작아 수술로 제거할 수 있습니다. 그런데…….

　"그런데요?"

　―측두엽 종양인데 위치가 애매해서, 수술 후유증을 걱정하고 있습니다.

　"후유증이라면……?"

　―담당 의사 말로는 기억 장애가 나타날 확률이 높다고 합니다. 어느 정도이며 어떤 상태까지 될지는 수술 전엔 장담할 수 없는 부분이라고요. 그래서 도흔이가 지금껏 수술을 미뤄 왔던 겁니다.

　미뤄 왔던 그 시기 속에 제안서가 있었던 거였다. 수술 후의 자신이 어떤 상태가 될지 알 수 없기에 하루라도 더 미룰 수밖에 없었을 도흔의 심정이 손에 잡히는 듯했다. 시간 앞에 무력하다던 도흔의 말이 뼛속 깊이 파고들었다.

　친구의 죽음을 연상하게 하는 사람. 아픈 기억을 떠올리게 하는 여자.

　은진에게서 성진의 이야기를 듣고 난 뒤에, 세연은 도흔의 마음을 그런 맥락으로 이해했다. 아빠가 세연을 보며 엄마를 생각할 수밖에 없듯이. 세연에게 무뚝뚝했던 큰아버지 또한 아빠처럼 그러했으리라 짐작되듯이.

세연을 생각할 때 도흔 역시 친구의 죽음을 함께 떠올릴 수밖에 없어 괴로웠을 거라고 생각했다. 그래서 그가 더 이상 나아가려 하지 않았던 거라고, 다시 만나려는 시도를 하려 들지 않았던 거라고. 잊고 싶은 기억을 자꾸만 떠올리기 싫었을 테니 말이다.

그런데 그런 것들은 그저 먼 배경에 불과했던 거였다. 그동안 시도하지 않았던 이유에 대한 답일 뿐이었다. 그로부터 7년이 지난 지금에 와서야 만남을 시도하게 된 까닭을 이제야 알겠다. 왜 열 번으로 못박아 둔 채 시작해야 했는지도.

"그 사람, 많이 아파하나요?"

―그렇진 않습니다. 워낙 이렇다 할 증상이 없어서 지금껏 수술을 미룰 수 있었던 거니까요.

통증이 없다니 그나마 다행이라 생각하고 있는데, 한의 말들이 이어졌다.

―원래는 3주 뒤로 수술 날짜가 잡혀 있었습니다만. 지난주 목요일 아침에 가족들 앞에서 발작을 일으켰습니다.

"발작이라면……."

―뇌전증이라고 하죠. 간질 환자의 발작을 생각하시면 될 겁니다.

"아……. 그럼 그날 아버님과 해외 출장을 갔던 게 아니라……."

―네, 그날부터 며칠 입원해 있었습니다. 가족들도 그날에야 알게 되었고요.

"은진이도 그럼 그날 오빠 상태를 알게 되었겠네요."

―네. 많이…… 울었습니다.

"한 비서님도 같이 계셨어요?"

―걱정이 돼서 요즘은 도흔이 집에서 같이 지내고 있었습니다.

"……고마워요."

할 말이 이것밖에 없었다. 가족들한테도 숨긴 채 혼자 외로웠을 도흔 옆에서 그 마음을 함께 나누어 주어서. 외로움뿐 아니라 비밀까지, 도흔의 모든 것들을 함께해 주어서.

"가족들도 알게 됐으니 이제 더는 미룰 수 없겠네요."

―네, 수술 날짜가 앞당겨졌습니다.

"언제……?"

한이 한숨과 더불어 대답했다.

―다음 주 목요일입니다.

손에서 힘이 빠져 휴대폰을 떨어뜨릴 뻔했다. 예행연습이 아니라 진짜 마지막이었던 거였다. 열 번을 채우지 못하고 아홉 번째 목요일로 끝나 버린 거였다.

그를 이젠 다시 볼 수 없는 거냐고, 차마 물을 수 없었다.

기억이란 한 사람의 정체성과도 같은 것. 살아온 날들의 총합이자 살아갈 날들의 기반과도 같은 것.

생의 뿌리와도 같은 기억 체계가 무너져 버릴 절망 앞에 위태롭게 서 있을 도흔을 생각하면. 한 번 남은 목요일쯤, 다시 볼 수 없는 그리움쯤 먼지보다도 못 한 것일 테니.

한과의 통화를 마친 세연은 휴대폰을 움켜쥔 채 제 안의 욕심과 싸웠다. 목소리만이라도 듣고 싶은 마음. 단 한 번이니까 그것만이라도 허락되었으면 하는 마음.

삶을 건 수술을 앞둔 사람에게 이토록 이기적인 욕망을 부려도 되는지. 스스로가 미우면서도 결국 그 욕망에 지고 말았다.

그간 걸려 오는 전화를 받기만 했던 세연은 처음으로 도흔에게 발신 버튼을 눌렀다. 그에게로 닿는 몇 초 동안의 기다림이 사막 같았다.

—진세연.

이름을 부르는 목소리가 가슴을 꿰뚫었다. 온갖 감정들이 사무쳐 와서 세연은 아무 말도 건넬 수 없었다. 입을 열면 그대로 울음이 터질 것만 같았다.

—세연아.

대답도 못 한 채 전화를 끊어 그의 목소리를 지웠다. 가슴이 미어졌다. 세연은 녹아내리듯 그 자리에 주저앉았다. 저만치에 물러나 있던 순주가 주춤주춤 다가와서는 무릎을 굽히고 앉아 세연의 어깨를 토닥였다.

고적한 밤.

문이 열리며 한 남자가 가게 안으로 들어섰다. 젖은 우산을 든 그는 도흔이었다.

"어."

낮은 탄성과 함께 순주가 꾸벅, 도흔에게 고개를 숙였다. 창가에 멍하니 앉아 있던 세연은 스르르 자리에서 일어섰다.

"언니, 저 먼저 들어갈게요."

순주가 눈치 빠르게 우산을 챙겨 들고 가게를 나갔다. 문이 열리고 닫힐 때마다 밖의 빗소리가 흘러들어 왔다.

도흔이 세연에게로 다가왔다. 이 밤에 어떤 마음으로 여기까지 왔는지 읽어 내기 어려운 표정이었다. 길지 않은 지난 시간들을 더듬어 보면 웃고 있지 않을 땐 늘 그랬던 것도 같았다.

세연은 도흔의 손에서 우산을 받아 문 앞의 우산꽂이에 꽂았다. 그러고는 여전히 서 있는 도흔에게 말했다.

"앉아요."

도흔 씨, 하고 부르며 아무것도 모르는 척 다른 날들처럼 반갑게 대하고 싶었지만 잘 안 됐다. 그냥 끊어 버린 전화는 둘째고, 세연이 알게 되었다는 것을 한에게 듣고 알았으므로 찾아왔을 터였다.

세연은 도흔 앞에 마주 앉아 그를 가만 바라보았다.

"생각보다 침착한데."

도흔이 꺼낸 첫 마디에 세연은 연하게 미소 지어 보였다. 한과의 통화로부터 몇 시간이 흘렀으니 가능한 일이었다. 그 시간 내내 온 힘을 다해서 마음을 다스리고 다스렸기에 지금, 도흔 앞에서 울지 않을 수 있었다.

"꼭 처음 같네요. 첫날에도 도흔 씨, 나한테 그랬어. 생각보다 담담한데, 하고. 지금처럼 그런 목소리로. 생각나요?"

"생각나."

"그때 나 담담한 척하려고 무지 애쓰고 있었는데. 몰랐죠?"

"그랬었나."

도흔의 입가에 흐린 미소가 스쳐 갔다. 가두고 있다는 걸 알겠다. 이따금 눈빛과 미소에서 쓸쓸함을 드러내 보였던 그가 지금은 안에다만 눌러두고 있다는 것을 알겠다.

세연 또한 아픈 마음을 가두며 말했다.

"편백나무 숲길에서 나한테 생일 선물로 뭘 받고 싶으냐고 물었잖아요."

"받고 싶은 거 생각났어?"

"응, 생각났어요."

"말해."

"말하면 줄 거예요?"

"줄게."

"추억을 받을래요."

"추억이라. 퀴즈라도 내는 거야?"

세연은 고개를 저었다.

"당신하고의 모든 시간들을 기록한 다이어리. 그거 내가 가질래요. 그래도 돼요?"

무언가를 견디듯 입을 꾹 다물고 있던 도흔이 턱을 끄덕였다.

"돼. 그렇게 해."

"고마워요."

"다른 건?"

"다른 거 뭐요?"

"갖고 싶은 거 없어?"

"내가 말하기만 하면 뭐든 다 줄 기세야. 하여튼 허세 왕 자라니까요."

도흔이 웃음을 머금었다. 얼굴에 고요히 번지는 웃음을 두 눈에다 담으며 세연은 소망을 말했다.

"갖고 싶은 거 있어요."

"말해 봐."

독고도흔, 당신.

"나중에 우리가 다시 만나면. 그때 말해 줄게요."

"나중에⋯⋯."

"그때까진 달처럼 가슴속에 담아 둘래요."

"월식의 날이 오지 않기를 바라야겠네."

먹먹해진 맘을 감추며 세연은 활짝 웃었다. 그렇게 말해 주는 그가 고마웠다. 간절한 바람이 혼자만의 것이 아니어서 기뻤다.

"가게 문 닫을 시간인데."

"쫓아내는 거야?"

세연은 힘껏 고개 저었다.

"우리 집에 갈래요? 아니, 방이라고 하는 게 맞겠다."

"가 보고 싶었어. 매일 밤 네가 잠드는 방."

"누추하지만 특별히 초대할게요."

"설마 백 번째로 초대된 남자는 아니겠지?"

웃음 스민 도흔의 말에 세연은 더 환하게 웃어 버렸다. 웃을 수 있어 다행이었다. 오늘 같은 날 함께 웃을 수 있어 더 더욱.

도흔과 함께 빗속을 걸어 골목 끝의 집으로 왔다.

젖은 몸을 물에 씻어 내고 좁은 방에 이부자리를 펴고 둘이 나란히 누웠다.

앉은뱅이책상에 켜 둔 스탠드만이 어둠을 은은히 밝혀 주는 시간.

따듯이 품어 주고 싶은 맘 가득한 것은 세연인데, 도리어 도흔이 세연을 그의 품에 들여 꼭 안아 주었다.

"불편하지 않아요?"

"않아."

"그게 뭐예요. 괜찮아, 해야죠."

"괜찮아."

"오늘 무지 착한데요?"

"안 그럼 쫓겨날까 봐."

"쫓겨나면 갈 데 없는 사람도 아니면서."

"갈 데 없는 사람이 된 것 같은 기분이었어. 어제 아침에는."

울컥했다. 세연은 이를 악물어 치미는 울음을 눌렀다. 다독이듯 머리를 쓰다듬는 도흔의 손길이 느껴졌다. 심장 뛰는 소리에 귀를 기울이며 말했다.

"안아 줄걸 그랬어요. 혼자 나가게 두지 말고 꼭 안아 줄 걸."

"안아 주고 싶었어. 그 흔한 꽃다발도 없이 혼자이던 너를 봤을 때. 꼭 안아 주고 싶었어. 말도 안 되는 그 욕망이 어이없고 두려워서 뒤로 몇 걸음 물러났지. 그 순간 네가 나를 봤어. 눈빛이 부딪쳤다고 생각했는데, 아니었던 거야. 너는 내게서 그토록 무심히도 고개를 돌려 버렸으니까."

아련히 흔들리는 마음을 감춘 채로 세연은 짐짓 타박했다.

"첫눈에 반한 거 맞네요, 뭐."

"몰랐어, 그땐. 그게 뭔지. 어떤 느낌인지. 어떤 마음인지. 그날의 네가 생각날 때마다 나를 타일렀지. 막내 동생뻘인 여자애 하나일 뿐이라고. 쓸데없이 감정을 허비하지 말라고."

"그 막냇동생이 은진이였어. 당신은 그날 은진이 졸업식에 온 거였고요."

"끝까지 모르기를 바랐어. 알게 되면 너한테 '끝'이란 게 없어져 버릴 테니까. 네가 알던 현실 속의 사람과 내가 연결되면, 현실에서의 나를 알게 되면 결국 네가 힘들어질 테니까. TV에서 우리 회사 광고를 볼 때, 거리에서 우리 회사 로

고를 볼 때도, 마트에서 우리 회사 제품들을 만날 때도 내가 떠오르겠지."

그럴 것이다. 평소에 즐겨 사던 하경 브랜드의 스파게티 면과 소스 병만 봐도 도흔을 먼저 생각하게 될 테니까. 혼자서 자주 만들어 먹던 한 끼가 어쩔 수 없이 슬픔에 물들어 버릴지도 모른다.

"그건 너한테는 두고두고 자행되는 고문이나 같다고 생각했어. 완전한 마무리를 지을 수 없게 하는 짓이라고. 그러고 싶지 않았어. 열 번의 목요일이 지난 뒤 너한테 나는 말끔히 지워질 과거이길 바랐어. 네가 잊고 싶을 때 나는 잊혀야 한다는 마음으로 시작했어. 그럴 수 있을 거라고. 그래야 한다고."

"알아요. 알겠어요, 도흔 씨 마음. ……이젠 다 알아요."

"그 봄날. 수화로 노래하던 너를 다시 봤을 때……. 갖고 싶었어. 무엇이든, 어떤 형태로든, 어떤 식으로든, 널 내 것으로 갖고 싶다고 생각했어."

갖지 그랬어요, 라고 상큼하게 말할 수 없었다. 그때 도흔 옆에 함께 있었던 사람이 누구였는지를 이젠 알고 있으므로.

"그때. 내 옆에 성진이가 없었더라면. 그랬다면 곧장 너한테 걸어갔을지도 몰라."

세연은 상상했다. 무대 쪽으로 성큼성큼 걸어오는 도흔을.

거침없는 그의 걸음걸이를. 상상 속의 그 봄날, 햇빛은 기억보다 눈부시고 바람은 꿈결처럼 다정했다.

"그때, 그 순간에. 저 애가 누구냐고 묻고, 진세연이란 이름을 알아내고, 내 여자로 만들겠다고 자신만만하게 공언한 건 내가 아니라 성진이였지. 여자 하나를 두고 친구끼리 꼴사납게 싸우는 모양새를 만들긴 싫었어. 너를 친구보다 먼저 쟁취해야 할 물건처럼 전락시키기 싫었어."

간발의 차이로 직진의 걸음을 미뤄야 했던 스물여섯 살 도흔을, 그때 그의 가슴에 고였을 감정들을 생각했다. 그 순간 그는 저도 모르게 왼쪽 눈썹꼬리를 치켜 올리고 있었을까.

그날을 얘기하며 '질투는 아냐'라고 했던 도흔의 말이 생각났다. 정녕 질투는 아니었을 것이다. 질투라고 말하기엔 보다 더 원초적인 감정. 질투라고만 단정 짓기엔 훨씬 더 복잡한 감정.

스스로도 이해할 수 없을 그 감정들을 껴안고서 도흔은 친구가 계획한 다소 황당한 일들을 지켜보아야 했을 것이다.

"차성진. 너희 학교에서 소문이 파다했다니까 들어 알고는 있었을 거야."

"지프 선배라고들 불렀죠. 외제 지프에 태워 다니는 여자가 매달 바뀐다는 얘기들도 있었고요."

"그것 때문이었어. 성진이가 그런 이벤트를 기획했던 이유. 매달까진 아니었지만 사귀는 여자가 자주 바뀐 건 사실이었으니까."

"그런 극적인 모험들로 진심임을 증명해 보이고 싶었던 거였군요."

"종종 그랬듯이 잠깐이면 지나갈 바람일 거라 생각했어. 그래서 말리지 못했어. 그런 이벤트 따위 우스꽝스럽다고도 생각했어. 그런 걸 보여 줘 봐야 너한테는 먹히지 않을 거라고 생각했지."

"응, 먹히지 않았을 거예요. 난 그런 식의 이벤트 질색하는 편이거든요."

"성진이가 허망하게 세상을 떠난 후에, 나는 너를 가슴에 묻었어. 아주 깊이. 다시는 꺼내지 못하게. 소용없었어. 너는 불시에 나를 찾아왔어. 첫날과 두 번째 날의 그 얼굴, 그 모습으로. 너를 생각하면서, 내 마음속의 성진이를 죽였어. 괴로웠지만 그럴 수밖에 없었어."

세연은 도흔의 심장을 향해 더운 숨을 불어넣었다. 아프지 말라고, 괴로워하지 말라고, 자책하지 말라고. 그런 세연의 머리칼을 쓸고 또 쓸며 도흔이 물어왔다.

"은진이 때문에 마음 아팠지?"

"몰랐으니까. 이젠 괜찮아요. 근데 짐작도 못 할 수밖에 없는 게, 도흔 씨랑은 하나도 안 닮았잖아요. 어떻게 그래요? 신기해. 고도, 아니 도영 씨는 사진을 딱 보는 순간 도흔 씨를 떠올렸거든요."

"부끄러운 이야긴데. 우리 셋, 어머니가 달라."

"아……."

세랑의 존재를 알게 된 날. '알아'라고 말해 주던 도흔의 마음을, 그 말의 의미를 이제야 제대로 알겠다. 그저 사실에 대해서만 안다고 말했던 게 아니라 겪어 아는 마음이었던 거다.

부끄러운 이야기라기보다는 아픈 이야기. 도흔이 견뎌 왔을 날들이 애잔했다.

"아버지를 많이 닮은 도영이는 나하고도 닮았다는 소릴 종종 듣는데, 은진이는 저 혼자 딴판이라서. 유전자 검사까지 받고 들어온 녀석이야. 처음엔 아버지가 자기 자식으로 인정을 안 해 줬거든."

"그랬었구나. 은진이도 상처가 많았겠어요."

도흔의 가족사 전체에서 상처에 대해서 말하자면 그 누구보다도 도흔의 어머니가 가장 깊겠지만, 함부로 들먹이지 않기로 했다. 상처의 역사를 더 확장해서 도흔을 힘겹게 만들 수 없었다.

"도영이하고 은진이, 둘 다 각자의 집에서 생모하고 살다가 일곱 살이 되었을 때에야 우리 집으로 들어왔어."

아주 어릴 때도 아니고 초등학교 입학을 앞둔 시점에야 본가로 받아들였나 보았다. 은진이 도흔과 도영을 여느 집들에서처럼 큰오빠나 작은오빠라 칭하지 않고 이름을 붙여서 부른 것도 그런 사연 때문이었나 보다.

어느 날 갑자기 살던 집을 옮겨와 자신과는 닮지 않은 두 오빠들을 만났을 때, 자연스레 큰오빠나 작은오빠로 부르기는 어려웠을 테다.

"일곱 살이면 기억도 있고 웬만큼 아는 나이잖아요. 갑자기 환경이 바뀌면서 엄마를 많이 그리워들 했겠어요."

"아버지 딴에는 그게 배려라고 그러신 모양인데."

"어릴 땐 엄마 품에서 자라야 한다고 생각하셨나 봐요."

"음. 그런데 그런 방식이 그 녀석들한테는 양날의 검이 된 셈이랄까."

"어디에도 속하지 못하고 주변인처럼 외롭게 느껴질 수 있었을 것 같아요."

"맞아. 둘 다 똑같이 그런 과정을 밟으며 자라 왔어. 그래서 나하고는 다르게 커갈수록 둘만의 교감이 깊어진 편이지. 대학 졸업한 뒤로는 둘 다 따로 나가서 살아. 집엔 아버지 호출이 있을 때만 오고."

숲속의 집에서 '그런데 왜?' 뒤에 이어지지 못했던 도흔의 말이 무엇이었는지도 이젠 알겠다. 은진이 토요일에 한국에 들어왔으면서 왜 일요일의 아침 식사에는 참석하지 않았는지를 물으려던 거였다.

"그래서 은진이가 레테 CD를 도흔 씨한테 선물하곤 했구나. 도흔 씨하고 도영 씨, 둘이 좀 더 친해지라고. 음악으로 둘 사이에 다리를 놓으려는 거였구나."

"선물이라기보다는 거의 떠안기다시피 하는 거지."

"은진이 하고는 그래도 가깝게 지내는 것 같던데. 아니에요?"

"도영이보다는 가까운 편이지."

"참. 도영 씨 기사 또 떴던데. 괜찮은 거예요?"

"별일 아냐. 한이 잘 처리할 거야."

"한 비서님이 여기저기에서 참 바쁘시네요."

"한이 너하고 통화했다는 말을 듣고, 은진이를 의심했었어. 내가 그렇게 당부해 놨는데도 너한테 찾아와서 안 해야 할 말들을 해 버린 게 아닌가 하고."

도흔의 진실을 알게 된 것은 오늘. 순주가 읽어 준 고도의 기사 덕분에 유추할 수 있었다. 그렇지만 은진의 갑작스런 방문을 도흔이 알게 되었다는 것만으로도 쓰라리던 마음이 다독여진 기분이었다.

"그래서 은진이한테 막 다그쳤어요?"

"아니라고, 오빠 얘기는 안 했다고, 성진이 얘기만 했다고 실토하는 거야. 하······."

도흔의 한탄 같은 한숨이 맘을 헤집었다.

"난 괜찮아요. 말했잖아요. 나 보기보다 강단 있다고. 나한테는 마음 쓰지 마요. 그 얘기 듣고 놀라긴 했지만, 영상에서 도흔 씨를 보곤 무척 안타까웠어요. 친구로서 많이 힘들었을 당신 마음이 고스란히 느껴져서."

"발작하는 나를 눈앞에서 보고, 은진이가 패닉에 빠졌었나 봐."

"그랬겠죠. 내 앞에서 당신이 그랬다면 아마 나도······. 아, 그럼 스카프도······."

"특별한 증상은 없었어. 두통도 딱히 없었고. 다만 발작 가능성에 대해선 의사한테서 경고를 들었지. 항경련제를 먹고는 있었지만 혹여 발작을 일으키기라도 한다면······. 그 모습을 너한테 보일 수도 있다고 생각하니 끔찍했어."

"나라도 그랬을 거예요. 당신은 물론이고 누구한테도 보이기 싫었을 거예요."

"그런데 스카프는 꼭 발작의 우려 때문만은 아니었어. 너를 위해서라고 했던 말, 사실이야. 내 얼굴을 모르면 잊기 쉬울 거라고 생각했어. 기억한다 하더라도 시각 면에서는 맹점이 되어 버리는 거니까 잊기에 더 편할 거라고."

"그러다가 어느 순간 당신 마음이 바뀌었죠."

"네가 갖고 온 선물. 전혀 예상하지 못했던 그 가면이 분기점이 되었지."

"나도 그렇게 생각해요. 당신이 내가 준 가면을 쓰고 내 앞에 섰을 때. 당신을 내게 보여 주었을 때. 그때가 우리한테는 진정한 시작점이 되어 준 거라고요."

그러나 이 밤, 시간은 야속하게도 흘러가고. 분기점이자 시작점은 아득하게도 먼 추억이 되어 버리고.

골목 밖의 차에서는 한이 기다리고 있었다. 수술을 위해 내일 입원해야 할 도흔은 이제 곧 일어나야 한다.

그간 가슴에 품고만 있던 많은 것들을 꺼내어 놓은 도흔에게 고마워하며 이젠 그를 보내 주어야 할 때였다. 되도록 덜 아프게, 되도록 덜 슬프게, 되도록 덜 힘들게. 그럴 수 있으려면 억지로라도 웃어야 했다. 헤어져 마땅한 핑계라도 일부러 만들어야 했다.

"생각해 봤는데요. 도흔 씨하고 나는 서로 안 맞는 부분들이 제법 많은 것 같아요. 우리가 계속 만난다면 안 맞는 그 부분들 때문에 분명 싸우게 되었을 거예요."

"이를테면 어떤 것들?"

"도흔 씨는 늦잠 한 번 자 본 적 없는 아침형 인간인데, 난 살짝 야행성이거든요. 무엇보다도 일요일 아침엔 밥보다는 실컷 자는 게 훨씬 좋단 말이죠."

"그리고?"

"도흔 씨는 와인이랑 클래식 마니아지만, 난 기본적으로 소주 체질에다 대중음악 쪽이 아무래도 듣기 편하거든요."

"그리고 또?"

"여름에 태어난 도흔 씨는 미역냉국을 더 좋아하지만, 나는 생일엔 역시 따끈하게 끓여 낸 미역국이 제격이라 생각하고요."

"또 있어?"

"또 어떤 게 있을까."

"진세연은 파스타를 좋아하는데, 나는 밀가루 음식을 그리 즐기지 않는다는 거?"

"그렇구나. 내가 좋아한다니까 싫은데도 같이 먹어 준 거구나."

"싫어하진 않아."

"우리 공통점은 딱 하나뿐이야."

"뭔데?"

"생일 케이크에 촛불. 그런 거 별로라고 생각하는 거요."

"공통점이 딱 하나라니, 너무 심하잖아."

"그렇지만 미련 없이 헤어질 수 있어서 좋잖아요."

담담하게도 받아 주던 도흔이 침묵했다.

지금 이 순간 더 아프고 더 슬프고 더 힘든 사람은 도흔이

라고 생각했다. 세연에게는 남아 있는 날들이 있었다. 평범
할 그 나날들을 어떻게든 살아갈 수 있을 것이었다.

하지만 도흔에게는 없다. 기억이 마비된 채 버텨야 할 시
간들만 남았다. 지금까지의 삶이 부서져 버린 채로 하루하루
를 감당해 나가야 할 것이다.

부디 그 마비가 최소한이기를. 차츰 나아져서 그 장애가
치유될 수 있기를. 완전하게는 아니더라도 또 다른 삶을 영
위할 수 있을 만큼만이라도. 부디 그러하기를.

간절한 그 바람을 담아, 그리고 도흔의 마음에서 등짐과도
같을 부담을 덜어 주기 위해서, 세연은 되도록 담담히 말했
다.

"여기까지가 딱 좋아요. 우리가 서로를 가장 애틋이 여길
때. 내가 미움 없이 당신을 그리워할 수 있을 때에."

그리고…… 사랑이라 말하지 못하지만, 사랑이라고 느낄
때.

차마 하지 못할 말은 가슴에다 담고서 세연은 도흔의 품에
서 빠져나왔다. 서랍을 열고 다이어리의 열쇠 두 개를 꺼내,
몸을 일으켜 앉은 도흔에게 그중 하나를 건넸다.

손바닥 위에 정표처럼 나눠 가진 작은 열쇠를 들여다보며,
애써 웃음 지어 보이며, 세연은 허락을 구하듯 도흔에게 물
었다.

"이거 하나쯤은 우리, 간직하고 살아도 되겠죠?"

턱이 부서져라 이를 악문 도흔이 열쇠가 든 손을 꽉 움켜쥐었다. 그의 손목에 푸른 핏줄이 도드라졌다.

17화
마지막 목요일

수술 일주일 후, 세연은 도흔의 병실 문 앞에 서 있었다.

한의 배려로 잠시 도흔과 만날 수 있는 시간을 얻게 된 것이었다. 애초에 제안서에는 없었던, 제안서에서 지키지 못했던 열 번째이자 마지막 목요일이었다.

병실로 들어가기 전 세연은 숨을 깊이 들이마셨다가 내쉬었다. 한에게 들어 수술 경과와 회복 진행 상황에 대해서는 알고 있었다. 그래서 각오도 되어 있었지만 막상 도흔을 직접 대면하려니 가슴이 떨려왔다.

한이 문을 열어 주었다. 세연은 조심스레 병실 안으로 발을 내디뎠다. 특실이었으므로 문에서 도흔이 누워 있는 침상까지는 거리가 제법 됐다. 뒤따라 들어온 한이 세연보다 두어 걸음쯤 뒤에 섰다.

침대 머리맡에 비스듬히 기대어 앉아 창 너머로 시선을 두고 있던 도흔이 가까이에 온 세연을 돌아보았다. 조금 여윈 얼굴의 그와 눈빛이 마주쳤다.

집에서도, 병원으로 오는 동안에도 수없이 웃는 연습을 했건만 세연은 도흔에게 미소 지어 보일 수 없었다. 지금의 도흔에게 세연은 모르는 사람이었다. 낯선 여자였다. 공허한 눈빛만으로도 세연은 알 수 있었다.

"누구시더라."

흐린 미소를 머금고 입을 뗀 도흔이 세연 뒤에 서 있는 한에게로 눈길을 던졌다. 목이 메어 와서 세연은 어떤 말도 건넬 수가 없었다.

"여자 친구던가?"

도흔의 말에 세연은 반가워도, 기뻐할 수도 없었다. 지금 도흔의 시선이 한에게로 넘어가 있었고, 그에게 향하는 물음임을 느꼈기 때문이었다.

"너한테 이렇게 예쁜 여자 친구가 생겼을 거라고는 상상도 못 했는데."

고등학교 때까지만 기억한다고 했다. 스무 살 이후로는 거의 공백이 되어 버렸다고. 가족들과 한을 알아봐서 그나마 다행이었다. 자신의 존재 자체를 지워 버리는 최악의 상황은 아니어서 정말이지 너무나도 다행스러웠다.

그렇지만 눈으로 확인하는 일은 역시 힘들다. 행여나 하는 기대도 없지 않았다.

세연으로 인해 도흔에게 현재의 기억이 촉발될지도 모른다는 기원을 품은 것이 한만은 아니었다. 세연 또한 한의 그 기원에 간절한 소망을 껴안고 동참했던 것이다.

그러나 아무리 힘들다 하여도 도흔 본인만큼은 아닐 터. 세연은 온 힘을 다해 마음을 가다듬었다.

"몸은 좀 어때요?"

한에게 가 있던 도흔의 눈길이 세연에게로 돌아왔다.

"아프진 않아요?"

"괜찮습니다."

"다행이에요."

"보시다시피 뇌가 포맷이 돼 버려서. 알아보지 못해 미안해요."

세연은 고개를 저었다.

"아니에요. 미안해하지 마세요. 수술도 무사히 마쳤고, 지금 이렇게 건강하시잖아요. 그럼 된 거예요. 누구한테도 미안해하실 필요 없어요."

애써 웃음도 지어 보이는 세연에게 도흔이 툭 던지듯 말했다.

"슬퍼 보이네."

"아닌데. 이렇게 웃잖아요."

"그 꽃, 나 주려고 갖고 왔어요?"

"아."

세연은 들고 온 장미 다발을 도흔에게 내밀었다.

"여자한테 꽃 받는 거 처음인데, 하필이면 이한 여자 친구한테서라니."

나른한 웃음이 곁들여진 도흔의 말에 세연은 입안의 여린 속살을 깨물어야 했다. 더 있다간 울게 될 것 같아 한을 돌아보았다. 이제 그만 나가겠다는 의미였다. 한이 눈으로 끄덕였다.

"얼른 나으시고, 나중에 또 봬요."

"나중에……."

'나중에'라는 말이 지니는 의미를 그가 알아차리고 있는 건 아닐까, 일순 가슴이 뛰었다. 하지만 그뿐이었다. 도흔은 의례적일 웃음을 지어 보이고는 장미 꽃다발도 사이드 테이블에다 내려놓았다.

세연은 도흔에게 고개 숙여 인사하고는 뒤돌아섰다. 눈물을 참으며 문까지 나오는 걸음걸이가 허방을 짚어 가듯 막막했다.

병실을 나오고 등 뒤의 문이 닫혔을 때에야 마지막 목요일이 끝났음을 실감했다.

허청허청 걸어 나오다가 복도 끝 의자에 앉아 울고 있는 남자를 보았다. 시원하게 터지지도 못하고 끅끅, 속울음만 짓고 있는 그는 도영이었다. 사진으로 보았던 고도의 모습들과는 달리 초췌하기 짝이 없었다.

그 곁에 눈물도 없이 텅 빈 얼굴로 허깨비처럼 앉아 있는 여자는 은진이었다. 화장하지 않은 얼굴이라 그럴까. 제멋대로인 성정이나 세련된 미모는 찾아볼 수 없고 평범한 여고생 같아 보였다.

은진의 말이 맞다. 도흔을 아무리 특별하게 생각하고 걱정한다 해도 핏줄보다 더 아플 수는 없겠지. 그간의 긴 세월을 공유해 온 가족보다도 더 힘들 수는 없겠지. 이 슬픔과 절망도 가족들이 느끼는 고통에 비하면 사치에 불과하겠지.

두 사람을 외면한 채 세연은 엘리베이터에 올랐다. 세연을 따라 엘리베이터에 오른 한에게 말했다.

"배웅 안 해 주셔도 돼요. 도흔 씨 혼자 두지 말고 들어가 보세요."

"곧 도흔이 어머님께서 올라가실 겁니다. 전문 간병인을 두고 있는데도 어머님께서 내내 곁을 지키고 계시니 혼자 있을 겨를도 없습니다."

"그래도 도흔 씨 옆에 있어 주세요."

저는 그럴 수 없으니까 저 대신에요, 라는 뜻이기도 했다.

"세연 씨한테 드릴 말씀이 있습니다."

돌아보는 세연에게 한이 덧붙였다.

"전해 드릴 것도 있고요."

병원 밖의 한적한 커피숍 2층에 한과 마주 앉았다.

"누구에게도 상처를 입히는 일은 아니라고 생각했습니다."

한이 입을 열었다.

"도흔이가 세연 씨에게 그 제안서를 전하라고 했을 때 말입니다."

듣고만 있는 세연에게 한이 말을 계속했다.

"납치도 아니고 쌍방의 합의에 의한 계약일 뿐이니, 끝이 어떻게 되든 그 제안을 받아들인 사람이 감당해야 할 몫이라고 생각했었습니다."

맞다. 처음부터 세연 자신의 의지에 따른 시작이었다. 제안서를 끝내 수락하지 않고 거절했다면 오늘도 없었겠지만. 세연 스스로 선택했다. 이제 와 누구를 탓하는 건 비겁한 일. 그러므로 오늘도, 다가올 날들도 온전히 감당해야 한다는 것을 안다.

"그런데…… 오늘 세연 씨를 보니, 도흔이를 끝까지 말렸어야 했나, 후회가 되기도 합니다."

"그러지 마세요, 한 비서님. 제가 선택한 일이에요."

"죄송합니다."

고개 숙인 한에게서 억누른 슬픔을 보았다. 한에게 쌓여 있을 슬픔의 원천은 도흔일 터. 같은 슬픔을 갖고 있으며 서로가 그걸 알고 있다는 게 지금은 위로가 됐다.

세연은 아이스 아메리카노를 한 모금 들이켰다. 원두의 향보다는 얼음의 맛이 강했다. 시리고 시린 얼음 알갱이를 입 안에 머금었다.

한이 가방에서 누런 서류 봉투를 꺼내 탁자에 올리고는 세연 쪽으로 밀었다.

"뭐예요?"

"도흔이가 세연 씨를 위해 준비해 놓은 것들입니다. 편지도 있으니까 제가 가고 나서 보시면 될 것 같습니다."

"편지라니……. 도흔 씨가 저한테 쓴 편지가 있단 말이에요?"

"네."

가슴이 아프게 내려앉았다. 편지를 쓸 때 도흔의 마음이 어떠했을지 보지 않고도 선연히 느껴졌다.

"확인하셨는지 모르겠지만, 지난주에 제안서대로 10억이 입금 완료되었습니다."

계좌는 확인하지 못했다. 도흔의 수술이 무사히 끝나기를 바라고만 있느라 그럴 여유가 없었다. 다이어리는 세연이 갖기로 했는데도 3억을 제외하지 않은 도흔의 그 마음이 세연은 또 아팠다.

"세금 처리가 깨끗이 된 돈이니까 편히 쓰셔도 됩니다."

"만약에, 제가 그 돈을 받지 못하겠다고 한다면. 도흔 씨한테 다시 돌려주고자 한다면요?"

"그럴 경우를 예상해서 도흔이가 저한테 미리 확약을 받아 두었습니다. 세연 씨한테서 1원 한 장도 돌려받아서는 안 된다고 말입니다. 그러겠다고 했습니다. 그러니 걱정 말라고 도흔이한테 말해 두었습니다."

세연은 끄덕였다.

도흔이 그럴 줄 알고 있었고, 돌려줄 방법이 없으리란 것도 예상하고 있었다. 그렇지만 마음은 허했다. 돈을 매개로 맺어진 만남이 아니기를 바라는 마음이 가슴 한구석에 욕심으로 살아 있기 때문일 것이다. 부질없는 욕심이었다.

"그동안 고마웠어요, 한 비서님."

"이, 한, 입니다."

아까 병실에서 도흔이 언급해 들었던 이름, 이한.

도흔이라는 이름을 처음 들었을 때 혹 외자일까 생각했었는데. '이'와 '한' 사이를 떼어 말하는 걸 보니 외자였나 보다.

세연은 다시금 끄덕이며 인사했다.

"네, 이한 씨. 고맙습니다."

"그럼, 먼저 일어나겠습니다."

일어나는 한에게 세연은 간절한 마음으로 부탁했다.

"도흔 씨를…… 지켜 주세요."

울컥해진 얼굴로 한이 끄덕였다.

한이 커피숍을 나간 뒤, 세연은 서류 봉투를 열었다. 두툼한 문서 뭉치가 여럿, 아마도 편지가 들었을 흰 봉투 하나, 그리고 자동차 키가 하나.

마지막처럼 느껴졌던 아홉 번째 목요일, 그렇게도 차를 사주고 싶어 하더니만 끝내. 편지를 뜯기도 전에 먹먹해져 버렸다.

세연은 심호흡을 한 다음 하얀 봉투를 열고 도흔이 썼다는 편지를 꺼냈다. 접힌 편지지를 펴자 도흔을 닮아 단정하고도 힘 있는 손글씨가 나타났다.

세연에게

순정한 마음은 아니었어.

생을 갉아먹듯 자꾸만 생각나는 너.

몸을 가지면 남는 마음 같은 건 없을 거라고, 열 번이면 충분하리라고 생각했어.

　첫 목요일, 너를 보는 순간 직감했어. 마음 없이 몸만 열 수는 없겠구나.

　네가 주는 마음을 바라지 않은 채 함부로 몸을 열어서는 안 되겠구나. 너한테 나는 그럴 수 없겠구나. 그러지 못하겠구나.

　이쯤에서 어쩌면 너도 나한테 말할지 모르겠다.

　순정한 마음이 아니라고.

　돈이 아니었다면 시작되지 않았을 거라고.

　당신이 그렇게 생기지 않았다면 가려던 마음도 멈춰 섰을 거라고.

　초연한 얼굴로 이렇게 말하는 너를 상상하며 웃고 있어.

　웃게 해 줘서 고마워. 지금도, 너를 만났던 모든 시간들에도.

　내 심장이 뛰고 있음을 깨워 주고, 생생히 살아 있는 나를 깨닫게 해 줘서 고마워.

　그러니까 고마운 사람한테 주는 선물이라 생각해 주면 좋겠어. 돈이 아니라 마음이라 여겨 주면 더 기쁘겠어.

　사계절 내내 커튼을 드리워야 하는 방에서는 더 살게 하고 싶지 않아서 햇빛 잘 드는 아파트를 하나 마련해 뒀어. 크진 않아. 혼자 지내기에 적당할 거야.

고르느라 나름 고심했으니까 맘에 안 들어도 불평은 말아 줘. (투덜대는 네 목소리가 듣고 싶긴 해.)

편백나무 숲속의 집에 대해서는 오래 고심하지 않았어. 그집의 새 주인은 수화가 웬만큼 되는 사람이어야 한다는 결론에 이르렀거든.

아직은 형편없는 수준이긴 하지만 발전 가능성을 믿고 너한테 주기로 결정했어.

형편없단 말에 발끈하는 네 얼굴이 보이는 것 같다.

화내고 투덜거려도 예쁘기만 하다고 말해 줄 수 없어서 속상하지만…… 할 수 없지. 이렇게 글로라도 전해 줄 수밖에.

책상 보러 가야겠다던 말, 꼭 지켜 줘. 방치해 두면 마음 아플 거야.

대숲 같은 그분들도 네가 언제 오나 기다리실 테고. 아마 너에게도 대숲이 되어 주실걸?

차는 내 취향대로 골랐어. 디자인보다는 안전성에 중점을 뒀으니까 살살 몰고 다녀. 가끔씩 큰어머니도 태워 드리고. 라무진은 아니지만 쓸 만할 거야.

커피숍 건물과 부지를 일단은 한의 이름으로 매입해 뒀어. 지금 건물은 헐고 4층으로 올린 다음에 너한테 증여하기로 되어 있으니까 잘 기억해 뒀다가 받아.

혹시 한이 딴 맘이라도 먹으면 어떡하나 5초쯤 고민했는데, 그럴 놈 아닌 거 아니까 믿기로 했어. 만에 하나 그런 일이 생긴다면 이 편지를 보여 줘.

편지는 절대로 보여 주기 싫다고? 혼자서만 간직하고 싶다고?

웃자고 하는 얘기에 다큐로 반응하면 곤란하잖아. 한은 믿어도 돼. 편지를 보여 줘야 하는 일 따위는 결코 일어나지 않을 테니 안심하라고.

시간 외 수당이 아니라 시간 외 마음으로 생각하고 기쁘게 받아 주면 고맙겠어. 목요일의 시간들을 넘어서는 내 마음으로 말이야.

건물주가 꿈이 아니란 건 알지만, 조그만 건물 한 채쯤 있어서 나쁠 것도 없잖아?(횡재했다고 환호해 주면 더욱 좋겠지. 하하.)

이제 일어나야겠어.

나를 병원에 데려가려고 한이 아까부터 문밖에서 기다리고 있거든.

글 솜씨도 없고 여자한테 편지를 쓴다는 것 자체가 오글거리기도 한데, 그만 마무리해야 한다니 아쉽네.

하지 못한 말들이 아직 남아 있는 것 같아서 그렇겠지.

시간이 더 많이 주어진다 해도 못다 한 말들은 내내 가슴에 남아 있겠지만.

진세연.

너를 사랑하지 않으려 애썼어.

나는 그저 세상 어디에나 있는 여자들 중 하나일 뿐이라고. 열 번의 목요일이 지나면 싫증이 날 여자, 그것으로 충분하다고.

너도 짐작하고 있다시피 잘 안 됐어. 완전히 실패했지. 하튼 노력이었음을 인정할게.

이런 내 마음이 앞으로의 네 삶에 짐이 되지 않았으면 해.

제안서라는 방식으로 너를 욕심내서 미안해.

너는 내 제안을 기꺼이 선택하고 외딴 집으로 나를 만나러 올 만큼 강단 있는 데다, 내성으로 상처를 이겨 낼 만큼 현명하니까, 지난 목요일들에 발목 잡히지 않고 남은 시간들을 건강하게, 잘 살아낼 거라 믿어.

도흔

세연은 다 읽은 편지를 고이 접어 봉투에 넣었다. 목이 아프고 아팠다. 목 저 아래에서 뜨거운 덩어리가 치솟아 오르려 해 침을 삼키고 또 삼켰다.

문서 뭉치는 등기 권리증 두 부였다. 숲속의 집과 아파트의 현관 비밀번호를 적어 둔 메모도 있었는데, 모두 세연의 생일이었다.

✳   ✳   ✳

가게로 들어가는 골목 초입의 보도블록들이 온통 파헤쳐져 있었다.

길을 넓히는 공사가 진행 중이라고 쓰여 있는 안내문을 보고 돌아선 세연은 근린공원 쪽으로 향했다. 공원 후문의 오솔길을 통해서 가게로 갈 생각이었다.

공원 정문 부근에서는 오늘도 프리마켓 행사가 한창이었다. 저녁 무렵이라고는 해도 아직 환해서 줄지어 선 천막과 가판대들마다 구경 나온 사람들이 적지 않았다.

그들 틈을 무연히 걸어가다가 가판대 끄트머리에서 걸음을 멈추었다. 영롱하게 울리는 어떤 음률 때문이었다. 그것뿐이었다면 곧 스쳐 갔을 테지만, 세연은 움직이지 못한 채 그 부스 앞에 붙박였다.

판매대 위에 진열된 각양각색의 가면들을 물끄러미 내려다보고 있을 때, 오르골 소리처럼 영롱하던 멜로디가 멎었다. 판매대 너머에서 20대 초반의 여자가 쥐고 있던 조그만 악기를 들어 보이며 말했다.

"칼림바예요."

나무로 된 직사각형의 몸체에 길이가 다른 금속 건반들이 부착되어 있었다.

"소리가 참 곱네요."

"그죠."

정답게 동의하며 여자가 세연에게 웃어 보였다. 세연은 다시금 가면들로 눈길을 주었다. 도흔에게 건넸던 진보랏빛의 가면과 비슷한 작품이 눈에 들어왔다.

"두 달 전엔가, 사 가셨죠?"

"기억하시네요."

"제가 제일 아끼던 작품이었거든요. 단번에 그걸 집으셔서 뜨끔했다고나 할까요. 아끼는 마음을 들킨 걸까? 얘는 제일 나중에 팔렸으면 좋겠다, 그랬거든요."

속내를 보여 주고 있는데도 수다스럽게 느껴지진 않았다. 소담스러운 생김새의 그녀에게 세연도 그 가면의 행방을 말해 주었다.

"선물했어요."

"누구한테요?"

"못 보면 그리워질 것 같은 사람한테요."

"아……. 그러셨구나. 마음에 들어 하셨어요?"

"네, 아주. 그 가면 덕분에 훅 가까워졌거든요."

"와, 잘됐다. 무지 기쁜데요?"

여자의 웃음이 넘치도록 화려하지 않았으므로 세연도 잔잔히 웃음을 보냈다.

"저도 선물하고 싶어졌어요."

그러고는 여자가 세연의 눈길이 닿아 있던 보랏빛 가면을 집어서는 세연에게 내밀었다.

선물이라는 말을 앞세운 것은 강매가 아님을 알리려는 것일 텐데. 무시하고 가면 값을 지불할 수도, 그렇다고 그냥 받을 수도 없어 난감해하고 있는 세연에게 여자의 말들이 차분차분 다가왔다.

"가끔, 막 울고 싶을 때. 가면 속에 숨어서 마음껏 울어 버릴 때가 있어요. 그러고 나선 결코 울지 않았던 것처럼 또 씩씩하게 살고요. 눈물에 젖은 가면은 햇빛 좋은 곳에다 널어 놓고는 말예요."

낯선 이에게서 건네어진 위로라고나 할까. 낯선 이로부터 건너온 마음이기에 더 편안히 수긍하게 되는 순간이랄까.

서너 살쯤 어려 보이는 이 앳된 여자에게 울 것 같은 얼굴로 보였을지도 모르겠다. 그래서 아끼는 작품과 흡사하게 새로 만든 가면을 선뜻 선물하게 만들었는지도.

세연은 사양하지 않고 가면을 받아 들었다.

"고마워요."

세연의 인사에 여자가 다정하게 웃었다.

여자의 부스를 떠나 공원 안쪽으로 걸어갈 때 칼림바의 멜로디가 멀리서 울리는 종소리처럼 세연을 뒤따라왔다.

후문으로 이어지는 산책로를 따라 얼마간 걷다가 초록 잎들이 우거진 나무 아래의 벤치에 앉았다.

서서히 해가 기울어 어둠이 스며들기 직전의 시간.

세연은 여자한테서 받은 가면을 얼굴에 썼다. 울 것 같은 얼굴을 가면으로 가렸다. 여자의 말처럼 가면 속에 숨었다.

도흔의 얼굴을 절반만 보여 주었던 그 가면을 생각했다. 그날 처음 본 그의 얼굴을 생각했다.

그 순간의 도흔이 그리웠다. 도흔의 입가에 맴돌던 미소가 그리웠다. 두 눈에 눈물이 차올랐다. 참지 않았다. 억누르지도 않았다. 흐르도록 내버려 두었다.

가면이 흠뻑 젖어 들도록, 세연은 오래 울었다.

세연

커피숍 문을 열고 들어서자 순주가 반색하며 뛰어나왔다.

"언니!"

세연은 미소 지었다.

"주말도 아닌데 어쩐 일이에요?"

"암행?"

"진짜요?"

눈이 동그래지는 순주를 보며 세연은 웃었다. 순주도 활짝 웃었다.

점심시간도 훌쩍 지나고 오후가 무르익을 즈음이라 실내엔 손님들이 드문드문 있었다. 2층도 마찬가지일 터였다.

"힘들지?"

"아니요. 하나도요. 언니가 평생직장을 만들어 줬는데 힘들 리가 있겠어요? 사람들 막 몰릴 땐 정신없다가도 이맘때 되면 새삼 행복을 만끽하게 된다니까요?"

"매니저님께서 평생직장이라 해 주니 든든하네. 힘이 마구 난다."

순주 얼굴이 더욱 환해졌다.

마지막 목요일로부터 1년이 지났다. 위트 섞인 도흔의 당부처럼 한에게 편지를 보여 주어야 할 일 같은 건 일어나지 않았다.

한의 지휘 아래 말끔하게 지어진 새 건물은 올봄에 적법한 과정을 거쳐 세연의 명의로 옮겨졌다. 증여세를 포함한 시시콜콜한 일들은 한이 모두 처리해 주었다. 물론 도흔에게서 미리 지시받은 사항들이라고 했다.

1층과 2층엔 세연이 운영하는 커피숍이, 3층엔 세를 준 수공예품 공방이, 그리고 4층 원룸엔 순주가 머물고 있었다. 캠퍼스커플이었던 남자 친구와 헤어진 순주는 휴학에서 자퇴로 노선을 바꾸고는 바리스타 자격증까지 따서 커피숍 일에만 열중이었다.

순주 덕분에 세연은 커피숍 걱정 없이 큰엄마 집에서 이모와 함께 큰엄마를 돌보며 지낼 수 있었다. 순주가 아르바이트생 관리까지 하며 워낙 잘해 나가서 세연은 주말에만 잠깐씩 나와 돕는 식이었다.

커피숍에서 그리 멀지 않은 아파트에도 토요일에만 들러 하루를 자고 나오곤 했다. 크지 않다던 도흔의 말과는 달리 30평대 초반이라 때로는 휑하게 느껴졌다. 가구며 생활용품들도 오목조목 채워져 있어 세연이 따로 손댈 곳도, 돈이 더 들어갈 일도 없었다.

도흔에게 들릴 리도 없건만, 이따금 세연은 혼자서 신나는 척하며 말하곤 했다. 횡재했네, 진세연, 하고. 그에게는 보여 주지도 못하는 웃음을 애써 지을 때면 문득문득 쓸쓸해졌지만 꿋꿋이 견뎠다.

세연은 깔끔하면서도 정감 있게 꾸며진 커피숍 내부를 휘둘러보았다. 새 건물에서 오픈한 이후에도 젊은 연령대의 손님들이 주를 이루는데, 골목에 면한 창가 자리에 귀티 나는 노부인이 혼자 앉아 있었다.

"언니."

순주의 부름이 노부인에게서 세연의 시선을 불러들였다.

"언니가 왜 오늘 나왔는지 알겠다."

"센스 순주께서 이제야 알아채셨어요?"

"드디어 날짜 잡았구나. 맞죠?"

"응, 드디어."

부러움 가득한 표정을 지어 보이며 순주가 물었다.

"언제 출발해요?"

"모레."

"이탈리아 간다고 했죠? 얼마나 있을 건데요?"

"2주 예정이야. 맘 내키면 더 있을지도?"

"기왕 가는 김에 한 달쯤 있다 와요, 언니."

"그럴까?"

"갔다 와서 언니의 오랜 꿈인 여행서도 쓰고요."

"그러려고."

"꿈꾸던 첫 해외여행을 코앞에 둔 사람치고는 너무 덤덤한 거 아니에요?"

"그런가?"

애써 웃음 지으며 무심히 고개를 돌리다 노부인과 눈길이 마주쳤다. 저쪽은 세연처럼 무심한 시선이 아니라 정확히 그녀를 보고 있는 눈빛이었다.

초면인데도 전혀 낯설지 않은 저 눈빛. 후드득 가슴이 내려앉았다. 다음 순간엔 어떤 직감 같은 것이 세연을 휩쌌다.

세연은 천천히 걸어 노부인 앞으로 다가갔다. 가까이에서 보니 노부인이라 하기엔 이른 얼굴로 예순이 채 안 되어 보였다. 흰색으로 뒤덮이다시피 한 머리 때문에 본래 나이보다 더 위로 보였나 보다.

멀리서도 첫 느낌에 귀티를 떠올렸듯, 바로 앞에서 봐도 우아하고 기품 있는 모습의 그녀가 자리에서 몸을 일으켰다. 분위기며 이목구비가 섬세하게도 닮아 누가 말해 주지 않아도 도흔의 어머니라는 걸 알 수 있었다.

세연은 공손히 몸을 숙여 인사했다.

"내가 누구인지 한눈에 알아보겠나 봐요."

"네."

"바쁘지 않으면 나한테 시간을 좀 주겠어요?"

"네, 어머님."

도흔의 어머니가 앉기를 기다려 세연도 맞은편 자리에 앉았다.

"갑자기 찾아와서 당황스럽지요?"

"아닙니다, 괜찮습니다."

"먼발치에서 그저 보고만 가려 했는데, 이렇게……. 놀랐을 텐데 먼저 다가와 줘서 고마워요."

"말씀 낮추세요, 어머님."

"초면에 그럴 수야 없지요. 존대가 편치 않더라도 편히 들어 주면 좋겠어요."

세연은 잔잔한 미소로 대답을 대신했다.

"진세연 씨. 도흔이가 마음 준 여자라고 들었습니다."

높낮이가 거의 없는 말투에 목소리 톤마저 단정해서 어떤 의미로 건네는 말인지 짐작하기가 힘들었다. 세연은 떨리는 마음을 누른 채 눈길을 내리고는 차분히 말했다.

"이미 지난 일입니다."

사실이 그랬지만, 혹시라도 옛 인연을 빌미로 발목을 잡으려거나 도흔의 집안에 폐를 끼칠 생각 같은 건 없음을 명확히 알리기 위한 대답이기도 했다.

"그렇습니까."

확인하는 물음인지 우려에 대한 확답을 원하는 것인지 끝이 잦아드는 어조로는 알 수 없었다. 다만 그늘이 서려 있는 얼굴인데도 세연에게로 오는 눈빛만은 명징했다.

세연은 이내 대답할 수 없었다. 아니, 어떤 대답도 할 수 없었다는 게 맞을 것이다. 그렇지 않다고, 사실은 매일매일 그 사람을 생각한다고, 울음을 삼키며 그리워한다고 차마 사실대로 말할 수가 없었으므로.

답을 기다리기라도 하듯 얼마간 침묵하고 있던 도흔의 어머니가 먼저 입을 열었다.

"도흔이는 결혼이라는 것에 냉소적이었습니다. 부모로서 좋은 본보기를 보여 주지 못해 미안할 따름이지요. 도흔이가 그러는 게 꼭 내 탓인 것만 같아서……."

"어머님 탓이 아니에요. ……아니에요."

아빠로 하여 아프고 외로웠을 엄마의 심정을 떠올리며 세연은 간절히 말했다.

"어느 날은 넌지시 결혼 애길 꺼내 보았더니, 내 마음에
드는 며느릿감이 있으면 결혼하겠다고 하더군요. 그 말을 듣
고 마음이 아파서……."

세연도 마음이 아팠다. 아버지에 대한 마음이 애증을 넘어
도흔의 삶에 깊숙이 영향을 끼쳐 왔음을 느낄 수 있었다.

"어미 마음을 배려하느라 두 동생들과도 편히 마음 주고
받으며 지내지 못했어요. 동생들을 아끼는 마음이 들다가도
어미를 생각하면 그 마음 가두게 되곤 했겠지요. 어려서부터
마음을 흔연히 나누기보다는 속에다 가두어 두는 데 더 익숙
했던 아이였습니다."

먹먹한 마음으로 세연은 그저 끄덕였다.

"도흔이한테서 직접 들었으면 더 좋았겠지만. 이 실장한테
서 진세연 씨 이야기를 들었을 때, 마음을 줄 수 있는 사람이
있어 참 다행이구나 생각했지요."

울컥해져 버린 세연은 아무 말도 건넬 수가 없었다.

"나는 도흔이가 어느 집안 누구의 아들로서가 아니라, 한
여자의 남자로서 행복을 누리며 살아가길 바라고 있어요. 내
가 그렇게 살지 못했으니 내 아들은 더더욱 그러기를 바라게
되는 것이지요."

어머니로서의 마음이 느껴져 손이라도 따뜻이 잡아 드리

고 싶었지만 그럴 수 없어 세연은 더 안타까웠다.

"부모니 가족이니 회사니 그런 것들 다 떠나서, 마음을 주고 또 받을 수 있는 여자를 만나 아이도 낳고 가족을 꾸려서 오순도순 행복하게 살아가는 모습을 보는 것. 그게 내게는 가장 커다란 소망이랍니다."

끄덕여 주는 것밖에는 무슨 말을 더할 수 있을까. 세연은 잠겨 오는 목을 다독이며 끄덕이고 또 끄덕이기만 했다.

"내가 좀 더 일찍 세연 씨를 알고 이렇게 만났으면 좋았을 텐데, 생각했어요. 아마 도흔이는 아버지의 허락을 얻지 못할 거라 생각했을 테지만. 좀 더 일찍 알았다면 내가 무슨 수를 써서라도 이루어 주었을 거예요. 들어 알고 있겠지만 도흔이 아버지가 나한테 지은 죄가 많아요. 그러니 내가 끝까지 고집을 세우면 그 사람도 어쩌지 못했을 거예요."

말씀만으로도 감사하다고 말해야 할까. 어머님도 아시듯이 이미 늦어 버린 일이라고 답해야 할까.

"도흔 아버지하고의 세월들을 돌아봐도 그렇지만, 사람의 인연이라는 게 끊고 싶다고 쉽사리 끊어지는 것도 아니고 잇고 싶다고 맘대로 이어지는 것도 아니고. 연이 다하면 간절히 바란다 해도 끝나고 말 테지만, 연이 아직 살아 있다면 지우려 아무리 애를 써도 결국은 서로 닿기 마련이지요."

마음이 저며 오는 채로 세연은 여전히 할 말을 찾지 못한 채 듣고만 있었다.

"고맙다는 말을 하려던 게 쓸데없는 말들이 길어졌네요. 내가 시간을 너무 많이 뺐었지요?"

"아닙니다, 어머님. 저한테는 아주 소중한 시간이었어요."

"그래요. 그렇게 말해 줘서 고마워요."

"저도…… 고맙습니다."

따사롭게 건너오는 눈길 앞에서 세연은 고백하듯 말해 버렸다.

"제가…… 도흔 씨한테 받은 게 너무 많아요, 어머님."

"아버지가 하던 방식으로 마음을 주었나 보네요."

아련한 끄덕임 끝에 다가든 그 말에서 세연은 애잔한 위로를 읽었다. 아들을 아파하는 어머니의 마음을 보았다.

"어떤 방식이든, 그 사람 마음이었다는 거 알아요."

미소를 머금고서 끄덕여 주고는 도흔의 어머니가 자리에서 일어났다. 세연도 함께 일어섰다.

마치 도흔을 보내듯 안타까움과 아쉬움에 문밖에서만 배웅하고 돌아설 수 없어 햇볕이 내리는 골목길을 따라나섰다. 도흔의 어머니도 세연과 다르지 않은 듯 하염없이 느린 걸음이었다.

골목을 다 벗어나니, 대기하고 있던 차에서 기사가 내려 정중한 자세로 뒷좌석 문을 열었다. 차에 오르려다 말고 도흔의 어머니가 문득 생각난 듯 세연에게 말을 건넸다.

"이탈리아로 여행을 떠난다고 들었어요."

"아, 네."

"아까 커피숍에서 본의 아니게 엿듣고 말았네요."

"아니에요. 비밀스런 얘기도 아닌 걸요."

"이탈리아 어디로 가는지 물어봐도 될까요?"

"피엔짜라는 작은 마을이에요."

"아, 피엔짜. 햇빛이 맑은 곳이지요."

"가 보셨나 봐요."

"오래전에……."

오래전에, 머리가 이토록 희어지기 전 곱디고운 청춘의 날들이었을까. 아름답던 그 시절에 이분의 가장 커다란 소망은 무엇이었을까. 아마도 지금과는 조금 다른 것이었겠지. 서로 주고받는 마음에서 느끼는 행복감과 찬란할 미래였을지도.

무상한 세월을 거쳐 단 하나 품게 된 소망일 아들의 행복. 꼭 이루어지기를 바랐다. 어머니의 꿈을 위해서만이 아니라 도흔의 삶을 위해서도. 그의 시간들이 행복하기를 바라면서.

도흔이 잘 지내고 있는지 묻고 싶었지만 가두었다. 그가 휴직 상태라는 것을 한에게 들어 알고 있었다. 뭉텅 잘려 나간 기억들이 그대로라는 것 또한 한이 말해 주어 알고 있었다.

차라리 다행스러운 일인지도 모르겠다. 대학 때 만난 친구인 차성진이란 인물과 그 죽음이 도흔의 기억에서 영원히 지워졌을 테니 말이다.

두 손으로 세연의 손을 꼭 안아 주고는 도흔의 어머니가 차에 올랐다. 세연은 그녀를 향해 몸을 깊숙이 숙였다. 그리고 도로로 섞여 든 차가 멀어져 사라질 때까지 도흔을 바라보듯 그 자리에 그대로 서 있었다.

여행을 떠나는 날 아침, 세연은 엄마랑 떨어지는 어린아이처럼 대문까지 졸졸 따라 나온 큰엄마를 부둥켜안고 등을 토닥였다.

"엄마, 연이 여행 다녀올게요."

"다섯 살 먹은 애 같네."

옆에서 이모가 측은한 눈을 하고 말했다.

"그래도 가지 말라고 떼를 안 쓰시니 얼마나 다행이에요."

"떼 부리기 전에 얼른 가. 그러다 비행기 놓치겠다."

"아직 시간 넉넉해요, 이모님."

"귀하게 얻은 휴간데, 우리 생각은 1도 하지 말고 신나게 놀다 와."

'1도'를 끼워 넣는 게 요즘 이모의 말버릇이 되었다. '네가 고생이 많다, 힘들어서 어쩌냐'고 종종 그러는 이모한테 '1도 안 힘들어요'라고 노래하듯 말하는 세연에게서 배운 것이었다.

"1은 할 건데요, 이모님?"

"그럼 못 써요. 가서 마음껏 쉬고 맛있는 것도 많이 먹고 5kg쯤 쪄서 와야 돼."

"5kg나요? 그럼 저 돼지 될걸요?"

"돼지 아니야. 우리 연이 돼지 아니야."

큰엄마가 고집스레 주장하는 바람에 세연도 이모도 웃어 버렸다. 큰엄마를 다시 집 안으로 모셔 놓고 안 보는 틈에 살그머니 나오려니, 이모가 문밖으로 따라와 세연의 손에다 반으로 접은 편지 봉투를 쥐어 주었다.

"뭐예요, 이모님?"

"보면 몰라? 편지다, 편지."

"이모님, 저한테 편지 쓰셨어요?"

"놀라기는. 나는 뭐 그런 거 좀 쓰면 안 되냐? 민망하니까 내 앞에서 보지 말고 이태린지 삼태린지 거기 가서 봐."

세연은 두 팔을 벌려 이모도 꼭 안아 드렸다.

"고마워요, 이모님. 잘 다녀올게요. 고생스러우시겠지만 저 없는 동안에 엄마 잘 좀 부탁드려요."

"요양 보호사 선생님도 매일 오시는데 고생은 무슨. 걱정 말고 얼른 가라니까?"

밀어내듯 하는 이모한테 떠밀려 차에 올랐다. 도흔이 사 준 차를 몰고 다니며 운전 실력도 꽤 늘어 초행길인 공항까 지도 별 어려움 없이 갈 수 있었다.

공항에 도착한 세연은 이모가 준 봉투를 열어 보았다. 오 만 원짜리 신권 두 장과 공책을 찢어 쓴 것 같은 짧은 메모가 들어 있었다. 너무 조금이라 미안하다는 말과 가는 길에 이 돈으로 뭐라도 사 먹으라는 내용이었다.

코끝이 찡했다. 절묘하게 틀린 맞춤법 몇 개가 웃음을 짓 게 만들었다. 이모한테 감사하다는 문자를 보내 놓고 나니, 문자가 하나 날아들었다. 세랑이었다.

〈잘 다녀와요, 언니.

가는 김에 근사한 이탈리아 남자랑 불꽃같은 연애도 하고요. ^^〉

세연은 웃음 지으며 세랑에게 답을 보냈다.

〈내가 보기보다 눈이 높아서 어지간한 남자는 맘에 안 찰 걸?〉

세랑에게서 다시 답이 왔다.

〈보기에도 눈은 꽤나 높아 보여요. ㅋㅋ
그렇지만 여행이니까, 낭만적인 예외를 한번 만들어 보시길!!!〉

세 개나 찍힌 느낌표가 강력한 주문 같았다. 미소를 머금은 채로 세연은 고개 들어 하늘을 올려다보았다. 고맙게도 날씨가 청명해 하늘빛이 투명하도록 새파랬다.

파란 하늘을 보며 작년 가을에 돌아가신 아빠를 생각했다. 그때도 하늘빛은 오늘처럼 파랗기만 했더랬다. 손을 뻗으면 파란 물이 밸 듯했던 그 하늘로 엽서를 날려 보내듯 세연은 마음으로 가만히 뇌었다.

엄마는 만났어요?
만났다면 거기에선 다른 사람은 곁눈으로도 보지 말고 오직 엄마만 사랑해 주세요.
꼭 그래야 해요, 아빠.

꧁ ꧂ ꧁

피엔짜에서의 첫 아침.

잠 못 이룬 지난밤에도 불구하고 이른 시간에 반짝 눈이
떠졌다. 세연은 침구를 가지런히 정리해 놓고 해가 뜨는 모
습을 보기 위해 호텔을 나섰다.

호텔 옆 골목을 따라 얼마쯤 걸어 나가자, 올리브 나무들
저 너머로 안개가 자욱한 산에서부터 이제 막 태양이 떠오
르려 하는 중이었다. 먼 산의 완만한 능선들과 드넓은 들판
과 색을 달리하는 나뭇잎들 위로 고루고루 햇빛이 퍼져 나
갔다.

세연은 사진 찍을 생각도 접어 둔 채 서서 시시각각으로
변해 가는 빛의 질감을 온몸으로 느끼며 자연이 선사하는 풍
경을 바라보았다. 아름다움이 주는 감동에 취해 있을 때, 등
뒤에서 누군가의 발걸음 소리가 들려왔다.

느른한 그 발걸음이 지척에서 멈춰, 세연은 무심코 고개를
돌렸다. 세연에게서 두어 걸음 떨어진 곳에 한 남자가 서 있
었다. 점점 밝아지는 햇빛을 받아 짙은 갈색으로 빛나는 머
리칼이 부드러운 웨이브를 이루며 남자의 목덜미를 뒤덮었
다.

유럽 남자들처럼 머리를 자유분방하게 길렀지만, 사흘쯤 면도를 거른 듯 턱에는 수염마저 보기 좋게 돋아나 있었지만, 그 옆얼굴만으로도 그가 누구인지를 세연은 금세 알아볼 수 있었다. 가슴속에서 새 한 마리가 깃을 치며 날아오르는 듯했다.

꿈은 아니겠지. 어젯밤의 선잠에서 아직 깨어나지 못한 것은 아니겠지. 두근거리는 가슴을 다스리려 세연은 심호흡부터 했다. 그리고 그에게 말을 걸었다.

"아침잠이 없으신가 봐요."

떠오르는 해를 바라보고 있던 남자가 세연을 돌아보았다. 세연은 미소와 함께 어깨를 으쓱해 보였다. 이국의 여행지에서 모르는 남자한테 먼저 말거는 여자 역할은 난생처음이라 조금 수줍었던 것이다.

"그쪽은요?"

모르는 남자, 도흔이 물었다.

"저는 살짝 야행성인데, 피엔짜의 아름다운 일출을 보려고 일찍 일어나는 모험을 감행해 봤어요."

"낯선 남자한테 먼저 말을 거는 용기도 내본 것 같군요."

"어떻게 아셨어요?"

"수줍어하고 있으니까."

"들킨 건가."

눈빛이 부딪쳤다. 그리웠던 남자, 도흔과.

풍성해진 머리와 적당히 기른 수염으로 인해 야성을 발휘하는 그 얼굴을 외면하기 힘들었다. 아니, 그러기 싫었다. 세연은 마음을 다해 그의 눈을 마주 보았다.

세연의 눈을 보며 도흔이 말했다.

"혹시 지금, 나한테 작업 거는 겁니까?"

"그런 것 같은데요. 싫으세요?"

"그럴 리가."

"그럼 잘됐네요. 해가 다 뜨고 나면 우리, 아침 식사나 같이 할래요?"

세연에게서 눈을 떼고 잠시 먼 하늘 쪽을 건너다보던 도흔이 다시 세연을 돌아보곤 물었다.

"내가 기억력이 꽝이라서. 혹시 우리, 만난 적 있습니까?"

수술 일주일 후 병실에서 세연을 한의 여자 친구로 오인했던 그 짧은 만남에 대해서는 전혀 기억하지 못하는 듯했다. 그날을 굳이 말해 줄 필요야 없을 테다. '한의 여자 친구'는 어차피 진실도 아니니까 말이다.

어떤 대답을 해야 가장 현명할까. 제안서와 열 번의 목요일들에 대해서 말하며 지워진 기억들을 일깨워 주어도 될까. 망각의 강 아래에 묻힌 시간들을 이곳에서 되살려 내는 게 과연 의미 있는 일이며 도흔에게 유익한 방향일까.

생각을 고르고 있던 세연은 도흔의 셔츠 깃 사이에서 반짝이는 것을 발견했다. 가느다란 금실 목걸이에 앙증맞게 매달려 있는 그것은 다이어리 열쇠였다. 기쁨과 설렘이 동시에 찾아들었다. 정답을 찾았다고도 생각했다. 세연은 입을 열어 대답했다.

"아마도 전생에서?"

"전생이라······."

나직이 읊조리는 도흔에게 말을 건넸다.

"제안 하나 할까요?"

"어떤?"

"오늘부터 열흘 동안 당신의 시간을 사고 싶어요."

여행의 남은 일정들을 함께하자는 의미였지만, 도흔이 어떤 식으로 해석하든 상관없었다. 어떤 시간들이 되건 도흔과 같이. 지금은 그것만이 최선이자 최상이니까.

도흔의 입가에 웃음이 스쳤다.

"생각보다 용감하네."

"그러게요. 저는 언제나 상대의 생각을 뛰어넘는 경향이 있나 봐요. 그리고 당신은 존대 어미를 생략하는 경향이 있고요."

"기분 나빠요?"

"안 나빠요. 그보다 제안에 대한 대답을 아직 못 들은 것 같은데요."

"나는 가진 게 돈밖에 없는 인간인데, 무엇으로 내 시간을 사겠다는 겁니까?"

"나요."

당당히 대답하자, 도흔이 그의 이마에 드리워진 머리칼을 스르륵 쓸어 올렸다. 그의 눈가에도 미소가 번져 있었다. 고요히 번져 가는 그 웃음을 다시 볼 수 있어 좋았다. 피엔짜가 선물해 준 이 꿈같은 순간도.

"목걸이의 그 열쇠, 뭐예요?"

"전생의 비밀을 푸는 열쇠랄까?"

여유 있는 웃음이 밴 대구에 세연도 웃었다. 반가움을 감추고는 낮게 감탄도 해 보였다.

"아하."

언젠가 도흔에게 똑같은 열쇠를 꺼내 보여 주고, 도흔이 간직하고 있던 열쇠로 다이어리를 열고는 목요일의 시간들을 추억으로 나눌 수 있으리라. 그때 둘이서 함께 나눌 눈물도 따뜻하리라.

"이름이?"

도흔이 단도직입적으로 물어왔다. 세연은 두근거림을 껴안고서 대답했다.

"세연. 진세연이에요."

도흔의 눈빛에 어떤 것들이 스쳐 가는지 보고 싶어 눈을 떼지 않고 쳐다보며 세연도 물었다.

"당신은요?"

"독고도흔."

그의 입에서 풀 네임으로 이름을 듣는 것은 처음.

아득한 시간들을 지나서 이제야 첫 발을 내딛는 거라고 생각했다. 오늘에야 도흔과의 첫 순간이 시작되는 거라고.

어쩌면 이것은 단순한 우연이 아닐 것이다. 연을 소중히 여기는 이의 가장 커다란 소망에서 비롯된 필연일 것이다.

오늘의 이 시작점을 만들어 주기 위해서 애틋한 마음으로 준비했을 한 사람. 연의 소중함을 말해 주신 그분에게 세연은 마음으로나마 감사드렸다.

"이탈리안 스타일?"

웃음 섞인 세연의 물음에 도흔이 눈으로 무슨 뜻인지 되물었다. 세연도 눈짓으로 머리를 가리켜 보였다.

"아."

도흔이 제 머리칼을 쓱 매만지고는 엷은 미소를 띤 채 말했다.

"1년 동안 자르지 않고 내버려 두었더니."

세연은 끄덕였다. 수술 직후 깎인 머리를 비니로 덮어 가리고 있던 도흔의 모습이 떠올랐다. 그때 아파왔던 마음도.

"왜 1년이나 두었는지 궁금하지 않아요?"

"뭐, 그럴 만한 이유가 있었겠죠. 근데 꽤 잘 어울리는 걸요? 머릿결도 나보다 좋은 것 같고."

순간 도흔에게서 손이 하나 뻗어와 세연의 머리칼에 닿았다. 아찔했다. 그의 손가락 사이에 감긴 머리칼 한 올 한 올마다 감각 기관이 내재해 있는 것만 같았다. 지극히 자연스러운 동작으로 세연의 머리칼을 만지며 그가 중얼거렸다.

"만져 본 적 있는 것 같아."

달콤한 어지럼증에 시달리며 세연은 겨우 대꾸했다.

"……그런가요?"

"이 감촉, 익숙하게 느껴지는 건 착각인가."

독백 같은 그의 말에 세연 역시 차분히 말했다.

"기억일지도요."

눈빛이 얽혔다. 두근거렸다. 도흔의 왼쪽 눈썹 끝이 슬쩍 올라갔다. 기억을 파헤치려 애쓰는 그가 안쓰러웠다.

도흔이 손을 거두어 갔다. 안타까웠다. 머리칼을 만졌던 손을 꼭 움켜쥔 채 생각에 잠겨 있는 그에게 세연은 담담히 말을 건넨다.

"몸을 맡길 수 있는 사람은 흔해도, 마음을 맡길 수 있는 사람은 드물어요. 내 마음을 온전히 맡길 수 있는 사람을 만났으면 좋겠다고 생각했죠."

"만났습니까?"

"그런 것 같아요."

웃으며 도흔이 확인했다.

"나?"

"제안의 열흘이 지난 뒤엔 알게 되겠죠. 독고도흔 씨가 내게 그런 사람인지를."

귀하게 얻은 이 열흘 동안 서로가 서로에게 마음을 주고받는 관계가 될 수 있다면. 그럴 수만 있다면 절망했던 지난 시간들도 그만큼의 값어치가 있는 거겠지.

1년 전 열 번의 목요일들이 몸을 갖기 위해 사들였던 시간이라면. 이제부터의 열흘은 마음을 나누기 위해 서로 마주 보는 시간이 되어 줄 것이었다.

옛 기억을 캐내는 일은 그다음에. 두 마음이 서로를 향해 차곡차곡 쌓인 연후에. 그럴 수 있으리라고, 세연은 믿어 의심치 않았다.

"그러기엔 열흘은 너무 짧은 거 아닌가?"

"시간이 모자랄까 봐 걱정부터 하는 거예요? 짧아서 아쉽다고 느껴질 땐 얼마든지 연장하면 되니까요. 어때요. 제안, 수락하시는 거죠?"

도흔이 특유의 미소와 더불어 대답했다.

"기꺼이."

세연은 웃음을 머금은 채 들판 너머로 시선을 던졌다. 안개가 완전히 걷힌 마을이 태양의 금빛으로 빛나고 있었다.

—*fin*